王萬里與霍士圖探案 前鋒新聞報導

高雲章 著

想要的世界——《前鋒新聞報導——王萬里與霍士圖探案》導讀

文／洪敘銘

倘若我們沿著林佛兒先生對於台灣推理文學在地化歷程中，有關「社會性」一詞的界義及其範疇定錨：「利用主題和故事，揭發社會黑暗的一面，把人性醜陋的隱藏的部分，也揭露出來。」（林佛兒，2008）可知如何在「社會現實」的描述中，揚發「社會正義」的價值，成為十分重要的創作及探索焦點。

然而，這種對於當下社會環境——無論是地理性的景觀、集體性的社會氛圍乃至於心理狀態——的再現，總是會引發關於「真實地理」的討論，進而牽涉到「本土」一詞實際涵涉的範圍及其隱含的政治意義，同時也是迴盪在整個90年代推理文壇的話題。

《前鋒新聞報導——王萬里與霍士圖探案》一書的作者高雲章出身於《推理雜誌》世代，本書所收錄的五個短篇故事，雖風景各異，卻也涉及了上述有關敘事背景「挪移」的有趣現象。在〈水舞〉的後記，作者直言「將背景調回台灣」最重要的原因，在於「為了更貼近現實」；這當然隨即引發「地理空間」和「現實」之間如何在閱讀小說的過程中被進一步勾連，也涉及本地讀者如何在敘事中產生「認同感」的議題。

從這個角度來看本書的其他故事，不難發現作者特別擅長描繪異國風情，這或許與其的閱歷經驗有關，因此即便如〈祕方〉一篇，雖將故事背景設定為台灣，但其中作為重要關鍵的「火腿」與解謎後的真相揭露，都被賦予了如「義大利製作技術」、「歐洲鄉間農家」的異地關聯，看似逸出了楊照所言「尋求台灣社會為背景，在推理探案過程同時描繪、探索本土特定面相的作品」（1995:142）之範疇。

然而，筆者認為「在地」與否與「本土」意涵間的連結固然重要，卻不是唯一的探索徑路，無論林佛兒所說的「現實」或楊照所說的「特定面相」，或許都側面地描述了身為台灣讀者對於其身處社會環境的某種感知，透過小說家側重的筆法，放大或凸顯了某個部分的意義。

對本書而言，值得注意的反而不是穿梭不同國域的地理資訊，而是作者透過偵探之眼解開謎團後，所欲賦予，不論是對於兇手、被害人或關係人的同情和理解；要知道，在犯罪推理文學創作中，同情與理解並非偵探的責任，但在本書中，我們屢屢看見偵探在漂亮地解決案件後，並非瀟灑地轉身離開、投入下一個難解的案件，而是看似「多此一舉」地留下他們的關懷；這些關懷和案件的主體（謀殺）或許沒有非常直接的關聯（畢竟真相已水落石出），但偵探的不厭其煩，看似豁然實則細膩地同理他人的難題、苦痛與經驗，反而開啟了一種頗為特別的書寫型態，而更接近或更加細緻地描述了所謂「社會性」的可能。

此外，王萬里作為諸篇故事的核心人物，他的姿態與形象，各篇卻也有些微的不同，也成為閱讀本書過程中的一大樂趣。〈祕方〉與思婷名作〈一貼靈〉具有異曲同工的巧思，不過〈祕方〉的多線敘事結構顯得更為複雜，「祕方」的「得而復失」、「失而復得」驚喜地貼合著小說中的命案與失蹤案情節，跌宕起伏，偵探在此作中也展現出他游刃有餘的姿態，頗有「神探」的風采；〈水舞〉則略為碰觸「警政系統」的議題，特別的是在某種刻意的「表演」下，戲劇性地呈現出偵探如何通過戲謔演出與所謂「國家機器」的實質抗衡，以及在「公理／公正」下的折衝。

〈黃金雨〉和〈俄亥俄的河岸〉二篇，偵探雖仍然展現他過人的膽識、技能與智識，卻也有令人莞爾的「狼狽」時刻。〈黃金雨〉是本書最具「畫面動態感」的作品，特別的是，它與葉桑名作〈博士之死〉有著近乎同時期，對於「科技」的想像與實踐，在仿若電影動作片的情節推演中，偵探的理性包裹在感性的神話系譜中，反向地塑造出他的人性與血肉；〈俄亥俄的河岸〉有類同的動作情節，從公路到林間奔馳，特殊地形構出推理小說中少見的「警『匪』追逐」，除了與〈水舞〉一篇相似地呈現對於「警察」的挑戰的反思外，偵探對公權力的反動越激進，他所賦予的同情與關懷也越強烈，這也不斷地顯示在王萬里完全不畏懼「槍」的威脅，而更在意內在心靈觸動的許多敘述裡。

在前述諸篇中，讀者可以看見以偵探王萬里為中心的世界觀，作者為他塑造出兼具理性、叛逆又帶有孩子氣的活潑個性，透過維妙維肖的扮裝，展現出多元的人物形象與姿態，藉由偵探與書寫世界中的互動與對應，透露他（們）對於現實社會面向的關懷。在這個面向的討論上，〈旅鼠之年〉一篇是全書最具有「社會意圖」的小說，它實際對應著資訊愈加發達的現代社會中，可能存在或已然發生的「惡意」、「恐懼」，這些異常可能積累成難以名狀的殺意、沉默或病態的

「滿足」，這些相對於案件本身更難解的氛圍，也讓偵探出現了少見的沮喪與自我懷疑，使得小說的背景即便不在台灣，卻也能產生與本土相同的警醒意義。

台灣推理文學的「在地化」是迴盪好幾個創作世代的話題，許多作家透過它們的創作，展現出不同表現形式、型態的嘗試。《前鋒新聞報導——王萬里與霍士圖探案》在作品的形製上，透過作者有意識的改作或改寫，加入了「貼近現實」的調整或改動，這讓異國異地與台灣間的地理書寫相互融涉、產生突破地域限制的可能；不過，本書更為重要的價值，在於作者透過偵探角色所欲表現出比彰顯「社會正義」、賦予「社會關懷」更進一步的「同情」與「理解」：他（們）當然關注社會現實與環境對「人」所造成的集體性影響，但在小說情節中，可以更加明顯地看見對「個體」的同理所衍生的互動、選擇與決定，這或許能讓本書暫時擺脫是否在地、是否本土的定義泥淖，跨越地域、國境地促使讀者藉由閱讀，反思我們（想要）的世界、社會與生活。

作者簡介／洪敘銘

台灣犯罪作家聯會成員，文創聚落策展人、文學研究者與編輯。主理「托海爾：地方與經驗研究室」，著有台灣推理研究專書《從「在地」到「台灣」：論「本格復興」前台灣推理小說的地方想像與建構》、〈理論與實務的連結：地方研究論述之外的「後場」〉等作，研究興趣以台灣推理文學發展史、小說的在地性詮釋為主。

目次

旅鼠之年

晚上六點，小義大利區家庭餐廳『纜車』的老闆，透過廚房的送餐門瞟向擁擠的客座後，滿意地點點頭。

六十年前露出幫派份子軟氈帽的卡座椅背，現在擠滿了不同膚色和髮型的頭頂。被雪茄及廉價菸草燻黃的天花板下，迴響著各種語言的交談、吟唱和笑聲，矮桌上堆滿侍者來不及收走的餐盤和酒杯，孩童在座椅間打鬧著，間或傳來瓷器破碎的哐噹聲。

站在送餐門旁的領班整整八字鬍，無奈地笑了笑。

「今天的家庭客人多了些，」他對門後的老闆說：「希望損失不會太大。」

「幸好我不是開法國餐廳，」老闆的禿頂擦著窗緣，「窗邊那一桌東方人是──」

「是在下中城日商公司服務的佐藤先生一家，」領班順著老闆的眼光望去，他在『纜車』已經服務了四十餘年，每個客人的臉對他而言，就像一把把的鑰匙，可以打開許多扇掛滿回憶的房間，「佐藤先生這個月底就要調回日本，他今天帶全家來這裡慶祝。」

「又少了一個客人，」老闆望向身後的廚房，「我會叫廚房多送兩道菜給他們。」

如果在六十年前，黑手黨的教父或許會說：別把你那他媽的筷子伸到我的盤子裡──領班想到這裡時，不遠處又響起一聲盤子碎掉的聲音，他的眉頭抽搐般地抖了一下。

在家庭餐廳裡，禮節本來就不是主要的考量，加上好幾個原本就有餐桌禮儀豁免權的小孩，整個餐廳的氣氛，就像鄉下大家族開飯的場景一般。領班手下的幾個侍者吃力地在肩頭和背脊間開出路來，手上全是大大小小的餐具，而且還要小心不時揮舞的臂膀和手肘。

這時，坐在佐藤先生身後的黑人男子突然站起身，手上拿著一瓶紅葡萄酒，朝佐藤先生後腦揮了下去。一蓬鮮紅的酒液和血液在佐藤先生後腦爆開，讓他往前仆倒在桌上。

整個餐廳的氣氛倏地靜了下來，幾個坐在附近的男子撲向黑人男子，用力架住他的手腳和頸項，黑人男子也用拳頭、指甲和牙齒反擊，第一波撲上的男人掛了彩，揮出的手肘、指節及膝蓋也因為誤中一旁的觀眾，使得原本的看客紛紛加入鬥毆。許多人早就忘了那名黑人男子，而掐著同行友人的喉頭，或是打青身旁老者的眼睛，原本因驚駭而安靜的室內，開始響起拳頭擊中肉體的悶響，女人的驚呼，以及傷者的呻吟。

※※※

齊亞克走進急診室，身上一股混雜著血液、消毒水和汗臭的氣息瀰散在空氣中，他將解開的領帶和西裝上衣搭在手臂上，精神不濟地打了個呵欠。

「你還好吧？」我問道。

「我剛從另一家醫院的急診室過來，」他轉頭看看四周，「你們兩個可能是看起來情況最好的。」

王萬里和我是紐約市前鋒新聞的記者，鬥毆發生時，我們兩個人坐在『纜車』靠窗的位子上，剛好在群眾的外圍，萬里的風衣上有兩道撕裂的口子，我的側腰被義式餐廳厚重的椅腳掃中，現在已經浮出大片的瘀青。不過和其他滿頭是血，渾身紮滿繃帶和夾板的人而言，已經算是幸運得多了。

齊亞克是紐約市警局的刑事組長，也是我在警局工作時的同事。

「那個被酒瓶砸中腦袋的日本人——」我問。

「死了，」齊亞克望向急診室櫃台上的電視，上面正映出那名日本人的照片，「我剛才在車上收到無線電呼叫，那個用酒瓶砸他的老兄好像被送到這裡。」

「沒錯，不過他也死了。」王萬里說。

「不會吧？」

「他被二十幾個人用拳頭、酒瓶和椅腳圍毆，顱內和胸腔嚴重出血，肋骨斷了十幾根，值班醫師十五分鐘前才簽好死亡證明。現在遺體在地下室，士圖和我待會還要送他的兒子回家。」萬里下頷朝走廊另一頭的護理站撇了撇，醫院夜班的護理長和社工員正陪著那個七歲的小男孩，想辦法讓他忘掉這三個鐘頭所看到、聽到和感覺到的一切東西。

「那個日本人的妻子和兒子也在另一家醫院，」齊亞克一屁股坐在長椅上，「幸好雙方剛好在不同的醫院。否則我真的要開始擔心，他們雙方會在醫院打延長賽。」

我們兩個人在他身側坐下，「有死者的資料嗎？」王萬里問。

「他叫佐藤英也，三十五歲，在下中城的一家日商公司擔任科長，」電視上的照片戴著黑框塑膠眼鏡，梳著整齊的西裝頭，的確滿符合日籍主管的刻板印象，「據『纜車』的領班說，佐藤一家是餐廳的熟客，這個月底佐藤英也因為要回國擔任新職，所以和家人到餐廳慶祝。」

用酒瓶敲破他腦袋的黑人男子名叫魯多・摩里斯，原本是修車工人，三年前工作的修車廠因火災停業後，就以開計程車謀生，兩年前和妻子離婚後，獨力撫養唯一的兒子至今。

「不過我們問過鄰居，魯多・摩里斯的前妻一年前已經去世了。」我說。

齊亞克愣了一下，「怎麼會——」

「聽說是加完夜班回家時，被車子撞上的。我們待會帶他去摩里斯的母親家，她住在地獄廚房，離這裡不遠。」我將背靠在不舒服的塑膠椅背上，設法伸直已經僵硬的雙腿，「日商公司的菁英份子和黑人計程車司機——好像怎樣都搭不到一起嘛。」

「不過駐紐約的日本領事好像已經注意到這件事了。」齊亞克抓抓頭。

「西園寺泰輔？」王萬里說。

「你認識他？」

「五年前我到日本進修時，曾經在西園寺家住過一陣子。」

西園寺一家是日本的外交世家，長子泰輔是日本駐紐約領事，次子英輔則是日本協會的理事，兩年前他帶領日本警視廳的柔道隊到市警局做官方拜會時，當時還是刑警的我負責接待。現在有時間我們還會在帕欽坊的酒吧喝個兩杯，然後在協會的道場或是警局的拳擊場較量一兩招。如果酒吧裡有不識相想找麻煩的傢伙，連開車到道場的時間都可以省下來。

「因為死者是日商公司的幹部，市長擔心會影響日本企業的投資意願；而且凶手是美國人，西園寺領事也認為日本企業會質疑市警局的調查結果。」

「所以日本領事館和市政府認為，」王萬里接下去說：「最好找一個公正的第三者進行調查，如此雙方對結果至少都沒有意見。」

「你和士圖熟識西園寺一家，以前也幫警局破過不少案子，市長和局長認為你們兩個人是最好的人選。」

「叫兩個中國人去調查日本人？亞克，你應該叫局長多讀點歷史。」我說。

「士圖，別和我抬槓，我是認真的。」

「佐藤英也的家人有什麼打算？」

「原本他們已經訂了下星期回日本的機票，」齊亞克頓了一下，像是無言的感嘆，「佐藤英也服務的公司會幫他的妻子律子處理後事，遺體這一兩天在美國火化後，他的家人會依照原定計畫，帶著他的骨灰回到日本。如果你們想問些什麼的話，最好快點。」

※※※

佐藤英也的靈堂設在他生前服務公司的頂樓，電梯的門一朝兩側滑開，迎面就能看見整株黑檀木架成的門楣和門柱，如同畫框般框出裡面偌大的宴會廳。

萬里和我在門口脫下鞋子，深廣的宴會廳裡舖滿骨白色的榻榻米，左右兩側用白色細木的紙門區隔出空間，加上髹成白色，沒有懸吊任何物體的天花板。人在裡面就像被封在繭裡一般，完全感受不到任何視覺和聽覺上的刺激。整個空間無形中似乎也在提醒弔客，死者即將抵達的另一個世界。

靈座安放在廳中的最深處，儲放骨灰的白木匣安放在舖上白色綢布的木桌上，前方的白木供桌除了常見的香燭和供花外，還有一副西洋棋盤，上面的棋子才走到一半。有幾個弔客在上過香後，會仔細端詳棋盤，再挪動棋子走下一手。

「英也生前是哥倫比亞大學西洋棋社的指導老師，」萬里低頭檢視棋盤時，原本端坐在靈座旁，身穿白色套裝及頭紗的女子走上前來，「因為今天來弔祭的客人中，有些是他的學生。我想他自己也希望這樣安排。」

「您是律子夫人？」

「西園寺領事早上打電話來，如果不介意的話，可以在這裡談。」

「那就打擾了。」我們在靈座旁的榻榻米上坐下，佐藤英也的兒子直哉穿著和小孩子外表不太搭調的黑色禮服及領結坐在一旁，機械式地朝前來弔喪的客人致意。可能是因為長時間跪坐的關係，在弔客較少的空檔，有時候他會偷空揉揉眼睛，或是掩嘴打個哈欠，暫時回到小孩的角色。

「他今年七歲，」佐藤律子像大部分的母親般，輕輕揉著兒子的額頭和頸項，「當初英也想讓他體驗美國人的生活，所以送他去附近的市立小學唸書。」

「以東方人的標準，您的英語說得不錯。」王萬里說。

「我是在美國長大的日裔移民，也就是美國人說的『二世日僑』，」佐藤律子大約二十多歲，身形頎長纖細，看上去很難和在美國長大的二世日裔劃上等號，反而像浦契尼在『蝴蝶夫人』中所描寫，哀婉多情而纖細的日本女子形象，「九年前從波士頓到紐約工作時，和英也是公司的同事。」

「我以為日商公司的職員，都是在日本結婚後，才帶家眷到美國就任。」我說。

「聽英也說，他當時來美國，原本只是為了修智慧財產權的法律學位，但是畢業後，學長邀請他到我當時服務的公司工作。」

「那佐藤先生最近在工作上，有沒有遇到什麼問題，或是和什麼人結怨之類的？」

「這一點我沒聽他說過，不過英也平常話並不多，和同事及客戶的互動也很少。有時候假日為了和部屬聯絡感情，我們會請同事到家裡烤肉、吃火鍋或過新年之類的，但他在家裡對同事，也是客客氣氣的。」

在弔祭佐藤先生前，我們事先拜訪了他的同僚和往來的客戶，佐藤先生因為在大學時對智慧財產權的研究，目前在公司的工作以擬訂和檢討與相關客戶的契約及往來文書為主，這份工作平常面對的不是法律文件、就是企劃案，佐藤先生在會議上也是單純吸收客戶和各部門的資訊，很少發表意見。『像一塊只會吸水的海綿』，是同僚對他最通常的評價。

「——連他會開始學西洋棋，也是因為剛進大學時找不到人聊天，為了排遣時間才學的。」律子夫人望向靈座上的棋盤，「不上班的時候，他除了在大學社團教西洋棋，陪陪直哉和我之外，有時他會去中城的商業區找艾瑞克下棋。」

「艾瑞克？」

「住在中城一帶的游民，在中央公園陪人下棋，一盤棋兩毛五美金，偶爾會有不服氣的人會和他賭棋，我的印象中，他似乎從來沒輸過。」

「那佐藤先生或是您對凶手有印象嗎？」

「沒有，那天吃飯時，我們還是第一次見面。」她搖搖頭，「聽說他留下了一個兒子，現在過得好不好？」

「現在和祖母一起住，過得還不錯，」我們下午正要去地獄廚房，拜訪摩里斯的母親和兒子，「聽說您打算回日本去，有什麼計畫嗎？」

「公司請我在大阪分公司當英文翻譯，我想先過一陣子先適應再說。我們在紐約的房子前一陣子已經賣掉了，這幾天準備一下後，下個禮拜就回日本。」律子夫人停了一下，「我昨天下午到中央公園拜訪艾瑞克，告訴他英也的事情，順便帶一點東西過去，結果他不但要我和直哉問好，還說東京今年的冬天很冷，要我在這裡多準備一點衣服。」

「如果有什麼需要幫忙的，請告訴我們，」王萬里起身時，似乎想起什麼似的回過頭來，「佐藤夫人，我可以冒昧再問一個問題？」

「請說。」

「您認為為什麼摩里斯先生會殺害您先生？」

「這個──」佐藤律子雙唇微張，眼睛飄向空白的天花板，彷彿從不可知的來源接收答案，「我想是為了找出口。」

「出口？」

「王先生，您看過跑馬拉松的人嗎？」確認王萬里的眼神後，律子夫人繼續說：「我在中城上班時，經常看到很多人把工作和問題鎖在眉心裡，當工作完成，問題解決後，你可以看到他們眉心的結解開，就像跑完馬拉松的人一樣。」

「我了解。」

「那一天他用酒瓶打中英也的頭時，我坐在他對面，當時我可以看到，他臉上有那種跑完馬拉松的人的表情。」

「是嗎？」王萬里點點頭，「很有趣的理論，謝謝。」

※※※

摩里斯的母親住在地獄廚房一棟紅磚公寓的三樓，原本唐草裝飾扶手的樓梯上面蓋了厚厚的灰塵，扶手上的鍍金已經被幾萬隻手掌磨平，露出底下酒紅色的木紋。吸飽濕氣和油膩的木質地板隨著腳步發出吱嘎聲，像是老人家喑啞的呻吟。

公寓鏽紅色斑駁的鐵柵門隔著走廊兩兩相對，唯一的一道光線從走道盡頭射進室內，在地板上畫下銳利的暗影，我叩叩摩里斯家的鐵柵門，柵門開啟時射入走道的陽光刺得我瞇起眼睛，霎時一個巨大而渾圓的身影，填滿了門洞的空間。

「我正在做晚飯，」派翠西亞・摩里斯是個身材圓敦敦的老婦人，她拉開柵門時，手裡還拿著刨洋芋用的刨刀，「要不要留下來吃頓便飯？不用多久就好了。」

公寓除了客廳外只有一間房，客廳的木地板因吸收濕氣而微微翹起，踩上去不時會發出低沈的嗚咽。透過對開窗朦朧的玻璃，隱約能看見對面樓房被煤塵燻污的磚牆。

我轉身繞進廚房，裡面因為油煙而罩了層薄薄的霧氣，摩里斯的母親正站在不鏽鋼的水槽前，削著泡在裡面的洋芋。

「不好意思，我可以幫忙嗎？」我順手接過她手中的刨刀，從水槽裡拿出一顆洋芋，削掉枯草色的粗糙表皮。

「不用了，這間廚房除了我和魯多之外，可還沒有第三個人進來過——」儘管嘴裡唸叨著，派翠西亞・摩里斯看見一顆顆削好皮的洋芋從我手中滾到水槽旁的塑膠籃後，就低下頭留意在烤箱裡的肋排。幾分鐘後，她從籃子裡挑出一顆仔細端詳。

「和以前魯多削的差不多，」她抬頭盯著我，「你以前在餐館打過工？」

「有個朋友在布魯克林開修車廠，我以前中午常在他那裡搭伙，」我將最後一顆洋芋的芽眼修掉，打量後放在籃子裡，「他最常講的話是：『想吃就自己動手。』」

派翠西亞張開口迸出大笑，拍拍我的肩膀，「吃過烤肋排嗎？幫我拿那邊的蜂蜜過來。」

我跟著派翠西亞走到烤爐前。一只銅鍋放在爐上的烤盤，已經嘟嘟地冒出膩人的甜香。她從我手中拿過糖蜜罐，往鍋裡加了一大把。我就像亂世佳人裡用束腰將腰身勒得像沙漏的女主角般，想像鍋裡的東西變成身上的脂肪的樣子。

「我在哈林區一家專做靈魂食物（Soul Food）的餐廳，做了四十幾年的夜班廚師，」老嬤嬤一面攪拌鍋裡逐漸深稠的醬汁一面說：「魯多小時候就在餐廳裡長大，我還記得他常常從要端給客人的料理盤子裡偷拿烤肉和羽扇豆，老闆和領班常常拿著攪拌湯汁的木湯匙，追著要打他。」

醬汁燉好後，老嬤嬤和我端著餐盤走出廚房，王萬里和魯多・摩里斯的兒子坐在圓形矮桌兩端，凝視著桌上的棋盤。

「東西收拾好，準備吃飯了。」收拾矮桌時，我拿起一枚棋子，手感很輕，顯然是從建築工地撿來的模板木料，上面手工雕成的騎士馬頭打磨得相當細緻。

「棋子是誰做的？」我把玩著棋子，忘了另一隻手還端著餐盤。

「我。」小男孩舉起手，回答的聲音帶了點得意。

「馬吉爾的手很巧，」老嬤嬤從我手裡接過羽扇豆和烤豬排的大餐盤，放在矮桌上，「上個月家長日時，老師還帶我到教室後面，看他做的雕刻和繪畫。」

「他剛才還帶我看他的棋賽冠軍獎杯。」順著王萬里的視線望去，可以看見電視機上立著一座小小的鍍金獎杯。

「當初是魯多教他下棋的，」老嬤嬤說：「沒想到可以拿到東區學校的冠軍，或許他比他父親，有這方面的天分。」

「摩里斯先生會下棋嗎？」我的夥伴問

「以前修車廠的老闆喜歡下棋，但是在廠裡找不到對手，魯多為了討好老闆，所以才學會的。」

獎杯旁有張鑲在泛黑木框，色彩消褪的相片，一個身形瘦長的黑人女子站在餐廳廚房常見的鋼質調理台前，右手握住從深底鍋裡伸出的木匙柄，鍋中氤氳的蒸氣和茂密的捲髮微微掩住她的側臉，派翠西亞站在女子身後，右手輕輕握住女子持匙的手腕。

「那是我的媳婦辛西亞，也是魯多的前妻，」老嬤嬤注意到我的視線，「照片是魯多在廚房門口偷拍的，當時辛西亞在餐廳當服務生，我常常乘著廚房休息時教她做菜。」

「那摩里斯先生後來為什麼——」萬里謹慎地選擇詞句。

「修車廠剛倒閉時，魯多和小義大利一帶的義大利人借了不少錢，」派翠西亞指的，是小義大利一帶的高利貸業者，「魯多為了不想讓辛西亞背這筆債，所以才和她離婚，沒想到一年後，辛西亞還是走了——」

我拿出手帕，遞給肩膀已經開始顫抖的派翠西亞。

根據警局的報告，辛西亞・摩里斯當時倒臥在下中城商業區的後巷裡，清晨被處理廚餘的清潔公司職員發現時，已經死亡大概三個小時，解剖報告證實死因是被車輛正面高速撞擊造成的胸腔內出血，到現在一直沒有找到肇事者。

「我們曾經懷疑，可能是到紐約出差的日商公司主管闖的禍。」目前在下中城警局服務的朋友在電話中壓低了聲音。

「怎麼說？」

「一年多前那一帶因為日本企業在紐約大舉投資，開了不少迎合日本人口味的酒店，另外當時辛西亞的喪葬費用，魯多・摩里斯全都付清了。」

「這有什麼好奇怪的？」

「還記得嗎？當時他欠了義大利人一大筆錢，我們事後問過殯儀館、教堂和幾個在小義大利放高利貸的頭兒，他們說當時有個穿黑西裝的東方人把錢都付清了，用的還是現金。而且在辛西亞的葬禮上，負責招呼親友的教堂司事也記得，有個東方人拿了一個裝滿鈔票的牛皮紙袋交給他，說是給摩里斯家的禮金。」

「那魯多・摩里斯知道嗎？」

「他應該知道，我聽說在葬禮後，他將全部的禮金全都捐給教會，以他的經濟情況而言，唉——」我的朋友頓了一下，又繼續說：「之後他所服務的車行也常常接到投訴，說他經常拒載東方乘客。」

「以前在修車廠工作的時候，魯多晚上還會帶幾個客人回家吃飯，」老嬤嬤絮叨的語音接續了我的思維，「自從辛西亞過世之後，魯多通常都將孩子交給我帶，吃過晚飯後就出去開計程車，直到晚上十二點多才回來帶孩子回家。」

「那他最近有帶過誰到這裡來？」

派翠西亞瞇起眼睛，「大概一個月以前，魯多晚上有帶一個朋友回來過，那個朋友也是黑人，不過眼睛和手似乎不太方便，那天吃過飯後，他沒有出去開車，而是和那個朋友下棋，到接近午夜時才送他回去。」

「您還記得那個朋友的名字嗎？」

「當時魯多好像叫他艾——」

「艾瑞克？」

「對，好像就叫這個名字。」

「後來那位艾瑞克先生有再來過這裡嗎？」

「沒有，只有那一次，不過馬吉爾經常到艾瑞克那裡找魯多。」

「馬吉爾，你認識艾瑞克嗎？」王萬里轉向身旁的小孩，後者點點頭。

「那個叔叔臉醜醜的，不過人很好，」馬吉爾說，「有時候我爸爸不在，他就在那裡陪我下棋。」

「那天你和你父親，為什麼會到那間義大利餐廳？」我問。

「那天爸爸回家時心情很好，說今天下棋沒有輸多少錢，要帶我出去吃晚飯——」小孩子的語聲驀地低了下來。

「抱歉，」我連忙說：「再這樣說下去，恐怕嬤嬤的糖蜜豬排要哭了。」

「只是我以前的店很少有東方客人，我怕你們會不習慣——」

「別擔心我們，」不等派翠西亞解釋，王萬里已經捲起袖子，「士圖應該有告訴您他以前在車廠搭伙的事，現在他有時還會帶我過去吃頓便飯。」

我一面笑，一面和萬里交換了一下眼神。

明天，去和艾瑞克下盤棋吧。

※※※

「你是說魯多・摩里斯？」坐在駕駛座上的司機噢了一聲，「基本上和你描述的差不多，他經常拒載黃種乘客，有時候載到了，也常常把客人丟在半路上，我們老闆接移民局的電話接到手都軟了，但考慮到他有兒子要養，也只好睜一隻眼，閉一隻眼。——你們到中央公園，是不是要找艾瑞克？」

「你認識他？」王萬里問。

「曼哈頓每個喜歡賭西洋棋的人都知道，尤其是魯多・摩里斯，」司機轉過方向盤，計程車俐落地兜了個彎，「他每天都會和艾瑞克下個四五盤，不過輸的時候比較多，就像大部分賭博的人一樣，想要翻本，卻輸得更多。——喏，你們要找的人在那裡。」

艾瑞克坐在中央公園靠馬路的長椅上，一件草綠色的軍用夾克和長褲包住他枯槁的身軀，卡通般誇張的大圓墨鏡遮住了大部分的臉，身旁的購物推車裡裝滿了像睡袋、沾滿油漆的紙板，成摞的舊傳單之類的生活雜物，把手上吊著一台外殼殘舊的小收音機，裡面正響起單調的整點報時聲。

他鳥爪般扭曲變形的雙手夾著一只鋁質外殼的手電筒，將點亮的燈頭抵緊墨鏡，頭朝上高高抬起，枯乾的雙唇微微張開。就像小孩把嘴貼在倒過來的可樂瓶口，看能不能搾出最後一滴似的。

「那玩意有那麼好看？」我忍不住開口。

他回過神來，關上電筒放在一旁。

「您是艾瑞克先生嗎？」我的夥伴在他對面坐下，「一個朋友介紹我來的，聽說您很會下棋。」

艾瑞克的頭微微抬了起來，他面前有副平裝書大小的隨身棋盤，棋子是刻著符號的圓形塑膠片，棋盤上的格線在無數次的開局下已經斑駁，露出底下米黃色的塑膠本色。

「一盤兩毛五。」他一面說，一面用扭曲的手指將棋子擺回原位。

「不用麻煩了，」王萬里按住他的手背，「我們下盲棋吧。」

艾瑞克先是一愣，接著呵呵地笑了起來，「和我下棋的客人，你是第一個要求下盲棋的，——你想賭什麼？」

「我不想賭什麼，只是想問幾個問題而已。」

「是你提議下盲棋的，由你先下。」

「那我就不客氣了，E 2到E 4。」

「E 7到E 5。」

之後的一個小時，這兩個人完全不理會一旁街道上車輛的引擎聲，收音機裡播報員模糊的語音、公園裡的鳥鳴及孩童的嬉戲聲。

「E 1到F 1，——您認識魯多・摩里斯嗎？」我的夥伴說。

「他是我的老顧客了，——B 7到B 5。」

「他是來下棋的，還是來賭棋的？——C 4到B 5。」

「來賭棋的時候比較多，但是他大部分都輸，——G 8到F 6。」

「他每盤一般賭多少錢？——G 1到F 3。」

「大概一二十元左右。——H 4到H 6。」

「您最近一次見到他是多久以前？——D 2到D 3。」

「一個禮拜前的下午，他來這裡找我賭棋，兩盤都輸。——F 6到H 5。」艾瑞克揚揚眉毛，

「他離開時，心情似乎不是很好。所以我沒有收他的錢，還勸他有空去教堂看看過世的老婆，況且他兒子最近成績不錯，看要不要出門吃頓飯，別老是朝我這裡跑。」

「你看得出來？——F 3到H 4。」

「你們中國有一個和尚說過：『下棋是用手指交談。』，——H 6到G 5。」艾瑞克說：

「雖然我眼睛看不見，但是來下棋的客人當天的心情，平常思考的方式，甚至那天身體有沒有問題，在棋盤上都可以隱約感覺的到。」

「那是圍棋吧。——H4到F5。」

「摩里斯先生之所以會輸，或許是因為急著想贏錢，開局的步調急了些。——C7到C6。」

「G2到G4。——那他以前有積欠你下棋的賭金嗎？」

「沒有，我這裡賭棋都是付現金，這是這一行的規矩。——H5到F6。」

我手上的筆記本已經塗得像小學生捉鬮用的藏寶圖，但這兩個人心中的棋盤似乎還沒有亂掉。

「至於佐藤先生，從他唸大學開始，每個禮拜他會找一天晚上到這裡下棋。——B2到A1，將軍。」

「他也賭棋？——F1到E2，還差一點。」

「不，他只是找我下棋，下完一盤就走。我們甚至沒聊什麼。——B8到A6。」艾瑞克說：「不過上禮拜他最後一次來下棋時，曾經說他過一陣子可能會回日本。這些日子可能會和家人重新逛一遍曼哈頓，我還聽他說因為日本的天氣有點冷，可能會幫家人多買點衣服。」

「我看您的眼睛，應該不是因為先天的關係吧。——F5到G7，將軍。」王萬里瞄了艾瑞克虯曲的手指一眼。

「沒錯，——E8到D8。」艾瑞克摘下墨鏡，白色的灼傷新皮和樹皮般粗糙的傷疤就像島嶼和山脈般，錯落地延展在臉頰和頸項間，原本應該是眼睛的地方，現在是兩條由燒合的眼皮連成的粗線，「我十六歲時家裡發生大火，命是撿回來了，但是全身的皮膚和肌肉嚴重燒傷，眼睛也燒壞了。幸好以前父親教我下棋，現在還可以靠這個謀生。」

「但是你剛剛——」我瞄了他身旁的電筒一眼。

「你是說這個？」他拿起電筒，「有時候我可以看到光，沒有形狀，就是一片白，但是對一個瞎子來說，總比老是黑漆漆的要好。」

「對不起。」王萬里說。

「不要緊，我們繼續吧。」艾瑞克放下電筒，戴回墨鏡，「我們下到那裡了？別想騙我，我還記得。」

「不過光靠下棋，要維持生計可能還不夠。——F3到F6，將軍。」

「G8到F6，——你的王后已經不見了，」艾瑞克說：「現在每天固定來下棋的人大概有四五個，有些老客人會帶點像毛衣、熱食之類的東西給我，加上做些遊民常做的零工，生活上還過得去。」

他拍拍身旁的購物推車。

「那就好。——D6到E7，將軍。」王萬里站起身，將兩枚兩毛五銅板塞進艾瑞克指間，「謝謝招待。」

「不用了，我請客，」艾瑞克推回銅板，「我下棋到現在，只輸過不到十盤，你是唯一敢和我下盲棋的。你一定有個很厲害的導師。」

「我只是小時候經常和祖父下棋而已。」

「希望改天能有機會，再和你下一盤。」

「我也是。」

※※※

兩天後的下午，中城剛落成的百貨商場『貿易風』正值開幕前試賣會的最後一天，提著皮包和購物袋的女性顧客，在商場四周的人行道上圍了兩三個圈。

大理石舖面的中庭裡原本有二十幾個堆滿衣服的平台，現在從二樓往下俯瞰，就像在海洋裡的孤島，四周全是由人頭和手臂交織成的潮水和海流。

「光看這樣子，我看開幕不妨再延兩個禮拜。」商場的業務經理站在二樓露台上，滿意地望向中庭。

「或許連今年的營業額都沒問題。」會計部經理站在身旁附和著說。

當初『貿易風』建築主體完成時，因為遇到經濟不景氣的緣故，股東及經營團隊擔心會影響到開幕第一年的業績，幸好業務經理想出以知名服飾的二線品牌及過季商品為主打的特賣會，不但解決了商場開幕業績不彰的問題，而且主導的業務部及主管在公司的地位，也隨著水漲船高。

會計部經理一面暗忖，一面掃視中庭。

「不過現在中庭的人好像太多了，真的沒問題嗎？」他問身旁的同事。

業務部經理已經將視野拉到正對面的帷幕玻璃。

「我已經交代保全管制顧客進入，另外收銀台也多了好幾條線，不會有問題的。」他揮揮手掌，就像驅趕一隻嗡嗡作響的蒼蠅。

不過一聲來自中庭的尖叫，卻打斷了業務部經理的白日夢。

一個瘦小的東方女子面部朝下，俯臥在其中一個平台上，另一個身形高大的金髮女子雙手緊握一根前端有尖銳分枝的銀色長棍，正不停朝四周揮舞。

幾個女子嘗試奪下金髮女子手中的武器，但都被打得朝外飛跌，部分被棍尖及肢體掃到的人急著離開，像潮汐般拍擊四周嚴實的人牆，最後在內層人群不斷的壓力下，整片人海就像昇到高點的波浪般崩塌，不少人被崩解的人牆擠到地板上，只能發出尖叫和哭嚎，入口的帷幕玻璃在巨大的壓力下嘎嘎作響，整片玻璃在清脆的破裂聲下粉碎，解除桎梏的群眾湧出僅剩扭曲鋼架的大門，將哀號傳給門外的市區。

※※※

「只有在這個時候，我才會想：幸好自己不是女人。」齊亞克說。

「是嗎？上洗手間的時候不算？」我說。

我們三個人坐在市警局對面通宵營業的餐室裡，看著頭上電視機的新聞特報。餐室的帷幕玻璃外，可以看見轉播車的聚光燈集中在午夜的市警局門口，為電視畫面提供了免費的陪襯。

『貿易風』下午的人群推擠事件中，一共有二個死者，十五個重傷者，以及一百多名的輕傷者。加上傷勢不重，自行回家療養的黑數，這個數字恐怕還會多個四五成，現在市警局和驚魂未定的商場管理當局正在透過電視及廣播，要求自行回家療傷的顧客到附近的醫院報到，除了做簡單的檢查外，也和商場協調後續的賠償事宜。

「剛才在監視器畫面中，那個金髮女子是誰？」王萬里問。

「她叫安‧布雷特，是中城區一家貿易公司的職員，未婚，和同事一起住在帕欽坊的公寓裡。據她的同事說，當時好像是有人告訴她特賣會的消息，所以特地到商場，看看有沒有什麼便宜可以撿。」餐枱上的照片裡有個尖臉蛋，看上去大約三十多歲的女子，一頭金髮細心地燙成捲曲的波浪狀，曲線略微誇飾的身材搭配藍色套裝，的確像是會在名牌特賣會出現的典型。

根據商場提供的監視器畫面，當時安‧布雷特站在平台旁，突然抽出身旁的銀色長棍，朝另一側的東方女子頭頂揮去。

「那把銀色長棍是商場裡的不鏽鋼立式掛衣架。前端還有掛衣服用的勾子。」

東方女子被衣架打得仆倒在平台上，金髮女子繼續揮舞手中的衣架，攻擊四周的群眾。

「最後不斷推擠的群眾從她身上踩過去，我們發現她時，她全身多處骨折，顱內及腹腔嚴重出血，現在在市警局的太平間裡。」齊亞克說：「我現在頭痛的，是另一個死者。」

「是中國人嗎？」

「不完全對，——是佐藤律子。」

「天啊，不會吧。」我的聲音聽起來像呻吟。

「日本領事館確認過了，是佐藤律子沒錯，」齊亞克說：「安‧布雷特那一棍剛好擊中她的頭頂，法醫不久前剛開好頭骨破裂及顱內出血的死亡報告，待會要麻煩你們交給西園寺領事。」

「她為什麼會在那裡？」王萬里問。

「或許是為了準備行裝。畢竟目前東京的天氣有點冷。」

「那她的兒子直哉怎麼辦？」

「領事館遞送公文的信差會順道帶他回日本，交給佐藤英也在日本的父母。不過西園寺領事提醒我，目前有部分日商公司已經開始重新評估未來一年在紐約的投資計畫。所以你們的速度可能要再快一點。」

※※※

安・布雷特的公寓是一棟三層樓的紅磚建築，屋頂頂著輕巧的鮮綠色屋瓦，加上髹成奶油色的木質對開窗，只要再撒上幾把保麗龍雪花和亮片，就可以封在玻璃球裡，當成聖誕節的應景裝飾。

按下門鈴後不久，一個黑髮女子開了門。

「我們是紐約前鋒新聞的記者。」

「市警局的齊組長剛剛有打電話來，我是赫絲特・莫特莉，安・布雷特的同事，請跟我來。」

我們跟著赫絲特・莫特莉走上公寓的環形樓梯，和她的室友相比，莫特莉顯得高挑纖細，一雙眼睛像黑曜石般泛出深邃的神采，搭配幾近透明的白皙膚色，如果讓她披上晨褸，手裡加上點燃的蠟燭，會讓很多人有走進十九世紀神祕小說場景的錯覺。

安・布雷特和莫特莉合租的房間在公寓三樓，和大部分單身而喜歡熱鬧的人一樣，屋裡有兩個房間和一個大客廳。客廳裡全部都是裝框的巨幅相片和海報，各種裝扮的安・布雷特在相片和海報裡，對來訪的客人微笑。

「安唯一的嗜好是拍照和購物，」莫特莉擠出一絲微笑，「我比較喜歡看書，很多同事都懷疑，我們竟然可以住在一起這麼久。」

「我了解，」王萬里朝四周張望，「可以看看布雷特小姐的房間嗎？」

「可以。」

房間裡有一只粉紅色衣櫃，掛著香奈兒和亞曼尼套裝的衣架在橫桿上頭尾塞得結結實實，就像洗衣店的工作間。梳妝台上各種品牌的粉底、唇膏、眼影和香水一字排開，上面還有張鮮黃色的傳單。

王萬里拿起傳單，上面是『貿易風』特賣會的廣告訊息，一角的折價券已經被剪下，剪刀還放在一旁。

「這張廣告單是在那裡拿到的？」我的夥伴問。

「意外當天早上，放在信箱裡的。」莫特莉說：「通常我們都是剪報上的折價券，放在信箱裡的並不多見。」

廣告單下面有行用藍印泥蓋上去，字體比內文要大得多的印刷體字母：『因日本觀光團大舉搜購，即將售罄，請把握時機。』

「安一向就對特賣會很敏感，加上上面還有『截止』、『結束』之類的字眼，所以她才想過去看看。」

王萬里微微頷首，莫特莉帶我們回到客廳。

「莫特莉小姐，妳和布雷特小姐認識多久了？」王萬里問。

「大概有八年了，」莫特莉說：「我在公司服務的時間比較久，安八年前剛進公司時，因為在紐約找不到住的地方，所以我就邀請她一起住。」

「布雷特小姐平常個性上——」

「容易激動。——是嗎？」莫特莉嘴角略微上揚，「在公司我們是同一組，我負責文件製作，她則負責和客戶溝通，因為她的工作，本來就會給人這種感覺。加上公司面對的客戶及海關的都是比較強悍難纏的人，如果不比他們更強悍，這份工作根本做不下去。」

「我瞭解。」

「不過，我不認為她會用武器攻擊別人，她有時候會在海關和櫃台小姐拍桌子對罵，或是幫其他同事趕走糾纏不休的陌生男子，但是使用武力，我認為不太可能，」她停了一下，「畢竟要對抗不平等，男人可以用拳頭，女人最多只能用巴掌和指甲。尤其指甲還要留著塗指甲油。」

「我剛剛看了一下，發現客廳大部分都是布雷特小姐的東西。」

「因為安平時就很喜歡拍照，我比較不喜歡，所以客廳的牆壁主要留給安掛照片，我的東西都放在壁爐上。」

「我可以看一下嗎？」莫特莉點點頭。

壁爐上只有一個小書架的書，幾張鑲在銀框裡的相片，還有副木質的西洋棋，上面微微發黃的彈頭型棋子上，拙樸地刻入兵士和國王的線條。

「一個朋友送的禮物，棋子是海象牙雕刻的，仿造中古世紀西洋棋的造型。」莫特莉解釋說。

我朝相片看去，其中有一張是安・布雷特和赫絲特・莫特莉的合照，背景是公司入口常見的旋轉門。不過另一張照片吸引了我的注意。

照片背景是舊金山的金門大橋，一對男女正坐在橋下的咖啡座上下西洋棋。女的是赫絲特・莫特莉。

而男的是佐藤英也。

我們兩人同時回頭望向莫特莉，後者吸了一口氣，然後緩緩點頭。

「沒錯，我以前是佐藤英也的女朋友。」

※※※

「佐藤英也和我是在公司認識的，當時他剛拿到學位，就在我們的公司服務，」莫特莉坐在客廳的沙發上，頭頸舒適地向後仰，「那大概是——十年前的事了。

「和大部分的亞洲留學生一樣，他當時的英語非常的糟，會話就像從中學生的讀本裡直接剪下來，所以老闆特別叫我負責訂正他的用字，出去拜訪客戶時，把他的日式英文翻成客戶聽得懂的美國版本。就像他和客戶之間的傳聲筒一樣，頭兩個月，因為客戶是個難纏又嗓門大的田納西人，每天光是幫他們翻譯，喉嚨就已經快受不了了。

「有一次從客戶那裡回來後，他塞給我一盒朋友從日本帶回來的喉糖。然後問我想不想到上中城的餐廳吃晚飯，然後——」她停了一下，「我們就在一起了。」

「那西洋棋也是佐藤先生教妳的嗎？」王萬里問。

莫特莉點點頭，「那副棋盤和棋子是他送我的，有時候我們到砲台公園或中央公園散步時，會帶出去下幾盤，但老實說，我下得並不好。」

「那後來為什麼——」我問。

「八年前他被現在服務的公司挖角，我們見面的時間就沒有那麼多。另一方面，他在日本的家人擔心他不回家鄉，於是要求他一定要娶日本人為妻，或許因為這個緣故，他才會娶律子小姐。」她嘆了口氣，「我還記得那天他晚上還來這裡，一直跟我鞠躬道歉，我們到華埠的酒樓吃了頓晚飯，然後帶著那副棋盤到中央公園，下最後一盤棋。」

「那布雷特小姐認不認識佐藤英也？」

「安進公司時，他已經離職了，我記得只有在她剛搬進來看到照片時，有稍微提到我以前有個日本男友，但是卻沒有提過他的名字。」

「佐藤先生結婚後，你們有見過面嗎？」王萬里問。

「沒有，甚至律子小姐我也沒見過。」莫特莉頓了一下，「不過他去世後，我曾經找過他的一個朋友。」

「朋友？」

「是在中央公園一帶陪人下棋的遊民，叫做艾瑞克，」莫特莉說：「我聽哥倫比亞大學西洋棋社的學生說，他每個禮拜都會找艾瑞克下棋，我剛好是中央公園說故事社的成員，所以這一陣子只要到中央公園，我就會去找艾瑞克。」

「找他下棋？」

「雖然我們有下棋，但是多半時間是陪他聊天，艾瑞克會告訴我他以前找他下棋的情形，他的孩子和妻子，他下棋時想棋步的樣子。有時候我還會帶些毯子或熱食之類的東西給他，」莫特莉嘆了口氣，「天啊，人都走了，我卻還——」

「我倒覺得這沒什麼不對的。」王萬里說：「只是，或許妳要想辦法走出來了。」

「或許吧，」莫絲特伸展雙手。

「對了，妳剛剛說妳是說故事社的社員——」

「因為我在大學唸書時，曾經當過一陣子的幼稚園老師。——王先生，你對說故事節有沒有興趣？」

說故事節是紐約市特有的節日之一，當天參賽者會在中央公園的安徒生雕像前比賽說故事，以表達對這位童話之王的敬意。

「我們每年都會採訪，今年有什麼活動嗎？」

「今年我服務的社團要為說故事節舉辦書展活動，在中城的『薑餅屋』書店，到時候希望兩位都能來。」

對於經常跑刑案報導的記者而言，參加書展的確是個休息的好機會，不過想到之前的兩個事件，胃部就一陣抽搐，尤其書展的地點又在中城。——

天啊，希望到時候不要發生什麼事才好。

※※※

書展當天，『薑餅屋』書局一列列的書架間，已經塞滿了高矮不一，不停張望四周的人頭。從高處向下望，就像萬聖節前種南瓜的農人，站在田裡看到的景致。

「因為今天有好幾間學校選在這裡辦戶外教學，所以空間擠了點，」莫特莉在門口朝我們打聲招呼。

「沒關係，不用在意我們，」王萬里說，「凡事小心。」

莫特莉點點頭，就擠進門口的人牆中。

王萬里和我隨後也加入人潮，沿著書架四處瞻望。

「今天怎麼想到要過來？」我拿起一本繪本翻開，「你該不會懷疑莫特莉吧？」

「這很正常吧？」王萬里挑了一本小本的童話，「不過前兩個事件的凶手都已經死了，即無法起訴，也無法求償，就算有人指使的話，他的動機又是什麼？」

「為了殺害佐藤英也一家人？」

「根據佐藤律子及同事的描述，佐藤英也根本沒有任何敵人，而且他們一家人都已經要回國了，就算殺掉他們，又能改變什麼？」

「會不會是莫特莉為了報復佐藤英也，所以設計殺害他們一家人？」

「但是她要如何控制魯多・摩里斯？」王萬里嘆了口氣，「或許就像小報說的，只是人類在末世的自我毀滅現象而已。」

「萬里，你什麼時候變成神棍的？」

前方遠處傳來一聲尖叫，我們兩人抬頭望向聲音的方向。

原本平緩流動的人流突然往回推擠，前方響起愈來愈響的鼓噪聲，及書架被推倒的沈悶重響。

「噢，該死！」我一面咒罵，一面和王萬里側著身子，背靠書架。這時，人流中的一絲閃光吸引了我的注意。

閃光來自一張金屬輪椅，在鼓噪的人潮中無助地打轉，一個看上去不到十歲的小女孩坐在輪椅上，握住扶手的雙掌因為用力而泛白。

我逆著人潮擠到小女孩身旁，一把將她抱了起來，人潮倏地將輪椅扯向前去，隨即傳來支柱折斷，彎曲的嘰軋聲。

我抱緊女孩穿過人潮，兩脇、雙臂和背脊每一秒都被手肘和拳頭重擊，最後我們兩人退到書架旁，我用身體護住小女孩蹲下身子，閉上眼睛。

起初沒有保護的背脊不時會受到腳跟及膝蓋的撞擊，後來撞擊的力道愈來愈輕，最後四周的聲音和感覺完全消失，整個人像包在棉被裡一般，溫暖而安靜。

我完全忘了時間和身在何處，最後叫醒我的，是一陣拍擊肩頭的觸覺。

「士圖！士圖！」王萬里的聲音響了起來。

我睜開眼睛，又被刺目的陽光扎得瞇了起來。

王萬里身上的風衣已經被扯成像流蘇一般的長條，但人看起來還好。

「萬里，你沒事吧？」

「我沒事，」我的夥伴用袖子擦了擦臉，「剛才有個男子用閱讀區的木椅，打死了正在朗讀的赫絲特・莫特莉。不過——」

「不過什麼？」

「待會兒你可得好好解釋一下。」

我抱著小女孩坐了起來，馬上知道王萬里會這樣說的原因。

原本整齊排放的書架已經蕩然無存，地上散落著支離破碎的殘骸和被扯碎的紙頁，擔架和身穿白衣的救護人員，在偌大的空間中零星穿梭著。

但是小女孩和我周圍一公尺左右的書架和書，卻都是完好的，書本上連一絲摺痕都沒有。

※※※

『薑餅屋』書局的門口現在停滿了救護車和警車，齊亞克、王萬里和我倚靠在其中一部警車的引擎蓋上。

「那個拿椅子攻擊赫絲特・莫特莉的人叫吉安尼・布魯東。」放在引擎蓋上的照片是證件用的大頭照，上面的男人有尖細，帶著鬍渣的下顎和像鋼絲般蜷曲的褐色捲髮，深黑色的眼瞳直直地盯著照相機，會讓人想到狼的眼睛。「目前是中學的美術教師，假日也在學校教成人美術班。」

「他現在該不會也——」我試探地望向齊亞克。後者點點頭，證實了我的猜測。

「四周的觀眾看到一個大男人用木椅攻擊一個弱女子，就一湧而上。——我只能說，有些人或許看太多超人或蝙蝠俠之類的動作片了。或許下次可以考慮在警局門口分發蝙蝠頭套，對降低犯罪率可能有幫助。」

「亞克，你壓力太大了。」王萬里說：「他和之前兩個案件的當事人有沒有關係？」

「有，布魯東兩年前在東區的一家小廣告公司上班，經營情況一直不是很好，最後在一次競圖中輸給中城的某家設計公司而倒閉，布魯東失業了一年多，才找到現在的工作。」齊亞克停了一下，「佐藤英也當時在那間設計公司工作。」

「他的家人呢？」

「他和妻子及獨生女兒住在同性戀街一帶的公寓，其實——」順著齊亞克的視線，可以看到那個小女孩坐在消防局提供的輪椅上，一名女警正陪著她，「士圖，你剛才救的小女孩叫索尼亞・布魯東，是吉安尼・布魯東的獨生女兒。」

※※※

我們照著齊亞克的資料和索尼亞・布魯東的指示，將車子停在同性戀街一幢五層樓的公寓前。布魯東家在公寓的二樓。

索尼亞‧布魯東今年五歲，遺傳疾病造成的雙腿骨骼缺陷，讓她必須以輪椅代步。幸好吉安尼‧布魯東和妻子都是教師，在兩人的細心照顧下，日常生活並沒有什麼太大的問題。

「發生這種事情，真的很抱歉。」坐在布魯東家的客廳時，王萬里說。

「別這樣說，我還要謝謝你們救了索尼亞。」吉安尼‧布魯東的妻子說。

布魯東家的客廳除了一套平價的沙發外，沒有什麼多餘的陳設，就像大多數有稚齡子女的家庭，四壁貼滿了索尼亞用蠟筆和色鉛筆畫出來的素描，沙發旁的雜誌籃裡也塞滿了繪本和童書。

「您知道布魯東先生認識這位小姐嗎？」王萬里掏出赫絲特‧莫特莉的照片放在茶几上。

布魯東的妻子拿起照片，端詳片刻，「這個，——我沒有印象。」

「那您以前聽過佐藤英也這個名字嗎？」

「沒有。」

「您先生平常下不下西洋棋？」

「沒有，事實上，他連看報紙上的字謎都會頭昏腦脹，更不用說下棋了。」

「這樣啊，——」王萬里啜了口茶，「那平時布魯東先生的情緒是否不太穩定。」

布魯東的妻子搖搖頭，「他可能是最和氣的人了，特別在索尼亞出生後。在學校上素描課時，他不但自己坐在椅子上三四個鐘頭，當學生的模特兒，還要學生試著拉他的捲髮，體驗真實頭髮的質感。不過仔細想想，吉安尼好像不太喜歡人多的地方。」

「人多的地方？」

「一到人多的地方，他就會擔心這個，擔心那個，去年我們曾經去過佛羅里達的狄士尼樂園，但是他在裡面一下擔心索尼亞會走丟，一下擔心我們會被人潮衝散，結果一天下來，並沒有玩到什麼，加上索尼亞的腳不方便，這幾年休假時他通常只是在家裡陪索尼亞畫畫，或是講故事給她聽，真正出去玩的次數並不多。」

「那今天為什麼您先生會到書展去？」

「因為索尼亞和他說，有隻兔子邀請她到書展去。」

「兔子？」牆上的畫作的確有十幾張是兔子，姿勢都差不多，色彩還相當鮮艷。

索尼亞・布魯東從輪椅旁的袋子拿出一張卡片遞了過來。棕色封套上貼了張端坐在草地上的兔子貼紙。

我接過封面拆開，裡面是說故事節的文宣卡片。轉過卡片和封套看了看，上面並沒有任何筆跡。

「索尼亞，」我走到輪椅前蹲了下來，「卡片是誰寄給妳的？」

索尼亞轉動輪椅，牽著我的手走到窗前。

「兔子在那裡。」她指向窗外。

我順著她手指的方向望去，對面公寓一樓的紅磚牆上，用噴漆噴了一整列剛才在封套上看到的兔子，每隻都和貼紙般坐在草地上，大概有一個成年人高，噴漆的鮮明色調在暗紅磚塊的反襯下，比貼紙印刷的效果還要鮮明得多。

「街頭塗鴉，」王萬里站在我身後，「畫得還挺不錯的。」

「這一帶晚上經常有嬉皮聚集，不過通常只是睡在街上，還有在紅磚道上塗鴉而已。」布魯東的妻子說。

「非常謝謝妳，」我低下頭，「索尼亞，我們要回去了。這張卡片可以借我一下嗎？」

索尼亞點點頭，「我爸爸什麼時候會回來？」

我愣了一下，布魯東的妻子別過頭去。

「索尼亞，」天啊，我真痛恨現在扮演的這個角色，「妳爸爸要我告訴你，他可能要過一陣子才會回來，他要妳聽媽媽的話，在家乖乖等他回來。」

※※※

這天晚上，我們在帕欽坊的小酒吧『賣火柴的小女孩』喝酒。

「從布雷特家拿到的傳單，還有那張兔子寄給索尼亞的卡片上，並沒有發現其他人的指紋。」齊亞克啜著威士忌，「吉安尼任教的中學和莫特莉的公司同事，也沒有人曾經看過對方。」

「所以呢？我們又走進死胡同了。」我趴在吧台上，將手上裝著薑汁汽水的老式杯貼近耳畔，傾聽冰塊叩擊的清脆迴響，「話說回來，這三個案件的死者關係也太巧了，而且他們的動機到底是什麼？」

「這幾天警局倒是收到不少意見，想聽嗎？」像是要打開話匣子似的，他喝了口酒，「有一個德州的牧場主人拿他牧場裡的牛和雞做例子，告訴我這幾天曼哈頓的氣溫太高是原因；另外有個什麼末日教會的牧師打電話過來，我們聊了快一個多鐘頭。」

「『聊』？」

「大部分時間都是他在說話，談什麼聖經啊，猶太人的預言啊之類的，基本上這位老兄認為這幾件案子是一個警訊，表示上帝已經非常不爽，想要拿曼哈頓來殺一儆百，他希望我能透過警察局，叫大家乘來得及的時候趕快悔改。」

「那敢情好，我們可以在警局門口擺攤賣贖罪券嗎？」

正靜靜啜飲伏特加的王萬里，朝我後腦輕拍了一下。

齊亞克接著說：「還有一個中學的生物教師，他認為曼哈頓的人口實在太多了，所以就像旅鼠一般，靠自相殘殺來減輕人口壓力。」

「旅鼠？」吧台後的女酒保蔣曉鏡放下酒杯，「我投這個教師一票。」

「可是人類畢竟不是旅鼠，曉鏡。」王萬里說。

「很難說喔。」

「哦？」

「你看過蜘蛛嗎？王大哥，」蔣曉鏡說。「就理論上來說，蜘蛛絲的強度比鋼絲還要強韌，但是為什麼沒有人飼養蜘蛛取絲織布？」

「因為蜘蛛的領域性很強，在一個房間大小的空間內，只能讓一到兩隻蜘蛛共同棲息和獵食。即使將一大群蜘蛛放在一起飼養，牠們也會自相殘殺到剩下一兩隻。」我的夥伴啜了口伏特加，「蠶絲的強度雖然不如蜘蛛絲，但是因為蠶可以在有限的空間裡同時飼養一兩百隻，比較適合大規模的商業養殖。」

「其實每種生物都有與生俱來的領域性，從十九世紀末開始，人類一直透過科技、文化和教育，和本能的領域性相對抗，也使得現代化一兩千萬人的巨型都市能夠形成。」蔣曉鏡打開一瓶礦泉水，灌了一口，「但仔細想想，我們的領域本能其實並沒有消失，只是被環境和文化因素所壓抑。我記得第一個受害人——好像是日本人？」

齊亞克點了點頭。

「每一種文化中，都有形和無形地規定了個人的隱私空間，以及人和人之間容許接近的距離。像日本人因為人口大多聚集在都市，所以他們的文化中，人和人的容許距離相當近，像日本人的地鐵中，人擠到必需要由戴白手套的站員將人塞進車廂裡，換成在紐約的地鐵中，根本是不可思議的事情。

「一般在被其他人侵犯到隱私空間時，還可以用暗示或語言提醒對方，但是像這三個案子的現場，擁擠的程度已經到即使用暗示或語言，都難以確保自己的隱私空間不受到他人侵犯的程度。在這種情況下，是否會有人會依照領域本能，也就是以『蜘蛛』的方法解決問題？」

整間酒吧沉默了片刻。

「曉鏡，妳以前到底是念什麼的？」最先打破沉默的是齊亞克。

「以前在大學唸過一點文化人類學，不過期末考還可以過關。」

王萬里放下酒杯。

「曉鏡，謝謝妳，」他說：「亞克，我想案子解決了。」

「真的？」齊亞克問。

「這不是什麼偶發事件，」王萬里花了十分鐘左右，說明他的解答。

我們的警官朋友蹙起眉頭，「不過你的解答，還有很多要證明的地方。」

「我可以證明給你看，」王萬里說：「不過，你能不能調出剛才我說的案件資料？」

「這沒問題。」

「其次，士圖，麻煩你聯絡日本協會的西園寺英輔，請他叫長谷川和三河屋過來。」

「是西園寺的保鑣嗎？」

王萬里笑了笑，沒有回答我，「最後，今天的酒我請客。」

「謝謝。」齊亞克舉起酒杯。

「先別謝我，喝完這杯酒後，今天可能要忙到天亮了。」

※※※

隔天早上，王萬里和我扶著艾瑞克，走進百老匯的講堂劇院。

「今天怎麼突然找我過來？」艾瑞克問。

「沒什麼，」王萬里扶著他坐在劇場中央的座位上，劇場中七成的座位已經坐滿，四周全是觀眾細細的低語聲，「我以前是舞台劇團的指導老師，今天他們公演，特地送票給我。」

「這樣啊——」艾瑞克點點頭，劇場的燈慢慢轉暗，舞台的燈亮了起來，開始上演預定的戲碼。

舞台演出十分鐘左右，前方突然傳出一聲尖叫。

「怎麼了？」艾瑞克問。

「舞台表演噴火特效時，火花濺到了前排座位，現在前排座位燒起來了。」前排座位零星的火苗串成了熊熊燃燒的柴堆，鄰近座位的觀眾開始倉皇地往後推擠，四周全是座椅木料的碎裂聲、慌亂的腳步聲，偶爾夾雜女性的尖叫和小孩的啜泣。

「我們該離開了吧？」艾瑞克問。

「還不急，現在火還沒有燒到這裡，而且先等前排的觀眾走了再說。」火燄不斷向後方延燒，我們前面兩排的座椅已經被人群推倒，人潮不斷從我們身旁擦過。王萬里和我已經不能安然坐在椅子上，而是挨著艾瑞克擠在一起。

「夠了，帶我離開這裡！」艾瑞克叫道。

「你不是一直很喜歡這種場景嗎？」王萬里說。

「什麼？」艾瑞克愣了一下。

「魯多・摩里斯是你叫到『纜車』去的，你知道佐藤一家回國之前，會到常去的餐廳用餐，你也知道魯多・摩里斯討厭日本人，所以你就暗示他抽空去看看老婆的墓，順便帶兒子出去吃飯。」

那天晚上，魯多・摩里斯帶著兒子到餐廳用餐，雖然白天艾瑞克沒有收他的錢，但是輸棋的挫折感和經濟的困窘始終揮之不去，加上艾瑞克好心的提醒，無意中卻揭開他喪妻的舊創，在義式餐廳全家用餐的溫馨與熱情反襯下，這些傷痛像核爆時的鈽球，在心頭壓成密密實實，即將引爆的一團。

這時在眼前，他看到眼前有一個家庭正在用餐，有一個爸爸，一個妻子和一個小男孩。如果不是因為那場車禍，這一切原本他都可以擁有。然而眼下擁有這些的人，和一年前奪走他妻子生命的人一樣，都是日本人。

「我沒想到魯多・摩里斯那麼聽話，真的肯帶兒子到那麼貴的義大利餐廳用餐，可能是我不收他賭金的緣故吧。」艾瑞克說：「那麼，百貨商場的案件呢？」

「你知道佐藤家常去的店家，所以在佐藤律子探視你時，你暗示她東京天氣很冷，暗示她到商場準備行裝；同時你從莫特莉那裡知道了她有個喜歡購物，壞脾氣的室友，所以故意將『貿易風』特賣會的傳單塞進她家的信箱裡。還用組合式的活字橡皮章在上面印下訊息。」

「活字橡皮章？」我問道。

「如果那行字是商場補印的，因為一次就要蓋幾千份，應該會另外刻製字體大小和內文相近的橡皮章。市面上的活字橡皮章一個印章只有一個字母，所以可以任意組合，但是字體的大小選擇就會受到限制。」我的夥伴說：「而且你看過艾瑞克平日使用的西洋棋，棋子的形狀都一樣，對眼睛看不見的人而言，只能摸索棋子上的淺浮雕判斷，這也說明了他的觸覺相當敏銳，組合活字章對他而言，一點困難都沒有。」

「那我為什麼要留下那行字？」艾瑞克笑了笑，「『因日本觀光團大舉搜購，即將售罄，請把握時機』？」

「為了給安・布雷特壓力，」王萬里說：「不管是什麼東西，只要聽到剩下一兩件，人性中的自私和貪婪就會傾巢而出，即使是平常不喜歡的，也會變成人人搶破頭的珍品。而且你在上面也暗示，這個情況是日本觀光團造成的。」

安・布雷特前往『貿易風』採購的當天，整個商場因為人潮，完全沒有平時購物的悠閒氣氛，只能隨著人海在一個個櫃台間隨波逐流，在接連錯過好幾個商品區時，原本想要買到便宜貨的愉悅感，也在四周不停的推擠和身不由及的拘束感不斷加溫，轉化為焦燥與憤怒。

這時，在前方竟然還有一個日本人，在之前的大肆搜羅後，還意猶未盡地和她在同一個地方搶購。

「加上商場特賣會的時間就只有那幾天，她們碰頭的機會也會增加。——別忘了，還有書店。」

「你知道莫特莉是說故事社的成員，書展時一定會到場；而且你知道不喜歡擁擠的吉安尼・布魯東有個不良於行的女兒，為了引誘他和他女兒到書展，你就在布魯東家對面的牆上畫小白兔。」

「等等，萬里，」我說：「艾瑞克眼睛看不見，他怎麼在牆上塗鴉？」

「用模板，」王萬里說：「你在購物車上看到沾了噴漆的紙張，其實都是一張張的模板，如果翻開來看，會發現其中一角有個孔，只要在噴漆時用指頭摸索，對齊孔的位置，就可以噴出特定的圖案，比傳統的塗鴉還快得多。」

「現在齊亞克已經派人搜查你放在中央公園的購物推車，相信可以找出更多東西。」我說。

「不過我很好奇，你是怎麼知道吉安尼・布魯東的。」王萬里說。

「我在街上發傳單的時候，聽到上面有個小孩子的聲音，然後問鄰居才知道，樓上有戶人家，有個要用輪椅代步的女兒。」

「為了進一步引出吉安尼・布魯東，你故意將說故事節的文宣用精緻的信封封好，貼上和塗鴉一樣的兔子貼紙，再放進布魯東家的信箱裡，像這種節慶和以小孩為對象的文宣，原本製作就相當吸引人，加上刻意的包裝，索尼亞・布魯東當然會認為，是那隻『兔子』邀請她參加說故事節的請帖。」

當天因為要留意四周推擠的群眾，還要注意行動不便的女兒，吉安尼・布魯東已經心力交瘁，況且台上還有個女人一直用麥克風說故事和大笑，擴音器播放的每個聲音都像一根根的針，螫刺他已經負荷過重的神經。

艾瑞克爆出一聲大笑。

「不過就算我能讓他們到我要他們去的地方，那又如何？我可沒叫他們拿起酒瓶、衣架和板凳，打死旁邊我要他們殺掉的傢伙。」

「其實不管他們打死的是誰，你根本無所謂。」王萬里說。

「啊？」

「昨天我在酒吧喝酒時，女酒保告訴我，當人處在極度擁擠的狀態下，因為個人的私人領域一再被侵犯，但卻無法用文明的方式保衛時，有些人可能會仿效動物的領域本能，以暴力的方法解決問題和消除壓力。當時我想到的是：這種狀況是否可以用『人為』的方式操控？

「我們面對的是個善於言詞的人，他像『奧塞羅』的伊阿高一般，用言語或其他友善的方式，將他選定的棋子放進指定的棋盤裡，然後看看這些棋子是否會走出他所希望的棋步。如果棋步符合他的希望，當然最好，儘管棋局不符合他的預期，至少也可以消遣一下，如果到最後棋子活著，還能留下來準備下一局。」我的夥伴停了下來，「我曾經說過，希望能再和你下一盤，現在我可以喊將軍了嗎？」

艾瑞克張開只剩幾顆牙的嘴，發出刺耳的尖笑。

「就算是真的，你又能拿我怎麼樣？」他咳了幾聲，「我只是像個友善的鄰居，向他們提出建議而已，酒瓶、衣架和椅子都不是拿在我的手上，就算把我送進警局，也沒辦法定我的罪。」

王萬里也跟著大笑。

「你說得對，我們還真的沒辦法定你的罪。」他一面笑一面搖頭，在背景的火光和驚慌逃竄的人聲下，他的笑聲讓人心裡發毛。

「那現在可以帶我走了吧，」艾瑞克的頭朝四周擺動，早已看不見東西的眼睛，似乎在搜尋可能的出口，「我覺得火好像已經燒到面前，而且待在這裡也不是很舒服。」

「這倒是真的，」火燄已經燒到離我們不到一排座椅的距離，我們三個人的臉被熱氣燻得都是汗水，「士圖，我們走吧。」

「咦？」

「巧得很，我今天剛好也覺得有點無聊，接下來的幾分鐘，或許可以找點樂子，」他放開艾瑞克的手，「好好享受吧。」

「什麼——不行！你不能這樣做！」艾瑞克嘴裡的唾沫飛濺出來。

「為什麼不行？我可以和警方供說我們被人群衝散了，沒看到你朝火場裡走，反正你原本就看不見，警方根本不會懷疑我們的供詞。」他拍拍艾瑞克的肩膀，緩緩朝後退去，「看開一點，反正這買賣你也做過很多次了，剩下來的時間應該足夠讓你禱告，——如果你還相信有神明的話。」

「等等，你們——快點回來！」

「火燒過來的時候記得蒙住臉，」我丟下一句話，「這樣你說不定還能多呼吸個幾分鐘。」

「等等！不要丟下我！」

※※※

講堂劇院是紐約市的歷史建築之一，當初建築師設計劇院的酬勞之一，是要劇場主人同意讓他在劇場裡，設計一個供他私人使用的套房，讓他可以從套房裡觀賞正在演出的戲碼。

我們三個人現在站在這間設計師的私人套房中，從窗戶俯視一個小時前剛被『焚燬』的劇場。

「原來你說的『長谷川』和『三河屋』是指這個。」齊亞克說。

『長谷川』和『三河屋』是日本歌舞伎負責舞台特效和道具的團隊，剛才整個劇場裡只有王萬里、我和艾瑞克三個人，前排座位的火燄、驚慌逃竄的群眾和碎裂的桌椅，都是他們用火爐、羊毛氈及劇場原有的各種特效裝置做出來的。

「艾瑞克呢？」我問。

「我派手下帶他回警局做筆錄了。另外我們從購物推車裡，也發現了你所說的模板和活字章。」齊亞克說：「不過我還是很難相信。」

「打個比方好了，你買過彩券嗎？亞克，」王萬里說，「每個人都知道買彩券中頭獎的機率非常小，但為什麼還是有那麼多人買？

「因為從買彩券到開獎為止，你可以享受到算得　號碼的挑戰，等待開獎的盼望，做一夕致富的美夢，對獎券號碼的刺激，對了，還有沒得　的沮喪，這些過程，有時候比結局還要吸引人。艾瑞克的行為說穿了，和買彩券沒什麼兩樣。唯一的差別是：他是用其他人的人生，做為他簽在彩券上的得獎號碼。」

「他這樣做的動機是什麼？」

「為了好玩。」王萬里說。

「好玩？你在開玩笑嗎？」

「你該不會告訴我，你買彩券的動機是為了投資或理財吧？」王萬里說：「有些人從事像縱火、刺破車胎、謊報有爆裂物之類的破壞行為，只是為了欣賞被害者無助的窘況，這種犯罪行為在學理上稱為『愉悅犯』。不過比起一般的愉悅犯，艾瑞克多了一項優勢，——他看不見。」

「這也算優勢？」我問。

「一般的愉悅犯因為必須透過視覺感官滿足自己的欲望，所以在犯案後都會在現場四周徘徊，無形中增加自己被指認和被逮捕的機會。但是像艾瑞克，你應該注意到他有一台小收音機，對他而言，只要事先布置，然後再收聽播報員的實況轉播，就可以得到滿足。」

「另外你要我查二十幾年前，是否有黑人少年涉及縱火案，並且因此受傷的新聞，我也查過了，」齊亞克說：「二十年前，在路易西安那一帶發生了好幾起穀倉大火，最後一次在火場中發現了一名黑人少年，全身有百分之七十灼傷，兩眼也被燒壞，他起初說是在穀倉睡覺時發生大火，不過警方在他的口袋裡發現打火機和沾滿汽油的棉花後，他才供稱是為了好玩而在穀倉縱火，最後法官判決少年在輔育院服刑兩年。——那名少年當時十六歲。因為少年犯的案卷在十年後就會銷燬，你該不會懷疑他就是——」

「除非找到當年承辦的法官和警官，查證起來可能會很困難，而且別忘了，二十年前是黑人民權最受壓抑的時代，搞不好打火機和棉花是那個警察為了栽贓，故意塞在他口袋裡的。」

「不過話說回來，你為什麼認為是縱火？」

「除了他臉上和手上的燒傷之外，多虧士圖提醒了我。」

「我？」

「你還記得我們第一次見到艾瑞克時，你問他為什麼用手電筒照眼睛？」王萬里說：「對縱火犯而言，火場閃動的火光，是最難以抗拒的誘惑。艾瑞克之所以會對手電筒的光著迷，或許也是對目前只能看見『光』和『暗』的他而言，這道光或許也能帶來相同的滿足。」

「可惜的是，我們還真的找不到什麼罪名控告他，」齊亞克說：「不過，案子破了，你難道就不能高興一點嗎？」

王萬里說：「我在擔心其他的事。」

「還有什麼好擔心的？我們贏了，不是嗎？」

「這不叫『贏』，亞克，差太遠了，」我的夥伴搖搖頭，「我記得法國的社會學者彌勒曾經說過，人沒有在擁擠的劇場高喊失火的自由。但是艾瑞克已經證明，人可以靠在擁擠的劇場高喊失火，來達到個人的目的，而且事後不會受到任何懲罰。

「那在之前，他有那些案件沒有被我們發現？

「在之後，是否還會有人效法他？

「甚至這個案件是否證實了人類用文明和科學束縛的本能已經到了極限，就算沒有艾瑞克，相同的意外也會發生？這根本不能叫『贏』，亞克，差太遠了。」

他話說完，就朝套房的大門走去。

後記

◆**二〇〇八年一月**，一名十六歲高中生在日本東京品川區商店街手持兩把菜刀，見人就砍，造成兩人受傷。正服用精神病藥物的少年供稱，因人際關係出現問題才萌生殺機。

◆**二〇〇八年三月**，一名二十四歲男子在殺害一名七旬老翁而遭通緝後，又持刀沿街砍殺路人，造成一死七傷。他被捕後說：「不論是誰都無所謂，就是想殺人。」

◆**二〇〇八年三月**，日本岡山縣一名三十八歲的公務員被另一名十八歲少年故意推下月台，慘遭電車輾死。該名少年被捕後，僅淡淡地表示：「我想只要殺人就可以進監牢，所以不管殺誰都無所謂。」

◆**二〇〇八年六月**，廿五歲男子加藤智大在東京秋葉原開著卡車先撞倒數人，再持藍波刀在街頭逢人就殺，造成六男一女共七人死亡，十人受傷，凶嫌遭警方當場逮捕。加藤智大向警方供稱，因為「厭倦人生、對一切感到乏味。」他告訴警方：「我來秋葉原就是為了殺人，至於殺誰並不重要。」

◆**二〇〇八年六月**，基隆市郭姓魚販昨天凌晨在一處公廁如廁時，被人無故從背後猛刺一刀，郭負傷奪刀並制伏涉案的張國文，嫌犯張國文說，因對社會不滿，才隨便找人殺。

◆**二〇〇八年六月**，一名來自奈良縣香芝市的52歲女性職員，在大阪市北區梅田的JR大阪站環形線站台上被人用刀具砍傷左臂。約五分鐘後，來自大阪市大正區的一名20歲的女大學生左臂，也同樣被砍傷。另有一名兵庫縣西宮市的20歲女大學生報案稱，她是看到電視報導說有人被刀劃傷，她才出來檢舉，本來以為她是自己不小心被什麼東西割傷的，後來才知道也是受害者之一。警方在調閱車站監視錄影帶後，逮捕住在神戶市西區的無業女子大山和歌。

◆**二〇〇八年七月**，三十三歲的兇嫌菅野昭一在東京八王子市的京王八王子車站大樓九樓書店，無預警地拿出預藏菜刀，刺向一名正在整理書籍的二十二歲女性店員胸口，隨後砍殺另一名二十一歲女大學生。兇嫌行兇後搭乘電梯逃離現場，後來在大樓附近被警方制伏逮捕。。兇嫌對行兇動機仍是老話一句：「不論殺誰都好。」

◆**二〇〇八年七月**，一名女性持刀在神奈川縣平塚市寶町的JR平塚車站東口，向過往行人挑釁，至少殺傷了六名行人，其中五人被送醫治療。

◆**二〇〇八年七月**，一輛橫貫加拿大西部、由艾蒙頓（Edmonton）駛往溫尼伯（Winnipeg）的灰狗巴士上，一名疑為華裔的中年男子刺死一名青年，還把被害人斬首並取出內臟。

◆**二〇〇八年八月**，澀谷車站東急百貨東橫店東館的入口處，有人打電話報案，說有兩名年輕女性被人殺傷，要警方前往處理。警方趕到後，發現兩名受傷的女性蹲坐地上，附近車票販售機前有名七旬老婦，拿著裝有長約十公分水果刀的紙袋，遂將她以殺人未遂的現行犯逮捕。受傷的兩名女性分別是26歲與27歲，一名手腕割傷，另一傷在腰部，都急送醫院治療，沒有生命危險。

◆**二〇〇八年九月**，一名在祭典會場擺攤的小販，在活動結束後，突然開著白色轎車衝進現場，隨後下車揮舞鐮刀亂砍。由於當時還有二三十個人在收拾會場，走避不及釀成一死六傷。根據目擊者描述，嫌犯邊揮舞大刀，還一邊大叫要殺光所有人，但是被捕後又說不出行凶原因，到底為了什麼深仇大恨下此重手，日本警方還要深入調查。

※※※

二〇〇八年對日本而言，最受人注意的新聞之一，就是所謂的『無差別殺人』事件，嫌犯通常在毫無預警的情況下，挑選人群聚集的公共場所見人就殺。當時日本民眾不僅避免在公共場所逗留，甚至還有廠商特地從美國進口可以抵擋銳器切割的『防砍服』，並創下一個月四十件的銷售成績。

日本大部分的學者將『無差別殺人』的成因歸咎於媒體報導引發的模仿效應，以及草莓族的挫折忍受度低，稍有挫折就歸咎於社會等。但鄙意以為，除了上述的原因外，是否背後隱藏著更深層的因素？

從生物學的觀點而言，每種動物都有自己的活動領域，保護自己的領域不受侵犯，是動物的本能之一。但就像文中所提到的，日本由於人口集中在都市，大部分人都在『雞犬相聞』的情況下生活，除了地鐵站有職員專門將人塞進車廂，好讓自動門可以關上外，市區大部分的日式住宅空間都不大，甚至有英國的社會學者戲稱日式住宅為『兔籠』（其實英國也有諷刺作家嘲弄自己政府蓋的國民住宅，說只要屋外的人將鑰匙插進大門的鑰匙孔裡，屋裡的人就會缺氧窒息）。

在這種密度高的生活環境下，如果依照動物的本能，每天光是為了領域被別人侵犯，就會打得頭破血流。但是日本人——或者還包括所有人類——卻透過社會文化、教育（例如禮節及法律）和科技（例如超高層住宅），藉由人類的理性判斷能力，壓制動物保衛領域的本能。也使得聚集數百萬人的巨型都市能夠形成。

但是在這種情況下，保衛領域的本能並沒有消失，只是被更高等的理性所壓制，在個人領域長期遭到其他個體侵犯的情形下，無形中會累積相當大的情緒壓力（舉個例子好了，如果說在像威秀影城之類的電影院排隊買票時，發現隊伍最前面的情侶檔光是選時段、挑位子、思考要那一種口味的爆米花，就杵在櫃台前半個鐘頭時，相信很多人都會有這種感覺），如果這種壓力超過理性所能控制的極限時，是否會像小說中的女酒保所言，用『蜘蛛』的方式解決問題？

回到台灣，雖然都會區的人口壓力並沒有日本嚴重，但有些公共場所的規劃上，像書店、3C賣場、量販店、電影院、甚至包括某些所謂的遊樂區或行人徒步區等，都只重視產品或設施的數量和種類，而忽略了群眾在裡面活動和休息的空間需求，顧客在空間中除了要留心手上的商品和身上的細軟外，還要注意四周的人群，身邊的妻兒或親友，精神在長時間大量的壓力累積下，根本沒有辦法達到原本休憩的目的（所以我們經常會聽到有人抱怨說，出去玩一趟比平時上班還要累——或許抱怨的人，就是我們自己？），也許在我們之中，並沒有像文中艾瑞克一般的狂人，但大量壓力持續累積的群眾，是否會發生如文中一般的暴動行為？這或許是未來空間規劃業者，所要深思的課題。

黃金雨

沒想到，我們還能走到這一步啊。
這是我見到屍體的第一個想法。
命案現場在曼哈頓北部哈林區的一棟紅磚廠房，二次大戰結束前，有數百名女工在鐵皮和工字樑搭建的屋頂下，縫製送到歐洲戰場的軍服和帳篷。戰後隨著軍需減少及哈林區的治安惡化，廠房成為銀行的拍賣品，四周也圍上掛著『閒人免進』標示牌的鐵絲圍籬。雜草從水泥磚地面的縫隙探出頭，將伸長的綠色指頭搭上磚牆和鐵門。兩年前一個私人研究所買下廠房，但並沒有撤走四周的圍籬。
屍體躺在廠房最內側，一個大小約廿公尺見方，高度大約三公尺左右的房間，四壁、天花板和地板全鑲上整片淺灰色的鋼板，嵌在天花板和牆壁的日光燈朝室內投射寒磣的藍白色光，偌大的空間看上去就像銀行的金庫或太平間之類，無生命之物的棲身之地。
「這個房間的牆壁一定有好幾公尺厚。」我望向唯一的出口。從鋼鐵牆壁上開出僅容一人的門洞，可以看見外面像冰箱大小的門扇。
王萬里蹲在屍體頭側，雙手捧著死者的頭左右察看。死者的身材瘦小，老舊的草綠色釣魚背心和褐色棉布長褲上，全是鐵鏽畫出的一道道痕跡。乾瘦而布滿鬍渣的臉呈現不正常的灰白色，粗厚的唇像是反映室內的陰冷氣息般，浮現一抹淺淺的鬱青。
「看樣子像是先被人擊中後腦，再摀住口鼻悶死的。」他將死者的頭轉側，後腦有一大塊血腫，藏在蓬亂的淺褐色頭髮下，「死亡時間大概是——」
「昨天晚上七到八點之間，」紐約市警局的刑事組長齊亞克站在一旁，查看手上的筆記本，

「正確來說，大約是七點四十七分左右。」

「不會吧？有那麼準確？」我說。

「他的手錶，剛好停在這個時間。」齊亞克遞過來一只不鏽鋼表殼手錶，橡膠表帶被扯斷，上面的螢光指針停在七點四十七分的位置。

「掉在離他手腕不遠的地方，」他說：「表背和表帶上都有死者的皮膚組織，鑑識小組認為應該是他的東西。」

王萬里和我是『紐約前鋒新聞』的記者，我在擔任記者之前，和齊亞克是警校的同學，也是警局的搭擋，所以有時他的管轄區域出現比較詭異的案件時，就會找以前的同學過來看看。

「另外，他的相機也掉在附近，」單眼相機的皮質部分已經開始剝落，鏡片上有道明顯的裂紋，「裡面的底片已經沖洗出來，但全是空白的。」

「布萊恩・歐康納，『深夜報告』記者。」我的夥伴讀了讀從屍體釣魚背心掏出的名片，遞給齊亞克，「亞克，看來死者是我們的同行。」

「『深夜報告』？」

「今年剛在曼哈頓創刊的小報，」我說：「他們前一陣子為了證明海軍基地的防衛有多麼鬆懈，還想辦法混進班戈的核子潛艦基地裡，我記得當時負責採訪的記者，好像就是這個布萊恩・歐康納。」

「看來他這次的運氣不太好，」王萬里站起身，脫下乳膠手套，「是誰發現屍體的？」

「一個叫寇爾頓・戴維斯的高個子，是這個研究機構的研究員，」齊亞克說：「這間研究機構叫『閣列姆研究所』，總部在中城一帶。據他說今天早上九點開門時，就發現裡面有屍體，他確定對方已經死亡後，就打電話報了警。」

「平時這裡有人嗎？」我張望四周。

「戴維斯說，大部分時間只有他一個人在這裡，」齊亞克說：「閣列姆研究所本來要將這裡改建為實驗室，但是某些特殊儀器的運送時程延誤了進度，到目前只建好這個房間，戴維斯平常只在上班時間來這裡看守設備，晚上則交給夜班警衛，昨天市政府委託的電氣技師要檢查整座廠房的供電系統，他下午六點多將廠房交給業者後，就和警衛鎖上門離開。直到今天早上九點才回來。

「我們問過附近的商店，他們都認識戴維斯，工廠對面的小賣店老闆還看到戴維斯昨天六點多，讓電氣技師的廂型車開進廠房後，鎖上鐵絲圍籬的門。那間小賣店的老闆在門口裝了監視器，檢查錄影帶後，從昨天下午三點到今天上午九點，的確沒有任何人從正門進出這裡。」

「有找到凶器嗎？」我問。

「沒有。」

整間房除了屍體外，房間正中央有張木質茶几，茶几方形的酒紅色木質桌腳放在淺灰色的冰冷鋼質地板上，顯得格外的不搭調。而在茶几上，放了一只同樣不搭調的灰陶長花瓶。

「桌腳和花瓶鑑識小組檢驗過了，沒有血跡反應。」齊亞克發現我瞟向桌腳，「而且花瓶裡面還有水。」

「怎麼在實驗室裡會放這種東西？」

「戴維斯說，研究所的所長過來視察工程時，有時候會在這裡休息。——畢竟，這裡是整間實驗室唯一完工的房間。」齊亞克說：「我推測歐康納可能是在別處遇害，凶手再將他搬到這裡來。」

「或者，這整間房間就是凶器。」我說。

「哦？為什麼？」王萬里轉過頭來。

「歐康納可能在進入這間房間時，身後的門突然自動關上，」我指向房門，「厚重的門扇撞到他的後腦，他立刻就暈了過去。」

「那他被悶死是因為——」齊亞克問。

「這間房間根本不透風，在沒有新鮮空氣的情況下，任何人待在裡面都會窒息。」

門外傳來一陣喧鬧聲，一個留著褐色捲髮的瘦小女子擠過門口的員警，跨進房裡，她一看到屍體，整個人立刻跪了下來。

屍體背心胸前的口袋響起窸窣聲。一個桌球大小，布滿褐色短毛和一對三角型小耳朵的腦袋探出頭來，畏怯地探望四周。

齊亞克張開手心，朝口袋緩緩伸去，那個小腦袋倏地向前一躍，咖啡色的影子在房裡打個迴旋，跳上女子的肩頭。立起被棕色細毛包覆，手掌高的身子，和一條與身子差不多長的蓬鬆尾巴。

「是松鼠，」齊亞克說，「問題是，這裡為什麼會有松鼠？」

「可能是歐康納隨身帶著的寵物，在他遇害後一直藏在房裡，直到有熟識的人出現後才跑出來。」王萬里轉向女子，「請問妳是——」

「我是凱撒琳・米勒，『深夜報告』的總編輯。」女子抬起頭來。

「士圖——」齊亞克朝我瞄了一眼。

「好吧，好吧，我錯了，」我舉起雙手，「如果歐康納是缺氧窒息的話，為什麼躲在他口袋裡的松鼠可以活下來？」

※※※

「『草莓』是布萊恩從中央公園帶回來的，」凱撒琳・米勒朝天花板吐了口菸，轉頭望向窗台上的松鼠籠，剛才和齊亞克捉迷藏的小動物正在裡面，歡快地踏著籠中的轉輪，「撿到牠的地方離約翰・藍儂被殺的地點『草莓田』不遠，所以就取了這個名字。」

『深夜報告』的編輯部，在翠貝卡區一間單房公寓裡，四壁貼上角落已經脫膠的木紋壁紙，鬆成淺褐色的天花板，失去光澤的舊皮沙發和木家具，讓整個空間看上去就像狄更斯小說裡，主人翁所住的老屋。原本設計給兩人新婚家庭使用的客廳，因為靠牆一摞摞堆高的書籍和文件更顯狹窄，兩張書桌面對面地放在客廳唯一的窗戶前，中間用一座書櫃隔開，戴蒙・任揚筆下『如肺病般的曉色』穿過灰撲撲的窗玻璃，在桌面投下淡薄的光暈。

王萬里和我在警方蒐證告一段落後，送凱撒琳・米勒回到這裡，現在我們兩人端著塑膠馬克杯裝的即溶咖啡，坐在她的書桌旁。我探頭朝歐康納的座位望去，玻璃墊下壓著好幾張相片，從背景可以認出中南半島的雨林、北非的市集、中東戰場的斷垣殘壁，裡面的歐康諾裝束也從T恤、軍裝換到回教徒的長袍和頭巾，但『草莓』總會坐在他的手上、肩頭，或乾脆從大頭巾中探出腦袋。

「其他員工呢？」王萬里張望四周。

「只有布萊恩和我兩個人，」她笑了笑，「印刷是請華埠、小義大利和布朗克斯區幾家認識的印刷廠，每一期的廠商都不一樣，好分散風險。」

「你們認識多久了？」我問。

「大概有十年了，」她目光瞟向天花板，「那時候我是大學新聞系的學生，教授安排他到學校演講，談他在越南和中東的採訪經驗，採訪後我寫信給他，他回信給我，並且問有沒有時間出來見個面，那一次我們談得很開心，之後我們就一直維持男女朋友的關係。

「我在大學畢業後，和布萊恩做了九年多的自由撰稿作家，他在海外採訪，我負責蒐集資料，以及幫他的報導找願意刊登的報社。去年布萊恩和我想安定下來，就用積蓄開了『深夜報導』。」她將菸頭丟進一旁的免洗杯裡，「一年來銷量還不錯，原本布萊恩打算過一陣子和我結婚，而且回辦公室當編輯的。」

「你們還沒結婚？──對不起。」

「沒關係，」她點了點頭，「他認為自由撰稿作家的風險太大，隨時有可能喪命，只不為──為什麼是現在呢？」

「歐康納為什麼會想調查那間廠房？」我的夥伴問。

「王先生，你對閻列姆研究所瞭解多少？」

「和警方差不多。」閻列姆研究所的負責人約瑟夫・本雅明曾經是航太總署的研究人員，兩年前退休時創辦了這間研究所。目前只知道所內的研究人員大約有三十名左右。至於研究項目、成果和資金來源，研究所從來沒有對外說明。

「不過能在中城的辦公大樓設立總部，他們的資金來源應該很充裕。」我說。

「可能比你想像的還要多，」凱撒琳說，「我在查詢一些敏感工業設備的流向時，無意間發現閻列姆研究所的訂單，你知道他們買了什麼東西？

「他們和芝加哥某間工廠訂購了四百具小型的強力電磁鐵，十具紅外線感測器，和西雅圖訂購了兩部ＸＭＰ電腦，全部在那間廢棄的廠房交貨。」

「ＸＭＰ？那不是超級電腦嗎？」我問。

「沒錯，」她點點頭，「這型電腦是國務院規定的高科技管制設備，不過安裝地點在美國境內，所以不受國務院出口禁令的限制。」

「安裝在什麼地方？」王萬里問。

「廠商只根據研究所提供的設計圖製作後，再運到廠房，由研究所的人員組裝，光是那兩部超級電腦的運算速度，就超過東岸所有大學和研究機構的電算中心，另外他們還在中城的研究所總部和那間廢棄廠房間租用了數據專線。」

「有找到這個研究所的資金來源嗎？」

「是一個基金會，和研究所同時創立。研究所也是它唯一資助的對象。」

「為了避稅。」王萬里說。

「也為了隱藏資金的來源，」凱撒琳說，「我不認為會有私人企業肯出那麼多錢資助基礎研究，而且就算是應用研究，兩年來也沒有看過這間研究所公布過什麼成果。剛好昨天市政府要幫廠房檢查電力系統，保全比較鬆散，所以布萊恩昨天晚上潛進廠房，調查研究所訂購那些設備的目的。」

「他最後一次和妳聯絡，大概是什麼時候？」

「大概七點半左右，」凱撒琳說：「他當時從廠房外的公共電話打電話給我，說他準備進去裡面，等到出來之後，會再和我聯絡。

「我一直等到今天早上，才過去廠房看一下，沒想到——」說完，她整個人伏在桌上。

書桌上的電話響了起來，凱撒琳勉強支起身子，拿起話筒。

「喂？」她將話筒遞給我，「市警局的電話，好像是找你們的。」

我道了聲謝。將話筒湊到耳邊。「我是霍士圖。」

「我們剛才偵訊了昨天市政府委託的電氣技師，」是齊亞克的聲音。

「他怎麼說？」

「因為那間房間有獨立的供電系統，他們昨天下午六點一到，就先檢查那裡，再檢查其他地方。為了怕遺失貴重物品，還派了個人守在通往房間的長廊入口。

「那個人在晚上七點半時看見歐康納，他說是研究所的員工，臨時要在公司加班，於是那個人就放他進去，他還記得歐康納進去時，有順便拉上房門。不過他以為歐康納在房內辦公，所以並沒有很在意，然後他們所有人就在廠房各處檢查及測試電力設備，直到今天早上戴維斯過來為止。」

「那他們有看到其他人嗎？」

「沒有。」

「沒有？不會吧。」

「直到今天早上，不但布萊恩・歐康納沒有出來，而且根本沒有人進去。」齊亞克說：「不過那天晚上將近八點時，哈林區一帶停電了將近一分鐘左右。」

「停電？」

「目前電力公司還在調查原因，不過為了防止像過去一樣，發生藉停電時搶劫的案件，警車在附近一直巡邏到晚上十點。如果殺害歐康納的凶手走在街上，應該會被警車攔下來盤查。」

「我知道了，謝謝。」我掛上電話。

「亞克怎麼說？」我的夥伴問道。

「你不會相信的，」我敘述了齊亞克的發現，然後做個結尾：「簡單來說，昨天晚上，只有歐康納進去過那間房間。」

「沒有看到凶手進出？」凱撒琳・米勒問。

「是啊，沒有看到凶手進出，」我說，「換句話說，那個房間是個——」

「密室。」我的夥伴下了註腳。

是啊，密室，這個令人沮喪的字眼。

※※※

『前鋒新聞』的市聞版編輯辦公室，位於大辦公室的最內側，在塞進辦公桌椅，兩個文件櫃和一張可以放平當床的沙發外，還可以容納兩到三個坐得不是很舒服的客人，原本從座位後的落地窗，可以瞻望五層樓下第五大道的行人及車流。但為了保密的緣故，一道淺綠色的百葉簾遮住了對外的視線，加上桌上成摞的文件，以及區隔記者大辦公室，鑲在咖啡色鋁質框架的大片玻璃。與其說是對高階主管的禮遇，更像是動物園裡收容某些兇猛野獸的檻舍。

「你們要去採訪閻列姆研究所？」尤金說：「我看行不通。」

坐在辦公桌後的尤金是『前鋒新聞』的市聞版編輯，沒紮領帶的白襯衫加上黑色吊帶長褲，和新聞系大一新生腦海中總編輯的假想大致相同，給人安穩印象的頭上只留下油亮的禿頂，原本粗壯的體格在經過了五十幾年的操勞後，顯得有點佝僂和福泰，但還隱約可以嗅得出來二十年前在越南手握三〇機槍的握把，對瘋狂衝鋒的北越士兵掃射的那股狠勁。

「他們不同意？」我問。

「三個月前，財經版的編輯想對閻列姆研究所做個專訪，但對方說研究的項目屬於商業機密，不方便接受採訪，」他聳聳肩膀，「我和幾家報社打聽過，答案都差不多。——何況現在出了人命，他們怎麼會同意？」

「如果凱撒琳・米勒的資料沒錯，這個研究所並不需要資金援助，當然不用看媒體的臉色過日子，」我的夥伴說：「士圖，亞克那邊可以申請到搜查令嗎？」

「除非有直接證據可以證明歐康納的死和研究所有關，否則檢察官是不會簽發搜查令的。」我說：「沒關係，大不了萬里和我還可以混進去。」

「士圖，你還是死了這條心比較好，」尤金勾勾手指，示意萬里和我上前，「兩個星期前，有一家小報的記者像歐康納那樣，混進中城的研究所本部，結果兩天後，在兩條街外一家餐廳的後巷發現那個記者——」

「他死了？」

「沒有，不過那位仁兄現在還住在醫院裡，我聽那間小報的總編輯說，他還要再動兩次手術，加上復健，至少也要半年才能出院，坦白說，和死了也沒什麼差別。」

「那間小報的編輯沒有告他們？」

「發現記者的地點和研究所差了兩條街，而且那個記者的記憶非常混亂，似乎是受到極大的驚嚇。何況如果告他們的話，不是等於承認自己侵入對方的產業嗎？」

「放心吧，我們和他不一樣，——老闆，給你看一樣東西。」我打開進門時一直揣在手上的牛皮紙袋，拿出幾張相片放在桌上，

「研究所總部所在的大樓一共有二十層樓，研究所在五樓，大樓裡面還有電腦公司的電話客服中心、保險公司、廣告公司等，並不是經常有外人進出的業種，所以進出的人員相當單純。」我將照片一張張推到尤金面前。裡面除了鐵灰色帷幕玻璃大樓的外觀外，還有每個樓層的導覽牌，大廳玄關圓形的警衛服務台。

「除了樓下大樓管理單位僱用的警衛，樓上研究室的入口還有警衛崗哨、金屬探測器、和像

機場一樣的行李X光檢視器，入口之後還有一道大的金屬探測門，」另一張照片是從電梯門口拍到的，裡面金屬探測門將走道隔成兩個入口，入口處可以看見深藍色西裝裝束的警衛，深處有另一道金屬探測門，粗厚的門柱融合在走道四壁的灰色飾板下，「研究所內部的警衛應該是所方自己聘用的，每個人身上有一到兩樣的輕武器，從手槍到衝鋒槍都有可能。」

尤金躺回主管椅柔軟的椅背。

「首先，照片是你拍的？」他問。

「是萬里，」前一天王萬里穿上故意尺碼放小的西裝，戴上眼鏡，拎著裝著小型相機的皮箱，以保險公司業務員的身分走進大樓，研究所門口的照片，是他假裝按錯樓層，在電梯門開關時拍下的。

「晚上研究所有保全系統，潛進去的風險太大，」我的夥伴說：「最理想的方式是在白天冒充工作人員進去。」

「假裝電力公司或水公司的人進去會有問題，」尤金說：「切斷整棟大樓的水電會把事情鬧大。但就算是郵差或快遞，像那種商業大樓，最多也只能送到一樓的警衛室。」

「不用那麼麻煩，——凱撒琳・米勒說過，研究所和那間廠房之間，加裝了兩條數據專線。」

「你的意思是——」我說。

「那他們的電話通話品質，要求應該會比其他人要高。」

「是嗎？我懂了。」

※※※

「凱斯曼通訊，是嗎？」櫃台後穿著深藍色西裝的警衛，手上拿著我遞上去的塑膠卡片識別證，試著辨識上面深藍色的公司頭銜，「我不記得今天公司有打電話找你們——你們不是我們的外包廠商吧？」

「沒錯，」我將手肘靠在櫃台上，「樓上軟體公司的客服中心打電話給我們，說電話裡有雜音，可能是上下幾層的線路互相干擾，所以我們過來檢查一下。——你要不要拿起分機問看看？說不是你們這裡也有同樣的問題。」

警衛一面盯著我，一面拿起櫃台下的電話聽筒，撥了幾個號碼。

「喂，休息室嗎？我這裡是門口，今天電話有沒有問題？什麼？撥外線會聽到別人的聲音？好，我知道了，謝謝。」

昨天晚上，我換上從洗衣店借來的藍色連身制服，提著工具箱到大樓地下停車場的電話配線箱，將研究所、客服中心和保險公司的電話線纏在一起，乍看之來配線並沒有做什麼更動，但是只要一撥外線，就可以聽到客服中心客戶的抱怨，以及保險公司業務員對人生的寶貴建議。

打一通電話可以聽到三通電話的內容，不知道電話公司會不會用這個理由，和他們加收額外的電話費？

「好吧，被你說中了，」警衛放下聽筒，但似乎還沒打算認輸，「但是這一帶的線路有電話公司負責，如果你要檢查線路，先要等他們來再說。」

「這樣最好，不過樓上就是聯絡不到電話公司的工程師，才找我們過來的，你要聯絡他們的話，最好有心理準備。」

電話公司在這一帶駐點維修的工程師，昨天晚上被王萬里帶到格林威治村的酒吧，三個人喝了好幾杯波蘭的伏特加酒。這種酒的酒精濃度高達百分之九十八，兩位工程師就算隔天早上爬得起來，也會因為宿醉而頭痛不止，就像有個建築工人站在肩膀上，準備用手上的風鑽鑿穿腦殼一般。

『我們為什麼不乾脆用他們的識別證算了？』昨天晚上我用市面上的商用製卡機製作假識別證時，忍不住嘀咕了幾句。

『如果這樣，他們可能會被炒魷魚，』王萬里拍拍我的肩膀，『都是打工領薪水的，沒必要做得這麼絕吧？』

「可是——」警衛手上捏緊我的識別證，無意識地咬著大拇指的指尖。

「沒什麼可是了，」我將手上的鐵質工具箱往櫃台一放，發出碰的一響，櫃台後的警衛駭得朝後退了半步，「如果找電話公司的話，說不定要拖到明天，我今天就可以幫你解決好，而且是和樓上一起處理，所以不算你們一毛錢，就當幫我個忙，好不好？」

警衛的視線不停在我的臉上和識別證的照片間逡巡，最後他嘆了口氣，將識別證交回給我。

「好吧，跟我來。」他翻開櫃台旁的門走了出來，右手朝我揮了揮，示意我跟在他後面。

我提起工具箱，尾隨他穿過閘口。

櫃台後是條一百公尺左右的走道，四周就像哈林區廠房裡的那間房間般，鑲上大片淺灰色的不鏽鋼飾板，照片中那道金屬探測門矗立在走道中途，立方體造型的門楣和門柱從平滑的牆面凸出，帶給從下方穿過的訪客異樣的壓迫感。

一個白人男子從走道另一端走來，他的身形比我要高出三四個頭，肩膊寬廣，體格並不算壯碩，但相當結實，身穿長袖米白色軍裝上衣加上同樣式的長褲和皮鞋。袖口蓋住的左掌握住一支和牆面同色的手杖，杖尖隨著腳步撐住地面，發出規律的敲擊聲。

他走到我們旁邊時，停了下來。

「警衛，」聽到他的聲音，幫我帶路的警衛停下腳步，「這個人是誰？」

「是來檢查電話線路的技工，戴維斯先生。」警衛回答的語調帶著一絲顫音。

寇爾頓・戴維斯一面聽著警衛的報告，一面輕輕點著頭。他的頭是略微拉長的立方體，沒有頭髮的頭頂加上突出的前額和下顎，更加深了這種印象，嘴唇在他臉上被簡化成一條沒有血色的橫線，淺灰色接近透明的眼瞳隨著語聲的韻律，不停在我身上和臉上打轉。

聽完警衛的報告後，他朝我伸出右手，張開細長的手指。

「先生，請將證件交給我保管，」他說，「離開時，櫃台會交還給你。」

「為什麼？」我問。

「本所的研究項目屬於重要的商業機密，」他用手杖指指櫃台，「要是你不同意的話，恐怕只能請你立刻離開了。」

「那沒問題。」我解下識別證，放在他手裡。

「謝謝你的配合。」他朝警衛點點頭，後者的神情頓時鬆弛下來。

我正準備跟著警衛離開時，肩頭驀地傳來某種物體的壓迫感，我本能地聳起肩膀，轉過頭去，只見寇爾頓・戴維斯的手杖壓在左肩，鑲著橡皮頭的尖端正抵著我的臉頰。

「還有什麼事嗎？」我試著讓語調平順點。

「先生，」他說，「可以讓我檢查一下工作服嗎？」

「唉，好吧，」我放下工具箱轉過身，拉開連身工作服胸前的拉鍊，雙手分開衣領，讓他可以看見裡面的汗衫和露出肌膚的兩臂。

「謝謝。」我拉上連身工作服的拉鍊時，他收回手杖，「不好意思，我們必須留意訪客是否有攜帶槍械或攝影器材。請多多包涵。」

「如果你指的是早餐，我半個鐘頭之前已經吃掉了。」

原本我習慣在左腋下佩帶一支點四五口徑，加長槍管的自動手槍，但今天這把槍和皮套放在大樓地下室的貨車，和王萬里在一起。

「抱歉了，」戴維斯離開後，警衛臉上的表情鬆弛下來，「我們主管對安全的要求很嚴格，希望剛才沒嚇壞你。」

「別提了，快帶我進辦公室吧。」我揮揮手，做出不耐煩的樣子。但是肚子裡卻有好幾個想法不停打轉，整個胃像塞了塊磚頭一般。

※※※

穿過走道盡頭左側自動開啟的玻璃門，迎面是一條狹長的走廊。

「這兩邊是主要的辦公室，」警衛朝兩側拉上百葉帘的玻璃窗擺擺頭，「你想先從那裡查起？」

「先查右邊好了。」我望向右側辦公室的門，上面的鋁質銘牌用黑色印刷體印著：『模擬組』。

我的隨從打開辦公室的門，裡面十幾張辦公桌排成兩列，每張桌上都有一部電腦螢幕和鍵盤。前方和左側靠牆擺放十幾個用號碼轉盤的檔案櫃，右方用大片落地窗隔出一小片空間，裡面可以望見四五部和冰箱差不多大小的機器，上面的指示燈在幽暗的照明下，閃現星星般的微光。

整個辦公室裡一共有七個人，都穿著一樣的白襯衫和牛仔褲，大部分都在座位後伸懶腰或操作鍵盤，不過有一兩個已經站起身子，四處張望。

「早上電話是怎麼搞的？」其中一個看見警衛，立刻拉開嗓門，「我們跟XMP的連線全斷了，現在只能靠迷你電腦做計算，如果今天修不好的話，明天的測試計畫真的要開天窗了——」

裡面那幾部冰箱大小的機器，應該就是迷你電腦的主機。

「OK，OK，不用擔心，廠商在這裡，」他朝我使個眼色，「快點動手吧。」

「麻煩各位讓我檢查一下你們的電話，謝謝。」我逐一拿起每個辦公桌上的電話聽筒，偶爾按幾個按鈕，裝做正在認真檢查的樣子。

大部分人的電腦螢幕上，都顯示各種正在不停變化的幾何圖形，有些螢幕還有不停流瀉而下的數字，除了電腦工程師常見的鉛筆和單線簿外，有些桌上還有裝在活頁夾的大疊報表，桌子的主人多半一隻眼睛盯住螢幕，另一隻逐行檢視報表的數字，不時還會從嘴裡吐出幾個髒字。

我掛上聽筒，準備檢查下一部電話時，扣住桌面下的左手指尖，卻摸到一個奇怪的物體。這個物體的大小和鈕扣差不多，平貼在桌面下方，我用指尖把它摳下來握住，繼續檢查下一部電話。

結果下一個座位——不，應該是每一張桌子——的桌面下，都貼著同樣大小和觸感的鈕扣狀物體，檢查過全部的辦公桌，微微汗濕的掌心裡，已經藏了十幾顆小扣子。

我將手插進連身工作服的褲袋，將扣子丟進裡面，順便拿出一支螺絲起子。

「很抱歉，這間辦公室的線路沒有問題。」我望向門口，「另一間辦公室呢？」

對面的辦公室門口寫著『材料組』。裡面有三排實驗室的水槽，不鏽鋼的桌面在日光燈下泛出清冷的光，一排有對開玻璃門的藥品櫃，佔據了辦公室後面的整片牆，左首靠牆有三具正方形，外框用鋼條加固的玻璃箱，厚實的箱壁玻璃讓裡面機械臂筆直的線條顯得有些朦朧，像是罩上一層霧氣似的。

有四名身穿白長袍的人員正圍在一具玻璃箱前，其中一人正握住箱外操作機械臂的控制桿。聽見警衛的腳步聲，四個人馬上在箱前站成一列，操作機械臂的人還不忘拉下玻璃箱上的黑布簾幕。

「我的老天，你進來難道不會敲門嗎？」其中一人發現是警衛，頓時舒了口氣。

「我帶電話公司的人來檢查電話，」警衛朝我點了點頭，「對了，現在幾點了？」

「你忘記了嗎？我們這裡沒有人戴表。」那個操作機械臂的人員說。

「我上個月才弄壞剛買的SWATCH。」另外一個比較年輕的人說。

「你那個還算好的，」最後一個成員搖搖頭，可以嗅出語氣中的痛惜，「我上次不小心戴老婆結婚紀念送我的浪琴來上班，現在還在想要怎麼和她解釋。」

「要檢查電話的話，這裡唯一的電話在門邊，」機械臂的操作員指指房門旁的一個小矮桌，上面除了電話外，還有一部外殼布滿擦痕的個人電腦，「唯一的電腦也在那裡。」

「我知道了，謝謝。」我蹲下身子，查看桌子底下的電話線路。

電話下的桌底黏了顆小扣子，遠處藥品櫃的底下也有兩點小小的閃光。

我拿起螺絲起子，假裝要拆開接線盒，實際上則是將那顆小扣子撬下來，和起子一起塞進口袋裡。

「不妙了，這間辦公室也沒有。」從桌底鑽出來時我皺起眉頭，讓臉上呈現小小的失望神情，「你們這裡還有其他的辦公室嗎？」

門外傳來緩慢而穩定的腳步聲，一個瘦小的老者站在門外，摻雜幾星灰色的細直白髮舒展至後腦，雖然現在整個辦公室的溫度相當舒適，但他身上大衣的雙排扣還是扣緊至頸下，鬆弛的雙頰和皺紋，將年輕時應該相當精悍的三角臉修得圓潤了點，但從直盯著人，幾乎無法分辨瞳孔的深黑眼珠，還是可以嗅出一絲危險的味道。

「戴維斯，這位先生是——」他轉過頭，朝門外的空間發問。

「是負責修理電話的業者，」隨著機械式的緩慢語音，寇爾頓・戴維斯的臉探進門內，「這位先生，找到問題了嗎？」

「呃，還沒有。」我說。

「請快一點，」他的臉收了回去，和老者走向走道另一頭。

「這位是我們的所長。」警衛朝門外一瞥。

「他的辦公室在——」我問。
「走廊左轉盡頭，」他側著頭，「不過要查他的辦公室就省了，我們所長的辦公室沒有電話。」
「不會吧？」我哈哈笑了兩聲，「這麼大的辦公室，所長竟然沒有電話？」
「我們的所長不喜歡機械、電腦之類的東西，」剛才操作機械臂的研究人員說，「他常說在太空總署工作了快二十年，對電腦之類的機械已經看膩了。」
「就連日常的計算，他也不用計算機，而是用六〇年代那種老學者用的計算尺，有時候算得還比我們快。」另一名研究人員說。
「對不起，」一個身穿紅色工作圍裙，個頭矮壯的中年男子，推著清掃車站在門外，橫過大圓臉的嘴唇在紅色鴨舌帽下咧了開來，「我要打掃一下辦公室，可以進來嗎？」
「不好意思，請進。」我一邊道歉，一邊和警衛退出辦公室。
「只剩警衛的辦公室還有電話，我帶你過去吧。」警衛聳聳肩。
「多謝了。」我離開時。矮胖的清掃工正從圍裙的口袋掏出抹布和清潔劑，開始擦拭電話。

※※※

和大部分的公司一樣，閻列姆研究所的警衛室是個僅供休息的單調地方，一張長形會議桌和十幾張摺合椅，將狹長的室內空間塞得滿滿的，貼上淺黃色壁的牆壁有塊貼滿佈告和傳真的白板，十幾部監視器組成的電視牆填滿了最內側，一名警衛坐在電視牆前，手上夾了根點著的菸，正隨著指尖輕輕顫動。

室內唯一的電話在房門旁的一張小桌上，坐在這裡可以看到整條走廊上的動靜，我伏下身子，桌底下也有兩顆小扣子。

「等一下，我找到問題了。」我說。

原本低著頭，眼睛半瞇，似乎已經打起瞌睡的警衛抬起頭來，「真的？」

「是線路干擾的關係，我調一下就好了。」我拿出螺絲起子，將兩顆小扣子挖下來，藏在手心裡。再若無其事的站起來，「ＯＫ，線路重整要花一點時間，再過十分鐘，電話系統就可以恢復正常。——對了，洗手間在那裡？」

「哦，出門左轉。」警衛朝門外做個手勢。

推開警衛室外走廊盡頭的門，我走到洗手台前，打開水龍頭，做出正在洗手的樣子。

現在本雅明所長和戴維斯應該都在另一頭的所長室，今天要混進去是不可能了，而且口袋裡至少還有一二十顆不知道做什麼用的小扣子，趁現在回到地下停車場和王萬里會合，或許他們還不會發覺——

肩頭突然被人粗魯地拍了兩下，打斷了我的盤算。

「拜託，又來了？」我咕噥著回過頭，首先看到的，是一支九毫米手槍的槍口，瞪著我的眉心，距離近到可以看見槍管裡螺旋狀的膛線。

「對不起，麻煩你跟我們走一趟。」手槍握在一名黑皮膚警衛的手中，他的身高只比戴維斯矮一個頭左右，不過從藍色西裝上衣微微隆起的曲線，可以推測他的雙臂和上身肌肉相當壯碩。

「如果你敢反抗的話，我們只好對你不客氣了。」另一名警衛不停把玩著手中伸展開來的三節警棍，他的身高和黑大個子差不多，不過體格相當細瘦，蒼白的皮膚，削尖的臉部和五官輪廓，加上腦後一條褐色的馬尾。可以嗅出一股妖豔而頹廢的氣質。

「老兄，我只是修理電話的技工，沒必要為難我吧？」我話剛講完，黑大個就用手槍的槍口敲了敲我的前額。

「別裝了，戴維斯先生都知道了，」他朝洗手間的門使使眼色，「走在前面，把手舉高，別耍花樣。」

我聳聳肩，舉高雙手，後頸立刻傳來槍口的冰冷觸感。

另一名警衛打開門，揮揮手上的警衛，「跟我們來吧，老兄。」

我跟在他後面走出洗手間，後面跟著黑大個和他手上的槍。

「你以為光靠假證件，就可以混進來這裡啊？」白皮膚的警衛一面說，一面像高中啦啦隊長般，玩弄手上的警棍，「戴維斯先生剛才用你識別證上的電話號碼，打電話到你們公司問過了。」

「接電話的，應該是我們公司的行政小姐吧？」識別證上的公司銜頭是真的，上面的電話號碼卻是虛構的，撥到這個號碼的電話在經過一連串合法和非法的轉接機制後，會通往百慕達群島一家經常和我們報社合作的電話祕書公司，即使研究所打電話去確認，應該也不會穿梆，除非

「對啊，那個小姐的確說有你這個員工，而且目前正在我們這裡維修，」他哼了一聲，「不過既然你們是電話公司，戴維斯先生就順便問對方一些像接線盒，語音總機，長途控制器之類的專業術語和型號，沒想到她一句也答不上來。對一個不到幾個人的小公司，這不是很奇怪嗎？」

他領著我們穿過走道和閘門，最後在入口的電梯停了下來。

「那你們要帶我到那裡？」我說：「不會是上警局吧？」

「然後呢？讓你的同夥保你出來？」白皮膚的警衛爆出一聲大笑，用警棍按下『上』的按鈕，「我們到屋頂。」

「屋頂？」

「你沒聽別人說過，溜進我們研究所的下場嗎？」他咧開嘴巴，「明天大樓巡邏的警衛會在屋頂發現一名重傷患，然後你會在某間嚴重創傷中心的加護病房住上半年左右，運氣好的話，可能會遇到比較漂亮的護士小姐，這樣還不錯吧？」

他說完笑了出來，目光審視我的表情，似乎很欣賞自己的幽默感，從電梯門光亮的金屬飾板，可以看到身後的黑大個也咧開厚唇，露出和黑皮膚不搭調的大顆白牙。

叮的一聲，電梯門朝兩側滑開。

「那就怪了，」我說，「聽你這麼說，我為什麼一點都不怕呢？」

白皮膚的警衛還沒反應，我已經退後貼住黑大個的胸腹，雙手抓住他持槍的手臂向左疾轉。黑大個魁梧的身軀畫個漂亮的半圓，撞上他體格細瘦的搭檔，兩人一起摔進電梯車廂。撿起兩人掉在門口的警棍和手槍，手槍的滑套上有個藍色的大圓點，代表槍裡裝的是沒有殺傷力的衝擊彈。探進電梯車廂，三十秒前還相當嘮叨的那傢伙壓在黑大個正試圖站起來的身體下，只能發出模糊的呻吟。

「老實說，我很感謝兩位的安排，」我按下屋頂的按鈕，再收回身子，「不過我怕針頭，所以下次再說吧。」

看著電梯門闔上後，剛轉身準備從安全門下樓，身後就傳來輕微的爆炸聲，接著，是右臉頰一陣尖銳的灼痛感。

寇爾頓・戴維斯站在閘門後，左手握著一把點二二口徑的袖珍手槍。

他扣下扳機，我轉身閃過子彈，順勢丟出手上的警棍，他右手的拐杖朝外急揮，格開了警棍，繼續開第三槍。

那好，看你接不接得住這個。

我對準他扣下扳機，子彈擊中他的左腕，袖珍手槍彈上空中，落在他身後。我退到安全出口，右手瞄準閘門後的牆壁和天花板繼續射擊。

子彈擊發的爆炸聲在密閉的空間裡不停迴響，走道上的警衛和戴維斯本人都伏低身子，唯恐被屋內反彈的流彈擊中。

我打開安全出口，坐在樓梯扶手上一路滑到地下停車場，推開停車場的安全門，王萬里坐在小貨車的駕駛座上，正等在門外。

剛在助手座上坐定，我的同夥就踩下油門，小貨車像彈珠台的鋼珠般打了個九十度的急轉，射出閘口，在接近中午交通尖峰的街道上狂奔。

「你受傷了。」王萬里右手握住方向盤，左手放開排擋，熟練地打開急救箱，遞了塊紗布過來。

「只是擦傷而已，不礙事，」我按住臉頰上的傷口，望向車側的照後鏡。

後方並沒有可疑的車輛，不過經過一連串的加速和急彎後，貨車單薄的後車廂骨架已經發出吱呀的哀鳴。

「不用開得那麼快吧，」我開始抓住車頂的握把，「我們已經甩掉他們了。」

「我開車只有兩種速度，極速或停止，」王萬里又做了個急彎，「不然的話，平常怎麼會讓你開車？」

※※※

「你臉上的傷是怎麼回事？」走進市警局的辦公室，齊亞克第一眼就瞄向我貼著ＯＫ繃的右頰。

「早上刮鬍子弄傷的。」寇爾頓・戴維斯的槍法的確不錯，除了臉頰外，他的另一槍在連身工作服前後各留下一個乾淨俐落的彈孔，多虧尺碼寬鬆的工作服，子彈並沒有打中身體。

「點二二口徑的刮鬍刀？」他倒了兩杯咖啡，遞給萬里和我，「刮完鬍子光是修補浴室牆上的彈孔，應該就要花不少錢吧？」

「我以為你會說是點三八的。」

「你還記得我們警校畢業那年，在地獄廚房巡邏的情形嗎？」齊亞克啜了口咖啡，「那時候的歹徒大多是十幾歲的小鬼，拿的是點二二的『週末夜特廉』拼裝槍，開沒幾槍就會卡彈，唯一的優點，是子彈和槍都很便宜——不過現在想起來，那時候的歹徒真的要單純太多了。」

他朝組長辦公室招了招手，「進來吧，我介紹個朋友給你們認識。」

前任刑事組組長退休時，把用高級木材和鋁材裝飾的組長辦公室留給齊亞克，不過他上任後的第一件事，就是將辦公桌和檔案櫃搬到組員的大辦公室，然後弄了一台二手的冰淇淋機和咖啡機放在裡面，現在刑事組的刑警值勤回來後可以坐在以前組長的辦公室裡，手裡握著馬克杯或甜筒，欣賞牆角的柚木壁飾，或是坐在露天咖啡館風格的鐵椅上撰寫值勤報告。

一個白人男子正坐在辦公室內的咖啡館鐵椅上，看上去大約三十歲，身形中等，但是相當結實，細薄的灰髮理短到貼近頭皮，線條剛硬的方型下顎圍了半圈細細的鬍渣，加上線條筆挺的黑西裝，對在街頭討生活的人而言，是輕忽不得的典型。

「這位是喬・伊格爾。」齊亞克說。

白人男子伸出手來，和我們握手，「我們有共同的朋友，薩姆爾・霍蘭。」

「聯邦調查局？」王萬里說。

「要不要問清楚一點？搞不好是薩姆爾在烹飪補習班的同學。」我說。

「我在訓練中心時，薩姆爾是我的教官，」喬・伊格爾笑了兩聲，「當時他每次上課說的退休計畫都不一樣，但可不包括在紐約的華埠開中餐館。」

薩姆爾・霍蘭是前任的聯邦調查局探員，退休後和過去案件的關係人，在華埠開了一間小餐館『天涯海角』。關於他的故事，我寫在另一部短篇『湯』之中。

「聽齊組長說，兩位對閻列姆研究所很感興趣。」我們坐定後，喬•伊格爾開口說。

我拿出一個午餐紙袋放在桌上，「那好，這個東西可以還給你。」

伊格爾打開紙袋，裡面是我在閻列姆研究所找到的二十幾顆小扣子。

「我們拆開了其中一顆做檢查。」王萬里說，「這些小扣子，應該是某種被動式的竊聽器吧？」

借我們小貨車的修車場老闆，本身也是業餘的電子設備及車禍鑑定專家，我們將貨車開回他在布朗克斯區的修車廠時，順便借用了那裡的顯微鏡和儀器。

傳統以收音模組加上無線電發送器的竊聽器，為了容納足夠電量的電池和傳送信號的無線電模組，竊聽器的體積不能做得太小，而且不管裝置者是否在監聽，竊聽器都會持續傳送訊號，所以只要偵測異常的無線電訊號，就可以找到竊聽器的位置。

直到一九四五年，蘇聯在贈送給美國大使館的木雕美國國璽背後，加裝了一種特殊的竊聽器：竊聽器本身並沒有電池，而只有一根類似音叉的鋼絲，使館外的監聽者只要對竊聽器傳送特定的頻率，竊聽器在感應到訊號後，會在頻率共振下，將室內的談話內容一併傳送回去，監聽者只要處理傳回的訊號，就可以取得監聽的內容。

和傳統的竊聽器相比，被動式竊聽器沒有複雜的無線電發送模組和電池，體積可以做得相當小，除非監聽者發送特定頻率的電波，竊聽器平常都在關機狀態，偵測上也比較困難。

「用顯微鏡檢查後，這個玩意兒在收音模組和訊號的發送上都有加強，除了聲音比較清晰，也不太容易偵測到位置，」我補充說，「有些零件美國並沒有生產，只有日本或歐洲才有類似的產品。只有像聯邦調查局之類的執法機關，才會有類似的裝備。」

「這東西並不是我們局裡的設計單位研發出來的，」伊格爾拿出一顆，對著室內的日光燈打量，就像珠寶愛好者正在鑑定一顆鑽石似的，「我剛接這個案子時需要體積小而高性能的監聽設備，局長叫我去找『奧茲實驗室』，他們就寄給我這些東西，大概有五十幾顆吧。」

「奧茲實驗室？」齊亞克問。

「聯邦調查局內部一個獨立運作的研究機構，」伊格爾說：「實驗室的位置，研究人員及經費來源都沒人知道，不過局裡有陷入瓶頸的案件或需要特殊的裝備，都可以向這個實驗室求助。薩姆爾以前偵辦過一宗綁架案，綁匪因為逃避臨檢被州警擊斃，他為了找出藏匿肉票的位置，也向奧茲實驗室求助過，後來肉票的確也藏在他們推測的位置。」

「聽起來和閻列姆研究所差不多嘛，」我說，「那你調查研究所的目的是——」

「局裡懷疑約瑟夫．本雅明企圖將列為機密的航太技術，洩露給某些有特殊意圖的民間組織，」伊格爾啜了口咖啡，「本雅明在麻省理工的主修是凝聚態物理和材料科學，一九六六年拿到學位後，在波士頓大學的工程學系教了十年書，一九七六年航太總署看重他在材料科學方面的專長，聘請他擔任研究人員，當時阿波羅計畫的預算被國會刪除而中止，蘇聯則利用美國這段月球計畫的空窗期，發射了大量無人的月球探測車，本雅明趁機提出新的月球探測計畫，並且得到航太總署的支持，整個計畫的代號稱為『黃金雨』。」

「『黃金雨』？那是什麼東西？」我問。

「不曉得，」他搖搖頭，「局裡曾經詢問過航太總署，不過相關的案卷大部分都被銷毀，當初因為監督預算而能得知計畫內容的幾位參議員都過世了，參與的研究人員在計畫結束後幾年不是身故，就是進入闍列姆研究所，成為本雅明的研究班底。或許整個計畫的內容，都鎖在這個老傢伙的腦袋瓜裡。」

「這個計畫執行了幾年？」我的夥伴問。

「八年，」伊格爾說，「兩年前，也就是一九八三年，航太總署中止整個『黃金雨』計畫，連帶批准了本雅明的退休申請，不過也有人說，他是被要求強制退休的。

「本雅明退休後，一個基金會資助他成立了闍列姆研究所，我們推測他可能將『黃金雨』帶到研究所繼續開發。局裡擔心如果落到某些恐怖組織手中，並且用在軍事用途上的話——」

「那你在那裡裝了那麼多竊聽器，有查到什麼嗎？」我問。

「不多，這個研究所的研究人員處理機密資料非常小心，重要資料大部分都是用筆談，而且模擬組和材料組之間的互動並不多，從竊聽器裡只能聽到像會議日期，進度報告之類的瑣事。」伊格爾掏出一張紙，在咖啡桌上攤開，「不過，他們對話中有時會洩漏一些像設備型號，品名之類的資料，用這些資料向製造商索取這兩年來的銷貨清單，再依據交貨地點過濾之後，就可以整理出這個研究所的設備和材料清單。研究所這幾年除了ＸＭＰ和迷你電腦外，還訂購了標準的化工實驗器材，還有像介面活性劑之類的化學原料。都在這裡了。」

「或許我們可以幫你的忙，」王萬里說：「闍列姆研究所，可能正在研製某種具有危險性的化學物質。」

伊格爾的頭抬了起來，「哦，為什麼？」

「在研究所的材料組裡，有三具強化玻璃的實驗箱，」我拿出一本素描簿打開，上面是材料組辦公室的速寫，「實驗箱壁的玻璃厚度，和總統座車車窗的防彈玻璃差不多，應該是研究所特地訂做的，實驗者可以透過操縱箱子裡的機械臂進行實驗，一般只有像炸藥之類的危險化學物質或是生物，才會用到這種實驗箱。」

「有沒有可能是炸藥？或是核武器之類的？」齊亞克問。

「不太可能，模擬組的電腦跑的，應該是化工或流體力學的模擬軟體，和測試炸藥爆炸威力的程式並不相同。其他的東西，你可以對照一下你手上的清單。」

「我以為記者拿出來的，應該都是照片或是錄音帶之類的。」伊格爾一頁頁翻著素描簿，裡面全是研究所各個地方的素描。

「相機會被搜出來，會來不及按快門或裝底片，照片有時還會洗不出來。」我說，「有時候用眼睛觀察，用腦子記住，事後再畫出來，會比用相機可靠得多。」

「士圖，你這個該不會是——」齊亞克望向我，手指朝自己的臉頰上虛畫兩下。

「他們給我的紀念品，」我指指右頰，「你有聽到什麼風聲嗎？」

「中午才有線民通知我，說今天大樓四周，有好幾個研究所的藍衣警衛在四處找些什麼，只是我沒想到是你們，」齊亞克說：「而且我們這裡也沒有研究所的報案記錄。」

「這或許也證明了，他們的研究項目真的相當敏感。」王萬里說。

當時我戴了棉布手套，沒有留下指紋，轉接電話祕書的管道也撤掉了，他們唯一的收穫，可能只有那只從樓下停車場順手牽羊，後來留在警衛休息室的工具箱。

「他們警衛的應變能力和警覺心，比放狠話的能力要差得多，但是那個叫戴維斯的傢伙很不錯。」我說。

「寇爾頓・戴維斯？」伊格爾抬起頭來。

「你認識他？」

「這是他送給我的紀念品，」他脫下西裝外套，捲起袖子，右臂上有片長條狀的暗紅色瘀青，「一個月前，我趁晚上潛進研究所，打算拍攝裡面的設施和文件，結果還沒走進實驗室，就在研究所的走廊遇到了這傢伙，當時我認為對方右腳不方便，所以想直接打昏他算了，沒想到——」他嘆口氣，「拐杖在某些人的手中，還真的不是什麼年紀的象徵。」

我看到王萬里擱在扶手上的黑色手杖，差點笑了出來。

「後來你怎麼逃出來的？」我問。

「我身上帶了幾顆會散發催淚瓦斯的煙霧彈。一路退到安全門，再從地下停車場脫身。」

「有這個人的資料嗎？」

「沒有，」伊格爾搖頭，「沒有入出境資料，沒有犯罪記錄，社會安全資料也找不到這個人。跟本雅明所長相比，這傢伙的資料根本是一片空白，目前只知道他是本雅明所長的副手，研究所的管理，事實上都是他負責的。」

「後來呢？」王萬里挪近身子。

「多虧有個在研究所裡工作的朋友，除了安裝竊聽器之外，也幫我找到一些瑣碎的資料。」

「是那個清潔工人嗎？」

「你怎麼知道的？」

「士圖告訴我這種竊聽器相當靈敏，像辦公室之類的小空間只要裝置二三顆，就可以監聽到大部分的對話，但是研究所中每個房間都放了四五顆，表示放置竊聽器的人可能是生手，加上有些竊聽器放在一般人碰不到的隱密角落，只有清潔人員能夠接觸到這些地方。」

「他叫凱文・梅勒，是研究所的清潔包商，」伊格爾說：「五年前他的公司剛開業時，土地和房屋權狀被騙走，當時我是承辦的探員，破案時順便幫他把權狀追了回來。逃出研究所時，他正在地下停車場清點工具，就把我藏在後車廂裡逃出大樓，之後他就一直幫我在研究所裡搜集資料。通常他把資料裝在可樂罐裡，丟進我們事先約定好的地鐵站的垃圾桶裡，然後我再扮成遊民過去拿。」

「不過，恐怕你要開始打算，怎樣幫他離開那裡，」我的夥伴說：「如果他們知道他幫助你搜集情報，一定不會放過他。」

「想想看，他們是連溜進研究所的人，都要拖到屋頂修理到住院六個月的狠角色。」我說。

「我知道，」伊格爾點點頭，望向窗外開始變暗的天色，嘴唇緊抿，很多下定決心的人，都會有這種表情，「或許不會太久了。」

※※※

位於哈林區的聖凱撒琳紀念醫院，是一幢三層樓，灰撲撲的紅磚建築，屋頂上沒有十字架或是聖凱撒琳的轉輪標誌，停在一側急診室入口車道的救護車，和在夜風中拄著拐杖，坐在輪椅上不停進出的人群，就是醫院的招牌。

「瑪利安，將這個老先生送到一號床，馬上幫他量血壓；叫醫技師下來，為三號床的病患做心電圖；二號床的病患先不要給他舌下片，叫值班醫師看完報告再說；這個傷患是？什麼？從樓梯上摔下來？要不要找個警察到她家問問她老公？頭上的傷口有玻璃碎片，根本是用酒瓶敲出來的嘛？」

一個身材幾乎可以填滿半個急診室的入口，身穿護士服和粉紅色毛織披肩的黑皮膚女人站在急診擔架旁，正用筆型電筒檢查傷患的瞳孔。

「有沒有生理食鹽水？」王萬里在傷患頭側低下身子，用鑷子挑出傷口中的玻璃碎片。

「生理食鹽水？」一旁身材嬌小許多的實習護士囁嚅地問。

「沖洗傷口用的，」女人打發走實習護士後，走到我的夥伴身旁。「手法滿熟練的，——你是醫生？」

「我以前在東區醫院的急診室值大夜班時，病患可沒有那麼多，」他放下鑷子，檢查一下傷口，「應該沒有腦震盪，清創之後包紮好，再觀察兩三天看看——是茱莉安．亞當斯護理長嗎？」

「沒錯，」女人笑了開來，朝王萬里雙手用力拍了兩下，「齊組長打電話告訴我了，只是他沒告訴我，市警局會派兩個醫生來。」

「布萊恩・歐康納的解剖報告在──」

茱莉安從一旁的櫃台下抽出一個鐵皮封面的文件夾。王萬里接過去打開。

「死因是窒息，後腦有鈍器敲擊的挫傷，基本上和現場法醫勘驗的結果差不多。」他闔上封面，望向櫃台後大約二十幾張的急診床，「這裡人手不太夠吧。」

「一向都是如此，已經習慣了，」茱莉安聳聳肩，將報告放回櫃台，「晚上這裡只有一個兼職的內科住院醫師和兩名護士，就算白天，也只有內科、婦產科有專任醫師，需要開刀的病患不是轉到東區，就是請其他的醫院支援醫生到院裡開刀。」

「我聽說前幾天，哈林區這一帶停電，有影響到這裡嗎？」

「那天晚上大概停了一分鐘左右，」她點點頭，「我們院裡並沒有發電機，不過因為像呼吸器之類的設備都有備用電池，所以還好──」

頭頂的日光燈彷彿要證明她的話似的應聲熄滅，急診床旁的監測儀器紛紛亮起使用應急電池的紅色指示燈，在門頂緊急照明的昏黃光暈下，就像某種怪物從沼澤深處閃現的眼瞳。

昏暗的院內深處接連響起模糊的尖叫聲，茱莉安拿起櫃台上電池供電的手提照明燈。

「不好意思，」深邃的背景將她的身影修飾得異常巨大，「在這等一下，我到院裡看看有沒有困在走道裡的人。」

「讓我們幫忙吧。」我扭亮停電時就握在手中的防水電筒。

王萬里和我巡視院內的每一道長廊和房間時，燈就已經亮了，但不到兩分鐘的黑暗，還是嚇壞了不少人，我們將正在摸索牆壁前進，或蹲在原地不敢前進的病患、家屬和工作人員領回病房，順便檢查病床旁的儀器。

回到急診室時，一架輪床正停在櫃台前，正檢查患者的茱莉安身旁圍著十幾個身穿藍色連身工作服的男子，以及一個繫上紅色圍裙的胖子。那胖子回過頭時，我吃了一驚。

他是那個在閻列姆研究所工作的清掃工——凱文・梅勒。

「你——你不是——」他張大嘴巴，眼睛直勾勾地盯著我，神色看上去比我還要吃驚。

我奔到輪床旁，喬・伊格爾躺在上面，短髮被頭上傷口的血膏成一團，眼睛微微睜開，攤開的四肢正在顫抖。

「出了什麼事？」一輛骯髒的小貨車停在門外，似乎是凱文・梅勒開車送他過來的。

「今天我們在哈林區閻列姆研究所的廠房，做電力系統的複檢，」說話的人拿出市政府的證件，「檢查裡面那間像保險庫的房間後，這位先生拿出研究所的證件，說是研究所的人員，要檢查一下那間房間，我們只好讓他進去。

「結果他進去關上門後不久就停電了，然後這位先生跑進來，要我們立刻把門打開，」他望向凱文・梅勒，「門上有保險栓，所以我們花了一點時間才打開門，只看見他倒在房間裡，整個頭上都是血。」

「我們這裡沒有外科，可能要轉到哥倫比亞大學的醫院——」茱莉安咬著嘴唇。

「來不及了，」王萬里翻開伊格爾的眼皮，「現在要趕快開刀，抽出他腦中的瘀血，——護理長，這裡有腦外科手術的器械和設備嗎？」

「有，」茱莉安停了一下，「不過沒有氣動開顱器械，只有傳統的手搖鑽和吉理線鋸，」

「這就夠了。」

※※※

十三個鐘頭後，王萬里和我站在手術室門口，望著茱莉安護理長將動完手術的伊格爾推到加護病房。

手術的規模比預估的要複雜得多，除了抽出腦內的瘀血，修補破損的部分血管外，我的夥伴還聯絡哥倫比亞大學的附屬醫院，調用額外的血漿和衛材，我在中途也穿上刷手衣，幫忙不方便離開無菌區的護理長接收及傳遞設備。

凱文・梅勒和齊亞克一聽到自動門滑開的聲音就躍起身子，就像屁股下裝了個彈簧一樣，等到推床離開，兩人一齊望向我的夥伴。

「手術很順利，」王萬里說，「不過要評估腦部實際的損傷情形，可能要在加護病房住一陣子。」

「萬里，你交代我的事我做好了。」齊亞克拿出一只塑膠袋，裡面是一把九毫米自動手槍，還有一把軍用的戰鬥匕首，「聯邦調查局的人待會過來。」

手術前我的夥伴聯絡齊亞克，要他到哈林區那間廠房，將房間回復原狀，並且要求當時市政府的人員保守祕密，避免讓闔列姆研究所的人發現聯邦調查局介入調查。袋子裡裝的，就是伊格爾當時遺留在那裡的東西。

「過來？」凱文・梅勒轉向齊亞克。

「證人保護計畫，」齊亞克說：「你和你的家人不能待在這裡了，我已經派人去接你的家人，你們必須立刻離開。」

「可是伊格爾——」

「他不會有事的，」我拉下手術帽，「伊格爾本人也會希望你這麼做。」

凱文・梅勒雙腿一軟，整個人落回椅子上。

「你怎麼會過去那邊？」我坐在他旁邊。

「本來我和伊格爾說，我可以用清潔廠房的名義，查探那間廠房，」他停了一下，「今天晚上伊格爾寄了份快遞包裹給我，裡面有兩疊現金和一封信，上面說感謝我這段日子的協助，裡面的款項是給我的酬金。」

「有什麼不對嗎？」

「我當初幫伊格爾並不是為了錢，只是為了感謝他幫我保住公司，對當時全部身家都投進去的人來說，那間公司跟我的命一樣，」凱文・梅勒說，「今天晚上市政府要複檢那間廠房，我擔心伊格爾會藉這個機會混進廠房查看，就開車到廠房查看，沒想到還是晚了一步。」

「我到廠房的時候，複檢廠商留了兩名工作人員在那裡看守，」齊亞克說：「據他們說，從他們發現伊格爾到我來為止，並沒有人出入。他們指出發現伊格爾的地方，手槍和匕首都掉在離他大約十公尺左右的地方。」

「房間裡還有其他的東西嗎？」王萬里問。

「和上次一樣的花瓶和茶几，我拿起花瓶搖了搖，裡面還有水，不太可能是凶器。」

「當時寇爾頓・戴維斯和本雅明在那裡？」我問。

「本雅明所長在中央公園旁他的公寓裡，寇爾頓・戴維斯則是在研究所裡，兩個地方我都調過門口警衛的出入記錄和監視錄影帶，兩個人都有不在場證明，」齊亞克嘆了口氣，「等伊格爾清醒後，或許能說出是什麼東西襲擊他的。」

「恐怕有問題，」王萬里指指自己的頭側，「伊格爾被打中的地方，是側腦的語言區，即使他醒過來，可能也沒辦法清楚表達。幸好除了頭部之外，並沒有其他的傷，現在也只能希望他早點復原。」

地面傳來微微的波動，我抬起頭，茱莉安護理長正從走廊那頭跑來。

「護理長，怎麼了？」王萬里站了起來。

「那位先生——醒過來了，」護理長大口喘氣，「可是——可是——」

「可是什麼？」

她一把拉住王萬里的手，就朝加護病房跑，我們也跟在後面。

聖凱撒琳紀念醫院的加護病房，是用一道玻璃落地窗圍起來的十幾張病床，從門口朝內張望，可以伊格爾躺在病床上，雙眼圓睜，視線對準病床邊某個他看不見的定點。

床邊地上有只摔碎的玻璃杯，杯中的水灑了一地。加護病房的護士一看見護理長，整個人立刻打起抖來。

「不是我弄的，護理長，」她連說話都帶著顫音，「那個病人一醒過來，就打翻了床邊的水杯，還這樣盯著我。」

聽見人聲後，伊格爾先是望向我們，最後盯著王萬里，再望向床下那個看不到的定點，左手微微朝床外伸出，似乎想抓住什麼東西。

我的夥伴先是一愣，然後對伊格爾微微頷首。後者像是會意似地閉上眼睛，手臂跟著緩緩垂下。

「沒事了，」他朝那名護士點點頭，「妳做得很好。」

「出了什麼事？」我問。

「伊格爾只是想告訴我們，在密室襲擊他的凶手是誰。」他轉向我，「士圖，你還記得我們有一次在布朗克斯區喝咖啡的事嗎？」

「喝咖啡？」我想了一下，接著整個案件的細節開始一條條的重組，漸漸浮現出一幅清晰的圖像。

原來是這樣啊。

「我被搞迷糊了，」齊亞克的聲音把我拉回現實，「這個案子和喝咖啡有什麼關係？」

「是這樣的，」我說：「我的朋友有批從德國進口的咖啡豆，待會要一起去喝咖啡嗎？」

※※※

齊亞克和我們的車剛在門口停定，修車廠的老闆卡斯楚就迎上前來。

「萬里，我今天還在翻修那輛貨車的變速箱，」他用和身材相稱的大嗓門叫道：「你開車就不能像你的外表那樣斯文點嗎？」

「別再提了，士圖已經教訓過我了。」

他走到我們的福特 COUPE 雙座車前，打開引擎蓋，「我們家的小女孩最近還聽話吧？」

「還好，」我走到他身後，望著他粗壯的手指仔細檢查引擎上的每一條電線和汽門，就像鋼琴調音師調校琴弦和擊槌般，「上次檢查到現在，乙醇噴射還沒用過，積碳應該不嚴重。」

卡斯楚是個身形將近兩米，體格壯碩的黑人，這個名字並不是他的本名，而是十年前剛加入竊車集團時，同夥稱呼他的綽號。兩年前我認識他時，他已經因為竊車、走私汽車零件加上改裝非法賽車進出監獄多次，看起來已經心灰意冷的假釋監察人將他轉交給我，看我能不能想點辦法。

竊車集團及黑市賽車的經歷，讓卡斯楚對車輛的型號鑑定、駕駛技術、每個部位的零件及改裝技術，都有相當豐富的知識和經驗。當時我將在布朗克斯區某處空地發現的廢置車體丟給他，看看他能改裝到什麼程度，結果我們兩個人花了一個月的成果，就是萬里和我的座車，他口中所說的『小女孩』。

『小女孩』吸引了不少警局同事的注意，紛紛將座車和巡邏車交給他改裝，最後他在布朗克斯區開了家修車廠，除了像維修、改裝之類正常車廠的業務外，他有時也會擔任警局的專家證人，協助警方鑑識交通及刑事案件中，涉案車輛的型號、年份、是否經過改裝之類的資訊。

「你今天來這裡，應該不只是要讓我看看『小女孩』吧？」卡斯楚望向正四處張望的齊亞克。

「士圖說你這裡有從德國來的咖啡豆，」齊亞克說：「可以讓我們看看嗎？」

「德國來的咖啡豆？」他的眉心揪了一下，似乎在思索我說的是什麼，眉心的結解開後，隨即瞄了我一眼，「士圖，你沒告訴亞克那是什麼嗎？」

「沒有，」我說，「我想你來講會比較有戲劇性。就像上次一樣。」

他又瞄了我一眼，眼中霎現頑皮的光芒，「我知道了，跟我來。」

修車廠主體是蓋在水泥地上的鐵皮天棚，裡面的三個維修台中有兩個已經架上車子，一角除了工具箱和零件櫃外，還有供工人小憩用的咖啡圓桌和鐵椅。

卡斯楚招待我們圍著圓桌坐下，在木質桌面放了四個咖啡杯，從零件櫃頂拿下一個白色塑膠瓶，往每個杯子倒了點東西。

「這就是德國來的咖啡。」他在亞克身旁坐下，朝桌面張開手掌，做個『請用』的手勢。

齊亞克沒有動手，只是盯著面前的咖啡杯，裡面的液體是鋼鐵般的深黑色，沒有一絲熱氣和香味，看起來還帶著冰冷的排拒感，和印象中的咖啡有相當大的差別。

等了一會，齊亞克才開口。

「這——這是咖啡？」他指著咖啡杯。

「沒錯，」卡斯楚頷首，雙手放在桌面下的膝頭，宛如日本酒宴中的主人，「德國曼海姆市賓士生產的最頂級咖啡，快點喝吧，這玩意可不便宜。」

齊亞克的目光往我們臉上掃過一遍，然後朝咖啡杯試探地伸出手。快碰到咖啡杯時，他的手停了下來。

咖啡杯原本平靜的液面突然豎起數十個尖銳的突起，就像插花用的劍山一般，突起的液面繞著咖啡杯中心打了好幾個轉，然後慢慢消退，回復一開始時的平靜液面。

齊亞克抬起頭，「好吧，我肯定這玩意絕對不是咖啡，到底是什麼？」

「這東西叫磁性流體，」卡斯楚將雙手放在桌面上，兩隻手掌各握了一顆從喇叭拆下來的甜甜圈形磁鐵，「剛才我只是把手上的磁鐵，從桌面下貼近你的咖啡杯而已。」

「亞克，你還記不記得我們小時候做的磁力實驗？只要把磁鐵放在白紙下，再在紙上撒鐵粉，鐵粉就會因為磁力的關係，在紙上顯示各式各樣的花紋。」我說：「後來有科學家想到，是否有液體能像鐵粉一樣，可以用磁力控制？」

「最早他們是將鐵粉直接加入液體中，但是鐵粉會沈澱，實驗效果並不理想。」卡斯楚接著說：「後來隨著研磨技術及材料科學的成熟，科學家可以將鐵粉研磨得更細，加上改用能讓物質懸浮的膠態取代原先的液體，才實際做出可用的成品。」

「最早科學家只將這物質做為實驗材料，」我說：「後來航太總署發現磁性流體可以在兩個帶磁性的平面間，形成防水防塵的薄膜，而且磁性流體是膠態物質，所以在平面移動時十分滑順，不會有摩擦和損耗的問題。所以就把這東西用在太空衣頭盔和手套的連接環上。後來某些精密儀器使用的液態軸承，也是用磁性流體取代傳統軸承的鋼珠，以減少磨損。」

「那你這裡怎麼會有——」齊亞克問。

「因為磁性流體會受到磁力影響，有些高級車會將磁性流體封在避震器裡，駕駛可以透過開關調整電磁鐵的磁力強度，來控制車子懸吊系統的彈性。」

「本雅明提出的探勘月球計畫『黃金雨』，可能是透過電磁鐵控制磁性流體滲入月球地表的裂隙，將地表下的岩石及生物樣本帶回地面，再進行分析，」王萬里說：「就像石油鑽探時會分析鑽孔泥，來推測地表下是否有石油礦脈一樣。」

「為什麼要那麼麻煩？」齊亞克問。

「因為環保人士的反對。」我的夥伴說：「和蘇聯相比，美國的環保運動相當活躍，過去探測月球的太空船多半以直接撞擊或鑽孔的方式進行探測，但都遭到環保人士認為會破壞月球的地表而反對，使用磁性流體雖然比較複雜，但比較不會破壞地表。而且有部分的月球地表是堅硬的玄武岩，鑽頭可能鑽不動，但是水或許可以滲進去。

「目前閣列姆研究所開發的，應該是一種新型的磁性流體，除了可以透過磁力改變形狀，還可以藉由磁場的強度改變硬度。哈林區那間廠房的牆壁、天花板和地板都安裝了一排排的電磁鐵，啟動後可以透過改變電磁鐵的強度，讓磁性流體在空間中移動，或是——」他停了一下，「像石頭一樣重擊某人的頭，或是蒙住某人的口鼻讓他窒息。」

「慢著，」齊亞克指著咖啡杯，「你的意思是，在廠房殺害歐康納或襲擊伊格爾的，其實都是——這個東西？」

王萬里點點頭，「磁性流體可能裝在那個花瓶裡。而且電磁鐵啟動後會產生強大磁場，在那間房間裡的人，身上的金屬物品都會被扯離黏在牆上，等設備關閉後才掉在離被害者一段距離的地方，像是手錶、相機、手槍或是戰鬥匕首之類的。」

「但是歐康納被殺時我們檢查過花瓶，裡面是真正的水。」

「第一個發現者是寇爾頓・戴維斯，他的拐杖是空心的，所以才能在警方抵達之前，將磁性流體倒進手杖裡，再換上真正的水。」

「就算行得通，要快速調節電磁鐵讓磁性流體移動，也不是那麼容易吧。」卡斯楚說。

「所以他們會在那間廠房安裝兩部超級電腦，」我說：「模擬組的主要工作，是測試各種位置及強度的磁場，對磁性流體的影響。再將數據寫進超級電腦裡。操作者只要指定流體的位置及型態，那兩台超級電腦會依指令控制對應的電磁鐵，產生符合的磁場。像這種即時而大量的運算工作，也只有超級電腦才能負擔。」

「材料組的工作，主要在製造磁性流體，因為在實驗中經常會用到高強度的磁場，所以工作人員在實驗室中都不戴手錶，容易受到磁場影響的電腦和電話，也放在離實驗箱最遠的地方，」王萬里說：「另外整套設備一共有四百顆電磁鐵，啟動時需要強大的能量，會將附近一帶的電力全部吸乾，研究所才會將廠房設在最沒人注意的哈林區。」

「那兇手是——」齊亞克問。

「寇爾頓・戴維斯，」王萬里說：「在研究所和廠房架設了數據專線，其實是為了讓他可以從研究所遙控廠房裡的磁性流體。

「我們一直認為他只是本雅明所長的副手，實際上他才是研究所的首腦，本雅明只是他利用的對象而已。他成立研究所的研究目的，可能是為了將磁性流體做為另一種新型的防衛裝置，但在研發過程中，他發現研究所已經受到小報和執法機關的調查，為了防止研究所的祕密曝光，順便測試一下研究成果。他故意在市政府檢查電力設備時撤走警衛，給予對方可以進入調查的機會，等對方進入那間廠房後，再控制設備殺害對方，不但自己有不在場證明，在場的市政府人員也是最好的證人。」

齊亞克停了半晌，「你是怎麼知道的？」

「在和伊格爾見面時，就已經推測出大部分了。」

「哦？」

「亞克，你知道本雅明為什麼將計畫取名叫『黃金雨』嗎？」我的夥伴說：「在希臘神話中，神明告訴阿高斯的國王亞克里西奧斯（Akrisios），他未出世的孫子將會奪走他的性命，於是國王將他唯一的女兒達娜厄（Danae）鎖在黃金鑄成的牢房裡，不過達娜厄的美貌吸引了主神宙斯的注意，宙斯化成黃金雨從柵欄溜進牢房，與達娜厄相會，最後達娜厄生下了孩子，就是日後戰勝蛇髮女妖梅杜莎（Medusa）的帕修斯（Peseus）。

「這個名字加上本雅明的研究專長，我猜測他是否在研究一種可以任意改變形狀的物質，加上士圖之前在閣列姆研究所觀察的資料、以及歐康納命案時在現場的蒐證資料，才做出這樣的推論。最後，伊格爾也幫了我一個忙。」

「伊格爾？」

「他在加護病房故意弄翻水杯，其實是為了告訴我們，在廠房擊中他的，是像水一般的物體。」

「不過要證明這個推論，恐怕不太容易。」齊亞克說。

「其實沒那麼難，」我的夥伴笑了笑，「亞克，你能不能要求市政府，兩天後再對那間廠房做一次電力複檢？」

「電力複檢？難道你——」

萬里微微頷首，「士圖和我想進去看看。」

「複檢三次，研究所未必會同意。」

「不，他們會同意，因為那裡安裝太多設備了，如果他們拒絕複檢，會引起我們的懷疑。所以不用擔心這一點。」

「可是你們——」

「跟你借幾樣東西，」我拿出一張便條，推到齊亞克面前，「明天下午我會過去拿。」

齊亞克拿過清單，「『阿雷格姆』？這是什麼東西？」

「你拿給特別行動組的組長看，他就知道了。」

「我懂了，」齊亞克收起清單，「對了，這個『咖啡』我可以打包帶走嗎？」

「抱歉，不行，」卡斯楚一把抓過咖啡杯，拉到自己面前，「這個玩意現在一瓶就要三千美金。」

「三千美金？」

「跟許多真的能喝的法國紅酒一樣貴，很諷刺吧？」

※※※

「喂，那邊好像有響聲，要不要過去看一下？」

在廠房門口看守的技師朝他的同伴揮手，兩人拿著手電筒走出長廊，往聲響的方向跑去。

王萬里和我從轉角探出頭來。

「早知道他們會一起行動，我就不用準備兩隻老鼠了。」我朝手上提著的兩個鐵絲鼠籠瞄了一眼，其中一個傳來細微的叫聲。

王萬里站起身，拍拍我的肩膀，「走吧。」

我將鼠籠放在地上，跟著王萬里快步走到門口。沈重的鐵門半開著，深黑色的門洞似乎在詢問我們的來意。

我的夥伴還是穿著平常的風衣裝束，他將常用的黑色手杖留在車上，右手改拿一根一公尺長，淡黃色的竹棒，我則換上黑色T恤和同色的棉布長褲，齊亞克提供的裝備則塞進肩上的帆布包裡。

一走進門裡，原本半開的鐵門立即自動闔上，發出沈悶的撞擊聲，也切斷了室內唯一的光源。

「好了，他們已經知道我們來了，現在怎麼辦？」我摸出螢光棒拗彎，鮮綠色的螢光在鋼鐵的四壁間反射，將中央的茶几和花瓶染上妖異的氛圍。

「開始動手吧。」我的夥伴握住手上的竹棒。

我卸下帆布袋，拉開袋口束繩，拿出齊亞克和紐約市警局的禮物。

袋子裡面一共有二十幾根一公尺長的碳纖維長棍，每四根用黃色的繩索串成一個正方形框架，我逐一展開方框，用粘土貼在牆壁和身後的鐵門上。

『阿雷格姆』是英國工兵部隊研發的特種炸藥，主要用在特別行動小組攻堅時，在混凝土牆壁上炸開入口，但不會傷到屋裡的人。這種炸藥的外表是一根內填塑膠炸藥的空心鋼條，使用時只要組合成需要的形狀，貼在牆壁上引爆，就可以在上面炸開一個洞，而且洞口的形狀會和炸藥條組合的形狀一樣。

幾年前紐約警方引進『阿雷格姆』時，為了在無法攜帶金屬的地方使用，曾經用碳纖維開發出少量的試製品，在帆布袋裡的，就是其中一部分。

我剛將第一組炸藥貼到牆上時，厚實的牆體隱隱發出電流聲，接著口袋裡的車鑰匙就像老鼠般鑽出口袋，貼在頭頂的天花板上。

在螢光棒的綠光下，一股黑色的細流從長頸花瓶的瓶口往上冒，在視線高的位置凝聚成一團。

「我的老天爺。」我望著那團正在不停膨脹的黑色球體，手不禁停了下來。

「看上去真的滿漂亮的，不是嗎？」我的夥伴拉開竹棒，露出骨白色的修長劍刃。

「是啊，早知道我就帶兩杯爆米花進來。」我試著笑了兩聲，但在濃綠光暈浸染的室內，笑聲聽起來一點也不真實。

隨著最後一條細絲流出花瓶，黑色液體在半空中形成壘球大小的黑色球體，懸在花瓶上方。

「你認為『它』在想什麼？」我問：「考慮先找我們那一個開刀？」

「或許是我吧。」王萬里放鬆雙手，任由劍尖垂到地上，「畢竟我是房裡唯一手上有武器的人。」

球體不停流動的表面突然繃緊，對準我飛了過來，夾雜尖銳的破空聲。

王萬里豎起劍身，球體被劍鋒分成兩半，分別沿著兩側的牆壁向後飛退，在另一頭的牆壁結合。

「看來，這個系統可以對付兩個以上的目標。」他斜過劍刃，擋住球體另一次的攻擊。

「今天日子不好過囉。」我從帆布袋拿出另一組方框，貼在天花板上。

王萬里擋在我前面，長劍在身前畫出一圈圈的暗影，球體透過繞過牆壁的離心力，不斷加速飛向我的夥伴，但都被他手上唯一的武器擋了下來。

在被阻擋十幾次後，黑色球體朝王萬里直線加速，在離他大概一公尺的地方，分裂成數十顆彈球大小的碎片，就像霰彈槍射出的子彈。

我的夥伴將劍身擋在面前，試著保護頭部，一道淡紅色的薄霧瞬間在他面前展開，碎片像撞上彈簧墊般，反彈到房間的另一頭。

「炸藥裝好了。」薄霧慢慢吸回我從他身後伸出的右掌。

「你這是——」王萬里回過頭。

「別告訴亞克，他如果知道了會嘮叨個沒完，」我將導火索逐一接到手上舊型的引爆器，「萬里，為什麼你認為是寇爾頓・戴維斯，而不是本雅明所長？」

「因為他根本沒辦法接觸這個系統，這個系統會要他的命。」王萬里擋下一記攻擊，「這也是當年『黃金雨』會中止，本雅明會退休的原因。」

「這個系統會要他的命？」

「你還記得嗎？一個擁有超級電腦的研究所，為什麼所長的辦公室不但沒有電腦，連電話也沒有？」球體退到房間最深處，四周的電流聲愈來愈響，「準備好了嗎？待會那東西一飛過來，你就按開關。」

球體像棒球投手投出的直球般，直朝王萬里飛來。

我拉開引爆器的彈簧，四周頓時響起撞擊聲，好像某人用巨鎚敲在牆上似的。

球體一碰到劍刃，就潰散成一道黑色水流，潑灑在我們兩個人身上，四周的電流聲也隨著安靜下來。

我撿起螢光棒，仔細檢查牆壁，『阿雷格姆』並沒有炸穿牆體，但是將牆面的金屬板撕開好幾個整齊的洞，可以看到裡面散亂的線圈，以及零星迸散的電火花。

「炸藥的確破壞了牆壁裡的電磁鐵，」我咕噥道：「不過，為什麼整間房間的電源會——」

「萬里，士圖，你們還好嗎？」鐵門傳來規律的敲擊聲。

「是我們的預備隊，」王萬里拍拍我的肩膀，「鐵門打得開嗎？」

我將手伸進鐵門的破洞，扳動門栓，鐵門嗚咽一聲後朝外打開。

市政府的複檢人員在門外圍成半圓形，齊亞克和卡斯楚站在最前方，手上拿著大型的消防斧。

「你們還好吧？」齊亞克伸出手指在我臉上抹了一把，仔細檢查是不是血。

「怎麼這麼晚？」我捶了他一下肩膀，「下次我們換一下，讓你關在裡面試試看。」

「這個房間和超級電腦的電源都鎖在地下室，」卡斯楚拿起斧頭，「好在消防箱裡的斧頭還在，剛好用來砍斷門鎖和電纜。」

「證物都在我們身上。」我們兩個人的頭髮和衣服都黏了一層磁性流體，看上去像是剛挖到原油的油礦工人。

「我想你可以和檢察官申請研究所的搜查令了。」王萬里望著手上的黑色液體。

※※※

市警局的警員早在我們進入廠房時，就封鎖了大樓的每一個出入口，整齣戲在齊亞克拿到搜查令，帶領刑警衝進研究所時達到高潮。

但是，大部分的角色都不見了。

本來有警衛巡邏的研究所空無一人，室內所有的文件櫃都被清空，電腦硬碟被拆下帶走，材料組的藥品櫃只留下空無一物的架子，入口的閘口大開，彷彿在嘲笑我們的徒勞。

「你們來晚了一步，」本雅明所長坐在所長室酒紅色的絨布沙發上，手上端著一杯紅酒，「昨天一接到市政府要求複檢，戴維斯就帶著警衛運走我所有的研究班底和成果，他本人剛走不久。」

所長室用色澤深沈的桃花心木裝飾，四面全是一櫃櫃皮革封面的珍本書，摩天大樓組合成的曼哈頓夜景用帷幕玻璃窗框起來，掛在辦公桌後的整片牆上。

「剛才不是戴維斯控制哈林區的廠房嗎？」齊亞克問：「他人在那裡？」

「控制的是他沒錯，事實上，他還拉我在一旁，看我的研究成果如何變成他手中的殺人工具，」他朝萬里和我望了望，語氣中帶了點自棄般的嘲諷，「發現你們逃出來後，他就逃走了，他一直在利用我本人和我的研究成果，最後還把我留在這裡跟你們報訊，就像留張便條紙一樣。」

齊亞克走出所長室。只留下我們兩個和本雅明所長。

「整間研究所和大樓再搜查一遍，他應該沒有逃出去——」從這裡能聽到他在門外命令部屬的聲音。

我們雙方隔著茶几對望了片刻，首先開口的是本雅明所長。

「那把劍——是用什麼材質做的？」

「哦，您說這個，」王萬里將竹棒拉開一小段，讓他看見劍身，「這把劍叫做『細柳』，是四十年前我祖父協助美軍，運送補給物資到菲律賓宿霧時，當地居民送給他的禮物，劍刃是用竹子做的。」

「竹子？」

「當地人將竹材砍下後，會埋在海灘下一年，讓海砂吸走竹子裡的水份和糖份，海砂的礦物質也會滲入竹子木質部的空隙，加工後的竹材重量會因脫水而變輕，但硬度會大幅增加，據說是當地耶穌會的傳教士傳授給居民的。」

「至於你，」本雅明望向我，「我在航太總署工作時，曾經讀過一份來自中情局的機密報告，裡面提到蘇聯的國家科學院，在烏拉山脈發現三具外星人的屍體，報告中說外星人以一種沒有固定形體的共生生物做為太空服，實驗中可以抵禦俄製三〇公釐口徑防空機砲的直接射擊，不過後來——」

「如果你問中情局、祕勤局或東岸警方的任何一個單位，他們會說這根本是胡說八道，」我接口說：「或者更乾脆一點，把你關進某個瘋人院裡面去。」

本雅明所長停了半晌，然後爆出沙啞的笑聲。

「戴維斯發現你們竟然能走出那間房間的表情，我真的很想再看一遍。」他的聲音透出小孩促狹的喜悅，就像在回憶他最出色的惡作劇似的。

「他當時怎麼說服你的？」王萬里說，「我猜應該是告訴你，你的研究成果可以保護以色列人民吧。」

「當時他的確告訴我，我的研究成果或許可以保護某些受到生命威脅的猶太人，」他抬起頭，「你怎麼知道的？」

「在猶太人的傳說中，『閣列姆』是卡巴拉教士用魔法製造的巨型機器人，用來保護聖殿及在裡面避難的猶太難民，逃過羅馬軍隊的迫害及屠殺。」我的夥伴說：「而且『本雅明』是猶太人的姓氏，所以我才做這樣的推測。」

「其實還有別的原因，」本雅明所長發出細微的嘆息，「兩年前我幾乎是被趕出航太總署，連研究計畫都被中斷，當時戴維斯表示可以讓我的研究繼續下去，我真的很高興，只是沒想到——」

「你在什麼時候，發現戴維斯用這套設備殺人？」我問。

「在記者被殺之後，我就發現了，」本雅明所長說，「但是當時整個研究所已經在他的掌控之下，他廿四小時跟在我身旁，我只不過是名義上的所長，實際上是他對外的幌子和人質。

「不過實際上，戴維斯或許也是別人的幌子和人質，」他說完笑了笑，「我曾經用手上還可以利用的管道，調查戴維斯背後的主使者。」

「管道？」

「他其實背後有一個相當龐大的組織，」本雅明清清喉嚨，「只要再調查——」

一聲走電的輕響，所長室的燈光瞬間全部熄滅，我掏出電筒打開，只見本雅明向前仆倒在茶几上。

王萬里扶著他躺在沙發上，本雅明雙眼張開，呆滯地望向前方。王萬里捲起袖子，開始按壓他的胸部。

「士圖，我進來時在門邊放了一個黑色的手拿包，幫我拿進來。」

我打開所長室的門，一道銀光就從頭頂直劈下來，我身子後仰，躲過了那道銀光。黑色手拿包放在門邊，我拿起來時，看見一個高瘦的身影消失在走道轉角。

「寇爾頓‧戴維斯在外面。」我將手拿包朝王萬里一丟。

「他當然在外面，」他接住手拿包打開，裡面透出手術器械的金屬寒光。

我沿著走廊一直跑到門口的走道，寇爾頓‧戴維斯正站在那道金屬探測門旁，他打開門旁的一個儀表蓋，按下裡面的按鈕。

一道黑色的瀑布從門頂傾瀉而下，水流碰到地板時，整道瀑布立刻凝固，形成光滑的黝黑平面。

「我聽說中國有一種用來建築堤防的土叫『息壤』，可以任意塑型，遇水會自動生長，乾燥後則堅不可摧，」寇爾頓・戴維斯的聲音從另一側傳來，「這東西應該也差不多吧？」

「你以為我摧毀不了它嗎？」我朝黑牆猛揮一拳，光滑的平面將拳頭彈了回來，指節還隱隱生疼。

「我們在丹佛的原型，可以抵禦反裝甲火箭筒的直接射擊，」戴維斯說：「就算整個紐約市警局的死條子對準這面牆開槍，上面連一點刮痕都不會有。」

「丹佛？」

「這個老傢伙做的，只是整個設備的一部分，」戴維斯說：「同時我們在聖路易、西雅圖、芝加哥和丹佛都有其他的廠商，負責研發各部分的零件，哈林區那個廠房只是粗糙的試作品而已。」

「你對本雅明做了什麼？」

「我只不過將他的研究成果，用在他身上而已，」他的聲音愈來愈遠，「再見了，希望以後能有機會見面。」

王萬里和齊亞克架著本雅明走了過來。

「這東西是——」齊亞克抬頭，望著擋在面前的障礙物。

「哈林區那間廠房的縮小版。」我解下肩上的帆布包，「他還好吧？」

「我幫他裝上了新的心律調節器，」王萬里讓本雅明靠牆倚坐，從這裡可以看見本雅明左肩鎖骨的位置，有塊新的紗布包裹，「不過他的心臟已經相當衰弱，必須馬上送醫。」

「心律調節器？」

「『黃金雨』計畫中必需透過高強度的磁場控制磁性流體，當時因為罹患心臟病而裝設心律調節器的他，根本無法接觸實驗設備，怎麼推動計畫進行？」王萬里從手拿包中拿出一支針筒及安瓿瓶，「在研究所中大部分的工作有戴維斯代勞，但為了防止干擾到心律調節器，所以他的辦公室裡，並沒有像電腦或電話之類的電子產品。」

「寇爾頓．戴維斯當初在所長室裡，應該安裝了高能電磁波的發射裝置，如果本雅明企圖反抗，就可以用這個裝置滅口。」他將針頭扎進本雅明的上臂，小心推動活塞，「所以我還帶了小型的手術器械，備份的心律調節器和強心針，只是我沒想到會有這個。」

「而且他逃跑時，還切斷了整個研究所的電話總機。」齊亞克說：「你在做什麼？」

我從帆布袋抽出一根『阿雷格姆』，接上導火線後，將一端用力插進黑色牆體和門框之間，兩者之間貼合得相當牢固，幾乎沒有一絲空隙，但在使勁推動下，碳纖維材質的長棒還是像鑿子般，緩緩楔入縫隙中。

「這面牆完全靠四周的磁場支撐，只要破壞其中一組電磁鐵，磁場就會瓦解。」我將導火線接上引爆器，「好了，大家趕快找掩護。」

等他們將本雅明扶到走道末端後，我拉下引爆器的彈簧。

一開始黑色牆體並沒有動靜，然後整面牆從一側開始融化，露出門框炸壞的長條狀裂口，墨黑色的膠狀流體沿著走道朝兩端流淌。露出入口處的閘門及電梯。

我跑到走道末端，和齊亞克合力將本雅明所長拉上王萬里的背。

「你本為泥土所化，故死後仍將化為泥土——」本雅明似乎醒了過來，口中低聲呢喃著。

「沒關係，」我拍著他瘦削的背，「再撐一下，我們快到醫院了。」

「你本為泥土所化，故死後仍將化為泥土——」直到樓下的救護車，本雅明還是唸著這兩句，猶如臨終時的夢囈或咒語。

※※※

新的心律調節器並沒能救回約瑟夫·本雅明，他衰弱的心臟像寒冬中老爺車的引擎，承受不了熄火後重新發動的折騰。當天午夜，他在中城某家醫院的急診室中過世。

隔天清晨，兩名釣客在布魯克林大橋靠布魯克林區的岸邊，發現一部半浸在河水中的紅色廂型車，前往處理的員警在駕駛座上，發現寇爾頓·戴維斯泡得泛白的屍首。

之後的一個月內，警方在東岸陸續發現閣列姆研究所成員的屍首，從研究人員到警衛都有，發現屍體的地點貫穿了東岸的好幾個州，彷彿有個不知名的旅行者，用黃絲帶標誌旅途中的景點似的。

這段期間唯一比較幸運的人是喬·伊格爾，儘管在語言表達仍然有困難，他傷勢復原的情況比預期的快了很多，這個月底就可以在聯邦調查局信差的伴護下返回華盛頓，由喬治華盛頓大學的附屬醫院接手進行語言復健。對了，還有航太總署技術人員組成的調查小組，他們就像一群興奮的工蟻般，將哈林區廠房和研究所總部的所有設備逐一拆解，做筆記，再運回休士頓進行詳細研究。

這天下午，王萬里和我剛跑完新聞，經過哈林區的廠房，一輛拖板車正駛出大門，上面放著ＸＭＰ超級電腦的部分運算單元。

「你本為泥土所化，故死後仍將化為泥土——」王萬里輕聲念道。

「這是創世紀裡，上帝對亞當說的話吧？」我停下車，「那時候本雅明所長為什麼會念這段經文？」

「因為在傳說中，這是唯一可以消滅閣列姆的方法，」他咬了口手上的霜淇淋，「當時羅馬軍團收買了一名卡巴拉教士，他對閣列姆念出這段經文，閣列姆就喪失魔力，化成一團泥土。」

另一輛拖板車開出大門，這次車台上載著一排電磁鐵和線圈，鐵絲網內怪手正掀開鐵皮廠房的屋頂和牆壁，露出深處只剩一堵牆的小房間，牆上還可以看見當初『阿雷格姆』撕開的創口。

※※※

喬・伊格爾返回華盛頓的當天，我們送他到甘迺迪機場的航空公司大樓，他坐在輪椅上，神情比剛見面時放鬆許多。

我們分別和他握手，望著調查局的信差推著輪椅進入登機門，同時，另一個女子也拖著行李箱，走向同一個登機門。

「凱撒琳・米勒？」我朝那個身影叫道。

凱撒琳・米勒回過頭，認出我們後走上前來。

「妳也要到華盛頓去？」齊亞克問。

「我以前的老師，現在在美利堅大學新聞學院教書，」她點點頭，『草莓』從她頭上的絨線帽探出頭來，「他問我要不要到他那裡當研究助理，我同意了。」

「那『深夜報告』呢？」我問。

「沒有歐康納的『深夜報告』，就不是『深夜報告』了，」她拍拍行李箱最上層的袋子，「他在裡面，——還有，王先生和你寄給我的東西，我昨天在公寓已經燒給他看過了，我想他應該會很高興。」

在整個案件結束後，我們兩個在尤金的同意下，將案件的相關資料寄了一份給凱撒琳・米勒。

「尤金原本希望由妳報導，也算是向歐康納致敬。」王萬里說。

「在這個案件中，我們只是開頭，真正有資格報導的是你們。而且我想歐康納也會說，這個報導還沒有結束。」

她朝我們點了點頭，就朝登機門走去，

「請問王萬里先生和霍士圖先生在嗎？」

朝聲音的來源望去，一個穿著我們報社送報生制服，大概十七八歲的少年正站在不遠處四周張望。我朝他揮了揮手。

「有什麼事嗎？」等他跑過來後，我問道。

「總編輯說，有樣東西要立刻交給你們。」他從肩上的郵差袋裡拿出兩個長形盒子，交給萬里和我，「我從報社來的路上一直抄小路，還好來得及。」

「謝謝，」我拍拍他的肩膀，「萬里，有什麼東西會這麼急？」

長盒材質是血紅色的楓木，側邊鏤刻出繁複的花紋，盒蓋上刻著我們兩個人的中文名字。

「這不對。」王萬里說。

「不對？」

「報社的送報生我們都很熟，怎麼會有人叫我們『王萬里先生』和『霍士圖先生』？」

我轉過頭，那個送報生已經不見了。

「先看看是什麼東西吧。」齊亞克在一旁說。

我掀開盒蓋，一把十五公分長的玻璃短劍躺在黃緞襯墊裡，劍刃是透明的水晶玻璃，兩條紅色和藍色的玻璃蛇在劍柄交纏，最後在末端對望，兩條蛇都張開嘴，露出口中冰冷的毒牙。

盒蓋內有一張名片大小，淡黃色的禮箋，上面寫著：

『十議會』

王萬里的盒子裡，也有一柄同樣的玻璃短劍。

「慕拉諾的玻璃短劍。」他說。

「這麼精緻的藝術品——是那個朋友送給你們的？」齊亞克說。

「這可不是什麼朋友，亞克，」我的夥伴朝他笑了笑，「『十議會』是兩個世紀前，威尼斯共和國的特務組織，這個組織最出名的，是用特別訂製的玻璃短劍處決政敵和叛國者。」

「這是武器？」

「刺客在刺殺對方之後，將劍刃折斷留在對方體內，再把劍柄帶回去覆命，以當時的外科技術，要取出劍刃並不容易。」他說：「當時從威尼斯共和國的總督到升斗小民，只要是企圖對共和政體不利的人，都是他們下手的目標。一七九七年拿破崙率領法軍攻陷威尼斯時，很多人認為這個組織將威尼斯將近四百多年累積的財富帶離歐洲大陸，成為名副其實的地下組織。」

就像這個案子的幕後，有一個組織可以在中城購買辦公大樓，在哈林區收購廠房，可以取得超級電腦、特別訂製的實驗器材，並且在丹佛、聖路易、芝加哥和西雅圖都有投資研發專案，再加上乾淨俐落的處決及清理手法——

天啊，不會吧。

「凱撒琳・米勒說得沒錯，」我說，「這個報導還沒有結束。」

「往好處想，士圖，」王萬里闔上盒蓋，清脆的聲音在大廳中迴響。「至少我們終於遇到了很不錯的對手，不是嗎？」

後記

首先要提醒讀者的是，以磁性流體做為武器，只是小說中的情節，並非影射現階段正在研發，或已經實用化的技術。

目前磁性流體除了像文中所述，做為軸承的減磨材質，以及做為汽車懸吊系統的避震材料外，也有藝術家以磁性流體為素材，創作動態的雕塑作品，其中以日本的兒玉幸子及竹野美奈子最為著名，關於相關的作品，請參考下列連結：

http://www.youtube.com/watch?v=me5Zzm2TXh4

對磁性流體裝置藝術有興趣的讀者，除了觀賞影片外，高雄的國立科學工藝博物館在四樓的科學桂冠展示廳，也有固定展示兒玉幸子的作品『Morphotower／兩個漩渦尖塔』。

俄亥俄的河岸

這顯然不是個令人愉快的歡迎方式。

王萬里和我的福特車剛停在里乞蒙一家中學的大門，就看見四隻黑色洛威拿犬露出獠牙的頭和爪子貼在車窗上。

『兩位是——』身穿藍色制服的警衛一面拉緊狗項圈上的粗鐵鏈，一面問道。

確定獠牙和爪子離開車窗夠遠後，我搖下車窗，拿出識別證，在警衛面前晃了晃。

『我們是前鋒新聞的記者。』

警衛微微頷首，死命拖著狗鏈，讓開一條通路。

『往這條路一直走就到了。』他勉強騰出一隻手，指向前方延伸的雙車道柏油路，『別太靠近圍牆，牆頂上有高壓電網和警報器。』

『謝了。』我關緊車窗，發動引擎。

柏油路兩旁盡是大片經過細心修剪的草皮，偶爾會出現一兩座單調的灰砂岩建築，在地平線盡頭閃現的紅磚圍牆上，隱約可以看見鐵絲網和高壓電線圈。

『戒備挺森嚴的。』我看看校舍門口路旁荷槍實彈的警衛，皺了皺眉頭。

『在這裡唸書的都是東岸富豪家族的子女，』王萬里用手遮住陽光，仔細端詳遠處，『在創校當時，東岸綁架學生的案件相當多，確保學生的安全是這所學校的特色。』

『希望那些學生別再帶什麼私人保鑣才好。』

目的地在校地中央的河道旁，多年來，學生一直在這條水流迂緩的河上垂釣和泛舟，不過今天，一位男子發現了河道的新用途，他全身赤裸地俯臥在河岸的草地上，雖然夏天午後的陽光相當適合日光浴，但要在眾目睽睽下光著身子躺在草地上，倒也要相當大的勇氣。

事實上，他也不是自願這樣做的——兩個鐘頭前，校工才從河裡撈起他的屍體，為了調查方便，才暫時放在草地上。

※※※

『我是這間中學的校長，』說話的人中等身高，深藍色西裝的馬甲下露出中年人常見的便便大腹，鬆弛的肌膚將臉拉成了等腰三角形，灰白色的頭髮像糾纏不清的毛線般，在頭上圍出層層疊疊的密雲。

『我是王萬里，這是我的夥伴霍士圖，』在王萬里的引荐下，我和盧比克校長——名片上印著『英國文學博士』的頭銜——握了握手，『關於採訪的事，就要麻煩校長了。』

『王先生，恕我冒昧，您是加拿大華僑吧！』校長略微審視我的同事後，開口問道。

『哦！您怎麼看出來的？』

『您的英語用字和文法是英式的，但卻有一點法語的腔調。』

『我的家鄉在魁北克，那裡是加拿大的法語區。』

校長帶領我們穿越圍觀的人群。

『死者是學校的人嗎？』我問。

『他叫雷納德，是本校的歷史老師，』老校長掏出手帕，不動聲色地擦擦眼角，『真的是很好的老師，令人難過的是，他原本再過兩天就要和本校另一位老師訂婚的，但今天卻發現了屍體。』

我們還走進現場，一名身穿紅格子上衣的女子就衝上前來，將頭靠在老校長的肩上，抽抽噎噎地哭了起來，老校長輕拍女子的肩膀，右手朝河岸的方向指了指。

王萬里和我瞭解他的意思，逕自朝現場走去。

里乞蒙當地的警方還沒趕到現場，只看到法醫蹲在屍體旁，我的朋友走上前去，自我介紹是紐約市的法醫。

『死者的死因是——』他問道。

『淹死的，』法醫拿出一個小標本瓶，裡面是半瓶淺黃色的細沙和水，『他的嘴、喉管和指縫裡都是這種水漬漬的細沙，搞不好胃和肺裡更多。』

王萬里蹲在屍體旁，『屍體上傷痕不少。』

『大部分是刮傷和挫傷，而且全是死後創傷，』法醫拿出探針翻看傷口，『可能是棄屍後，被河裡的巖石碰傷的。』

我伸過頸子，屍體被河水泡得泛白的皮膚上，的確有數十道細碎的傷痕。

『死亡時間大約在——』

『直腸溫度扣掉水溫的影響，大約在昨天下午六點到八點之間。』

『這條河的上游通往那裡？』我問。

『一個叫伊薩卡的小鎮，』法醫指向上游，『離這裡大約兩英哩遠。』

『屍體不可能從上游漂下來的。』一個有點粗魯的聲音插嘴說。

聲音來自站在不遠處的一個年輕人，瘦高身形，手足細長，被陽光晒成淡金色的頭髮剪得很短，像還沒結穗的麥田，修長白淨的臉上蘊含一股精神，深黑色的短袖運動服和短褲合宜地貼在身上，細長的鼻樑上架著細金邊的太陽眼鏡，一副身手敏捷的運動家模樣。

『抱歉打斷了你們的談話，』他伸出一隻手掌，『我是沈子嘉，本校的體育老師，也是划船隊的教練。』

我知道有些酷愛鍛鍊身體的人，喜歡在握手時炫耀自己的手勁，就像魔術師每到一個地方，就喜歡從帽子裡變出兔子一般。但小時候在阿拉斯加推雪橇、扛木頭的粗活，加上這幾年在警校教授近身格鬥和射擊，儘管比一般人略微瘦小，腕力應該還不會輸人。『幸會了，但您怎麼會認為——』

『這條河流進校園的入口和出口，各有一道攔砂壩，如果屍體是從上游流下來的，會被攔砂壩攔在校園外面。』

『他說得沒錯，』我的夥伴站了起來，『而且屍體上也沒有撞上巨形物體所應有的大面積挫傷。』

我掏出手帕擦擦手心，這傢伙的皮膚有股說不上來的陰冷，『您和死者熟識嗎？』

『當然，他是我未婚妻的未婚夫。』回答冷冰冰的，還夾著一絲絲嘲諷。

※※※

從里乞蒙回曼哈頓的車程雖不算遠，但為了隨時能查訪關係人和現場，在校長的建議下，王萬里和我索性落腳在伊薩卡鎮的家庭旅館。

隔天早上，走進旅館樓下的餐廳，我的搭擋正坐在靠窗的座位上。

『我問過櫃檯，他們只有這種早餐，』他聳聳肩膀，『希望你還能習慣。』

舖上格子布桌巾的餐桌上有盤冒著熱氣的麥片粥，兩只荷包蛋像一對瞪著你的大眼睛，躺在面前的小盤子裡，一旁還有放在籐籃裡的硬麵包。我忍不住吸了吸鼻子。

『你還好吧？』王萬里問。

『我沒事，』我在他對面坐下，『我只是想起小時候，家裡每天早飯也是這些玩意。我媽還會餵我們吃魚肝油和止咳糖漿什麼的。』

『我前幾天剛用完止咳糖漿，』他彎下腰打開腳邊的手提袋，『不過藥箱裡還有魚肝油，要不要來一點？』

『不，不用了。』沒錯，回憶是很美好，但並不是每件事都美好，我拿起湯匙。

麥片粥裡沒有放糖，只有麥芽和牛奶的清甜。麵包似乎也是清晨剛烤好的，握在手裡，還能感覺到麵團裡隱約的熱氣。

昨天晚上，我們也和校長在這個餐廳裡，喝著旅館主人珍藏的納帕谷紅酒，一面向校長請教學校中的關係人。

死者雷納德·唐瑞許是加州人，從教師資料上的照片看，是個褐髮的方臉男子，大學時因為發表過幾篇關於死谷印第安部落遺址的研究報告，在美國史領域的風評不錯，三個月前才應盧比克校長的聘任，擔任學校的歷史老師。

沈子嘉則是學校的資深教師，大學原本主修音樂，大三時才改修體育。他所指導的划船隊去年奪得州冠軍，本人在兩個月前也拿到鐵人三項的銀牌。

在兩個月前學校教師公會的改選中，剛到學校的雷納德，以相當優渥的財力和沈子嘉競爭理事的席次，結果沈子嘉藉著與教師的良好關係而當選理事，但是雷納德卻在另一方面得到了勝利。

他搶走了沈子嘉的未婚妻。

至於沈子嘉的未婚妻叫柳雨淳，是學校的英文老師，這幾年因為在文學期刊發表了多篇關於葉慈詩作的研究而受到學界重視，可能在一兩年內到哈佛的文學院進修。和沈子嘉在兩年前訂婚，但在一個半月前解約婚約，雙方對這件事都三緘其口。

『可惜我們的工作是將罪犯送進監獄，而不是將情侶送進禮堂。』我說。

『在末日來臨前，勿輕言禍福。一對了，在你下樓之前，我們的法醫朋友打了通電話過來。』

『他說了些什麼？』

『警局的內線消息，』我的朋友頓了頓，『根據校門口的出入記錄和警衛的證詞，雷納德自從兩天前下班後，一直沒有進入校園。』

『這怎麼可能？』如果雷納德兩天沒到過學校，他的屍體為什麼會在校園裡？

『士圖，你認為雷納德有沒有可能偷偷溜進校園，而不被警衛發現？』

『可能性很低，』我放下餐具，『圍牆上通了高壓電和警報器，有荷槍的警衛廿四小時來回巡邏，有些校舍的制高點上還有監視攝影機。』

『如果他從攔砂壩進入呢？』

『那座攔砂壩外因為水流突然受阻，河裡有數十個大小不等的漩渦，只怕他還沒走進校園，就被捲進去了。而且他本來就是學校的老師，為什麼要偷偷摸摸地進去？』

王萬里點了點頭，『士圖，你知不知道雷納德住在那裡？』

『他住在伊薩卡鎮一棟單身公寓的二樓，待會我們可以一起過去。』

『我一個人過去，我們跟這裡的警方不熟，一個人比較不顯眼。』

『那我呢？』

『你回學校查一下雷納德的辦公桌。』

※※※

從辦公室可以瞭解一個人的一切。

如果一個男人的辦公桌上有全家福照片——不管是鑲在鏡框裡，還是壓在玻璃墊下——，他一定是個顧家的好丈夫；而一個抽屜裡私人物品不多的職員，表示他並不想在公司待太久。

我知道有很多企業的主管運用這種廉價心理學管理下屬，但今天我卻沒有這種閒情逸致。

今天到學校的路上，我特地在伊薩卡鎮的肉店買了幾斤排骨。當作賄賂門口警衛犬的買路財。

『謝謝，』門口警衛俯下身，搔搔正在啃著排骨的洛威拿犬的頸項，『我拉著牠們一個晚上，已經快累壞了。』

『你再跟牠們混上幾個月，牠們就會自己跟著你，說不定連鏈子都用不著了。』

『你以前養過狗？』

『我以前是警察，在警犬隊待過一陣子。』我看看四周，『這幾天有什麼不尋常的事？』

『不尋常的事？』警衛搔搔頭，似乎我丟給他一個難題，『對了，雷納德老師被殺前一天，沈老師到學校來，當時是我值班，他的樣子看起來有點古怪。』

『能不能告訴我？』

『那天下午大約六點半左右，沈老師開車要進校園，我拿登記簿給他簽名的時候，發現他的手在發抖，臉色也有些蒼白。』

『有問過他原因嗎？』

『沒有，當時我順口勸沈老師到醫務室看病，他只是笑了笑，就進了校園。』

『除了臉色不太好之外，他的車子、衣著、對話有沒有什麼和平常不同的地方？』

『我仔細檢查過了，沒有。』

『那沈老師大概什麼時候離開學校？』

『大概七點半左右，』警衛的口氣相當確定，『因為他進校時的樣子，所以出校門時我特別留意。當時他可能已經找校醫診斷過，氣色好多了。』

六點半到七點半，學校大部分的師生都下班了，沈子嘉還來學校做什麼？

我留下一張名片給警衛，麻煩他向同事打聽消息。

我們的歷史老師顯然是個做事井井有條的人，文具整齊地放在抽屜裡，家長的來函和教科書、學生的報告成摞地在桌前一字排開，每摞的四角都切得平平整整，桌面的玻璃墊下空無一物，桌腳邊的圓桶字紙簍裡則裝滿大小不一的碎紙。

我從抽屜中摸出一只牛皮紙袋，將字紙簍裡的碎紙全倒進裡面，再檢查每個抽屜一次，確定沒有任何有價值的資料後，就順手把紙袋揣在懷裡，準備離開。這時，身後突然傳來一聲短促的悶響。我回過頭去。

有雙手敏捷地按住她不慎碰到的椅子，兩道蘊含驚愕的眼光像探照燈停在我臉上，彷彿我是某種犯罪行為的現行犯似的。

『是柳小姐嗎？』我問道。

對方點點頭，

『您是——』她上下打量了我片刻，聲音裡能聽出一絲猶豫。

『我姓霍，昨天我們才見過面，——啊！抱歉，』柳雨淳、雷納德、沈子嘉這三個人的關係像錯綜複雜的地圖，在我的面前展開，『柳小姐，我想知道關於雷納德老師的事，能不能一起吃頓飯？』

——『我不是小偷，是前鋒新聞的記者。』我將名片遞給柳雨淳。

『那你剛才在——』

『只是在查一些資料，』我端起玻璃杯啜了一口，相當道地的英國紅茶，『如果我是來偷東西的，那我就會戴上鴨舌帽和頭罩。手裡拿著百合鑰，嘴裡別忘記鑲上一兩顆金牙。』

柳雨淳輕聲笑了起來，手上的紅茶杯發出冰塊碰擊的清脆聲。

自從雷納德過世後，這可能是她第一次笑得這麼開心。我想道。

學生餐廳的二樓十分寬大，中央是熱食櫃檯，四面圍著威尼斯式的咖啡桌椅。三麵粉白的牆上掛著小幅的靜物油畫，另一面牆則裝上帷幕玻璃，可以看到樓下的小溪、草皮和挾著書本，漫步河邊的學生。

柳雨淳和我只點了簡單的三明治和紅茶，她穿著素淨的亞麻布洋裝和大草帽，個子明顯要纖小許多，墨黑的長髮整齊地從腦後披灑而下，配上乾淨平順的臉龐，平時顯得溫柔澄澈，微笑時則多了份天真無邪。

望向窗外，沈子嘉站在河岸邊的草地上，肩上背了個鮮紅色的喊話器，他的右手緊緊握住喊話器的麥克風，不知道在對河裡的划船選手吼些什麼，不過從路過的師生紛紛側目，以及選手脹紅的頸項看，咒罵可能佔了相當大的份量。

『沈老師這次似乎很拚命。』我說。

柳雨淳看了一眼就別過頭去，一滴淚水從她的眼角滑下。我連忙掏出手帕遞給她。

『謝謝你，』她接過手帕擦擦眼角，『我沒事。』

『能告訴我是怎麼回事嗎？』我問。

她深吸一口氣，右手支頤，若有所思地凝視桌面。

『子嘉和我是在兩年前認識的，當時這所學校剛落成，我們是第一批老師，』令人目眩的陽光射進室內，恍如一道連接過去與現在的橋，『當時我對里乞蒙的一切還很陌生，全靠子嘉幫我張羅。學校開學後半年我們訂了婚，原本子嘉打算在鐵人三項比賽後舉行婚禮，可是比賽後半個月，他卻約我在這裡來，當面說要和我解除婚約。』她無奈地淺淺一笑，『我原本以為他會給我婚戒，沒想到會是這個。』

『沈先生的理由是——』

柳雨淳搖搖頭，『我問過他很多次了，他不是閉口不說，就是對我大吼大叫。而且在那場比賽後，那訓練划船隊比以前還要拚命，也絕口不提鐵人三項運動——原本照他的個性，一定會持續練習，準備明年再參加的——，對學生的態度和耐心也差了許多。老天，我知道他在變，但我竟然不知道為什麼。』

我斟滿茶杯，靜靜地聽她說下去：

『跟子嘉解除婚約後不久，有一天雷納德邀請我到百老匯看舞台劇，過去因為他和子嘉鬧得不太愉快，所以並不很熟，直到那天之後，我們才逐漸認識的。』

『怎麼會想和他訂婚？』

『我也不清楚，』她垂下眼睫，『那天他提出訂婚的請求時，我只稍稍遲疑了一下，在這幾個月經歷那麼多變故，我真的很渴望那種平靜的日子。』她抬起頭，意識到我正坐在對面，『——對不起！霍先生，我——』

『別在意，我瞭解，』這句話倒不是安慰之詞，我端起茶杯，回想剛被警局解職的日子，『可是柳小姐，妳真的愛雷納德先生嗎？』

她的眼簾又悄悄垂下。

我站起身，順手拿起披在扶手上的西裝外套，『我先告辭了。』

『我還沒給你答案。』她揚起頭看著我。

『妳遲疑了四秒，這就夠了。不是嗎？』

走出餐廳，灼熱的陽光已經消退，灑在身上只覺得輕飄飄的。沈子嘉踩著小跑步迎面跑來，我朝他打了個招呼。

他跑到我面前停下，『怎麼有空到這裡？』

『我來查一些資料，』我眼光移向他肩上的喊話器，『還在訓練划船隊？』

沈子嘉抬頭，視線停在餐廳二樓，『不好意思，在你面前出洋相了。』

『他們划得很努力，你不妨將右舷第三名槳手和舵手互換，那名槳手的體重比較輕，原來舵手的臂力也能好好發揮。』

『你學過划船？』他打量一下那兩名學生，再往我身上瞄了一圈，眼神中充滿驚訝。

『我在警校唸書時玩過不少運動，划船是其中之一。』

餐廳前有輛欖綠色的雪鐵龍金龜車，沈子嘉走到車後，打開行李廂蓋。

『車子不錯。』我愛惜地撫摸車身的鋼板。

『大學時買的二手車，現在懸吊系統已經完蛋了，只要多載一個人，底盤就會下沉好幾英吋。』

沈子嘉跑進餐廳，回來時肩上多了一只拳擊沙袋，他將沙袋丟進行李廂，雪鐵龍似乎要證實它的主人並沒吹牛似的，後側足足下沉了七八英吋。

『我現在要到里乞蒙去，可以送你一程。』

『謝謝，不過我的車在那邊。』看著快要碰到地面的後車廂，我連忙說道。

沈子嘉坐進駕駛座，發動引擎，雪鐵龍發出沈悶的嗚咽。

『謝謝你的建議，』他將頭探出車窗，『明天上午能不能請你和你的朋友吃頓飯？』

『那沒問題。』

雪鐵龍蹣跚地前進，好一陣子才消失在遠方，望向那輛老爺車的背影，我的腦海中有個模糊的影像，但無論如何也拼湊不起來。

※※※

回到伊薩卡鎮的旅舍，紅葡萄酒似的暮色已經開始變暗。

房門前的踏墊上有張購物中心的海報，我撿起那張紙，打開房門。

剛踩進漆黑的房裡，左肩就傳來手掌溫暖的觸感，我左手向後探上對方的肩膀往前一拉，前方立刻傳來重物墜地的巨響，以及壓低聲音的悶哼。

另一隻手捉住我的右腕，打算將我向前摔出去。我反手扣住對方手腕，用腳踩住，同時從抽出自動手槍，瞄準四周的一片渾沌。

『住手！』前方響起一個高而清亮，夾雜些許鼻音的男聲。

整間房就像舞台劇開場般大放光明，只看見兩旁各有一個身穿深藍色西裝的男子，第一個倒在地毯上，右手扶著脫臼的左肩低聲呻吟；第二個正在用手指扳著我皮鞋的鋼質鞋頭，企圖抽出他被壓在下面的手掌。

『霍先生，你們中國人是這樣招呼客人的嗎？』前方陽台的藤搖椅上坐著一個胖子。

『這是中國人招呼賊的方式，警長先生。』我將手槍插回槍套，『來這裡之前，我早聽說鎮上的警務經費不多，不過還用不著靠闖空門來籌措經費吧！』

胖子的臉微微一紅，並不答話。

這個胖子是里乞蒙當地的警長馬里安尼・古德諾，他不僅有義大利人的姓氏，也有義大利黑社會頭子的外貌：四十歲的大塊頭身材加上六十歲的便便大腹，一張從鬆餅模子壓出來的圓臉，閃閃發亮的圓眼珠子，有點肉感的鼻子和厚唇。再套上一件灰格子三件西裝和禮帽，怎麼看都不禁令人想起禁酒時期那些腦滿腸肥的私酒販子。

『為什麼找兩個手下躲在門邊偷襲我？』我問。

『是我叫他們這樣做的，』他右手一揮，『放了他們，我們再談。』

我抬起右腳，再抓住第一個人脫臼的左臂一拉，隨著喀的一聲，那個傷者輕鬆地伸放左臂，神色中帶著撿回一條胳臂的興奮。

『我想他們應該沒事了，』我拿起茶几上的玻璃茶壺，倒了一杯水，『有何貴幹？』

『聽說你今天去了學校一趟。』

『我的職業是記者，打探消息也是工作之一。』

『不光是那麼簡單吧！』警長打個哈哈，『我剛託熟人查過你們兩個人的資料，挺有趣的。』

『我倒想聽聽看。』

『霍士圖，一九六〇年十月在阿拉斯加育空出生，曾在紐約大學讀過一年機械工程，警校畢業後，因為成績優異，被推薦到蘇格蘭場特別行動組進修半年，』他的聲音尖銳起來，『霍先生，我問過和你同一期到英國進修的朋友，他說沒見過你。』

『我被分發在反恐怖份子和城市游擊戰的部門，見習地點在北愛爾蘭的貝爾發斯特，』我端起杯子喝水，『古德諾警長，閣下的朋友當時不可能也在那裡吧！』

當然不可能，特別行動隊——英國新聞界口中的『眼鏡蛇部隊』——主要的活動範圍在倫敦一帶。

而且，當時我也在不在北愛爾蘭。

『——警局的記錄中提到你回國後，受了一年的督察訓練，但我問過幾個同一期結訓的督察，卻都對你沒有印象，』古德諾警長突然將臉湊上來，『不過我在當年傭兵雜誌中，找到幾張亞裔傭兵的照片，霍先生，坦白說，照片上的人和你長得很像。』

『我們黃種人在你們眼中看來都是一個樣子，你怎麼能確定是我？』

警長像洩了氣似的回到座位上，『——好吧，不管你怎麼說，之後你當過曼哈頓三個分局的小隊長，拿過兩座優異服務獎章，半年前因為用槍過當被解職，進入紐約前鋒新聞擔任攝影記者。』

『那我的朋友呢？』我說：『他的資料一定比我更精彩吧！』

『不見得，』警長脫下禮帽，不住往臉上搧風，『王萬里，一九六〇年二月出生在加拿大魁北克，是華裔牧場主的次子，哥倫比亞大學醫學系畢業，專攻胸腔及神經外科，熟悉多種語言，對藝術、法律及財經也有獨到的研究，他的論文曾經得過獎，也有醫師及紐約州律師的開業執照，在大學唸書靠經紀藝術品買賣賺了不少錢，現在即使沒有工作，也能生活得不錯。』

『那有什麼問題？』

『問題在於，你認為你的朋友是活人嗎？』

『你這話是什麼意思？』

『我請加拿大皇家騎警協助調查，查證你朋友資料中出現的一切地名及人名，他家鄉的牧場還在，不過已經換了主人，鄰居表示從來沒看過亞裔人士在當地開設過牧場，他在加拿大的學校有學籍資料，但是當年任教的老師卻不記得曾經教過有這個學生，以你朋友的才華，應該在當地會給人留下相當深刻的印象。除非——』

『除非什麼？』

『除非你的朋友根本不存在，換句話說，在一九八〇年前，你的朋友只是活在一堆身分證明和文字之間——如果這也叫做活著的話。』

『夠了吧！』我說：『你到底來這裡做什麼？炫耀你超凡的資料蒐集能力？』

『只是要告訴兩位，本鎮不歡迎你們這種問題人物。』

我打了兩聲哈哈，『我以為我們有人身自由的。』

『「人身自由」對你們這種問題人物，顯然並不適用。』他露骨地說道。

『是嗎？』我放下玻璃杯，抽出手槍，『各位未經同意進入我的住所，根據法律，我可以用任何「適當」的方式趕走你們。現在，請各位離開。』

警長看見槍口，愣了一下，『我以為我們可以談得很愉快的。』

『愉快嗎？』我晃晃槍口，『我數到三，各位再不走，我就扣扳機。一。』

他們立刻退出房間，就算手持鐮刀的死神坐在房裡，可能也沒有那麼快。

『我們會再來的。』警長怪異的高音還迴盪在走道上。

『下次再來時，請先將搜索令準備好。』我回答。

王萬里拎著紙袋走進房裡，『警長來過了？』他問。

『剛才來這裡鬧了一陣，──你怎麼知道的？』

『早上在雷納德的住處遇到他們，那個警長應該去拉保險或是傳福音的，』他順手把紙袋丟在茶几上，『剛剛又和他們在樓下擦身而過。他們沒難為你吧？』

我剛要開口，窗外就傳來一連串響亮的爆裂聲。走出陽台，只看見警長一行人踢著乾癟的輪胎，嘴裡不知道在咒罵些什麼。

『這下可好了，』我瞇起眼睛，『他們說不定要走好幾哩路。』

『是你動的手腳？』我的夥伴問。

『把車開到疑犯住處樓下，連擋風玻璃上的警局停車證都懶得拿下來，』我走回房裡，剛才警長一離開房間，我就沿著窗戶旁的排水管溜到樓下，在警長的車輪下塞進鐵蒺藜後，再從陽台爬回房裡，『撬開人家的房門，卻忘了撿起從門縫掉下的傳單。——連偷吃都不曉得揩嘴，這幾年的警校畢業生到底是怎麼了？』

王萬里瘦長的身影隨後飄了進來，『說話別太刻薄了，有什麼發現嗎？』

我扼要地將今天的經過說了一遍。

『沈子嘉當天下午進過校園——他開的是自己的車嗎？』我的夥伴輕輕地敲著額頭。

『我回來時查了一下警衛的登記簿，車號的確是他的。』

『警衛說沈子嘉進學校時手在發抖，臉色蒼白。你有和校醫確認過嗎？』

『我問過校醫，他說沒見過沈子嘉。』我腦中閃過一個念頭，『你該不會認為－』

『如果他毒癮發作的話，可能連車子都開不進來，』王萬里說出了我心裡的懷疑，『況且發現屍體那天，你和他握過手，有毒癮的人，不太可能有那麼大的腕力。——不過如果被警長知道，就很難說了。』

『那雷納德的家中有沒有什麼線索？』

『沒有，』王萬里吁了口氣，『我們的朋友家裡滿乾淨的，如果要說有什麼奇怪的，大概就是垃圾桶裡塞滿了碎紙。』

他一面說，一面從茶几下抽出一只塞得鼓鼓的黑色垃圾袋。

『紙張的切口都相當挺直，是剪刀鉸出來的，』他拆開袋口，茶几上剎那間像梵谷畫中的夜景般，灑滿了斑斕的星屑，『房間裡除了書籍及報紙外，找不到任何文件，公寓負責清掃的女傭也說，平時在雷納德家收到的垃圾中，並沒有見到這麼多的碎紙。』

『你的意思是說，雷納德在被害前一天，將所有的私人文件毀掉？』

『恐怕是的。』

『那雷納德的鄰居呢？』

『那棟單身公寓的房客大多是在曼哈頓上班的通勤族，每天回來就上床睡覺，再加上住戶的流動率大，彼此的交際很少，甚至於有些人還不知道他們的鄰居已經換人了。不過，我倒是和公寓的屋主兼管理員——一個七十多歲的猶太老先生——談了很久。』

『他認得雷納德？』

『如果你的退休金都指望在這些房客身上的話，當然會記得每個人的名字。雷納德三個月前到學校任職時就住在那裡，平時除了收房租、水電和電費外，很少和其他人交談，平時都是上午七八點就出門，直到午夜才回來，他從沒帶朋友回公寓，也沒有人來找過他，除了有時候會在外面喝點酒外。』

『他怎麼知道的？』

『那屋主平常就喜歡喝兩杯，雷納德回公寓時，屋主有時會聞到他身上有一點威士忌和香菸的味道。事實上，我也是帶了一瓶波本和屋主對酌，才套到這些資料的。

『屋主說命案發生當天，雷納德直到下午一兩點多才出門，他們在公寓門口寒暄了幾句，雷納德表示要去找一個朋友——然後，就沒有再回來了。』

『那雷納德的車呢？』

『他的車停在公寓門口，車身很乾淨，警方昨天派了鑑識組檢查過，車裡好像幾天前才用吸塵器澈底清理過，連一根頭髮都找不到。屋主也說案發當天，雷納德並沒有開車出門。』

我從桌上撿起一張碎紙，『他看起來還比較像兇手。』

『說不定是一宗雙重人格的謀殺案，一個雷納德殺了另一個雷納德，這倒是小說的好題材。』王萬里乾笑了兩聲，『跟你在學校的觀察結果比較起來，我們的朋友似乎在這兩天將一切資料統統毀掉，為什麼？』

『如果他沒有被殺的話——』我眼前浮起柳雨淳的身影，『是因為裡面有不能讓柳雨淳看到的東西？』

『恐怕是的。』

『會不會是雷納德計畫在和柳雨淳結婚後遠走高飛，卻被柳雨淳或沈子嘉發現了破綻，所以先下手為強殺了他？』

『這個動機還不錯，不過有兩個問題，』我的搭擋伸手把玩著碎紙，『首先，雷納德為什麼要和柳雨淳結婚？』

『她的財產、研究成果都有可能啊！』

『她的研究領域和雷納德根本搭不上，不過就算解決了這一點，還有一個問題要解決：什麼地方不好選，偏偏要選在校內當棄屍現場？』

『最危險的地方，也是最安全的地方。』

『冒著被警衛和全校師生看到的危險？士圖，別跟我抬槓了。』

『可能和警長談過話後，我已經有點被他同化了。——咦？這是什麼？』

我將夾在指間的一片碎紙拿到眼前，碎紙呈三角形，紙質相當堅牢，宛如夜空般深黑的紙面上用燙金印著一只高腳杯，和一彎白色的上弦月。

王萬里接過碎紙，『看起來像是名片的一角。』

『可能是酒吧的名片，』我說：『屋主說雷納德有時會帶著威士忌和香菸的味道回公寓，說不定是他常去的酒吧。』

『那我們明天到附近的酒吧問一下，可能有客人或酒保看過，』王萬里沈吟了一下，『另外，你說沈子嘉明天要請我們吃飯？』我點點頭。

我的夥伴雙手輕托下顎，『這樣啊……』他自言自語地低聲說。

『你在打什麼主意？』我問。

王萬里沒有回答我。

※※※

隔天上午，王萬里和我駕車進入校園。

我們兩人的車是一九三二年福特的COUPE白色雙座車，駕駛座是一個突起在老式雕花引擎蓋後的大鐵櫃，牌照是用一根鐵桿豎在後保險桿上，不過保養得還算乾淨，所以一駛進校園，就有不少騎登山自行車的學生一面超過我們，一面以不可置信的眼光往回望。

『還好，我還沒有看到有人看表。』我說。

『怎麼說？』

『我怕有人看到我們的車後，會懷疑現在是不是一九八五年，』我伸手調整後照鏡，『看樣子昨天警長似乎沒得到什麼教訓。』

『他在後面？』王萬里順著我手指的地方，後照鏡映出車後一百公尺的地方，有一部深灰色的克萊斯勒轎車，車子裡的人看不清楚，但可以認出儀表板上的警示燈。

『或許是他的部下，不過如果我是警長，我會親自帶隊跟在後面。─他就沒有別的事好做了嗎？』

『他可能只是想提醒你，昨天的鐵蒺藜放得不夠多。』

我哈哈笑了兩聲。

體育館在餐廳樓上，打開兩扇鐵門，只看到學生正在鋼樑圓頂下，三個網球場大小的空間上羽球課，帶點陰涼的空氣裡，夾著球皮的橡膠、滑石粉和地板臘混合的氣味。

沈子嘉坐在一角的鐵摺椅上，腿上擱著打成績用的筆和夾板，他抬起頭看到我們，立刻站了起來。

『歡迎你們，我正在為學生打成績。』他伸手朝學生一揮。

『我是王萬里。』王萬里和他握手，收回手時，若有所思地看了自己的手掌一眼。

沈子嘉立起身走到場中，逐一指導場上每個學生的姿勢，遇到幾個打得還不錯的，他就和對方對打一兩球，測試學生的反應和球質。而對反應比較遲緩的，沈子嘉則是一再示範，並檢查學生的姿勢是否正確。全場卅多名學生一個個指導下來，沒有一個鐘頭是不可能的。

柳雨淳曾經說過：沈子嘉是個相當有耐心的老師。今天我總算見識到了。

等到所有的學生都看過後，沈子嘉走了回來，他的臉色有點蒼白，腳步也有些踉蹌。汗珠像泉水般，大滴大滴的從頸項滲出。

『最近學校發生太多事情了，晚上睡得不太好，』可能是看到了我的神情，他故作輕鬆地拿起毛巾擦了擦汗，『讓你們久等了，我帶你們去吃飯。』

早餐時間剛過，餐廳裡的人並不多，我們找了位子坐下。

『這裡環境不錯。』王萬里望著窗外說。

『貴族學校唯一的好處，』沈子嘉正忙著為我們倒水，『就是能夠享受比較好的生活設施。』

『那柳小姐喜歡這裡嗎？』聽到王萬里的話，我轉過頭去。

『她有她自己的幸福要追求，我們已經沒有瓜葛了。』

『是嗎？那你呢？』我的夥伴似乎沒有看見我警告的眼神，不死心的繼續問下去。

這傢伙到底在想什麼？我在肚裡暗罵著。

沈子嘉笑著搖搖頭，試圖要挽回有點僵的氣氛，『我個人？應該沒有什麼好談的吧！』

『等你面對警長時，你也打算這麼答辯嗎？』

『你到底想說什麼？』顧不得主人的顏面，沈子嘉霍地站了起來，盯著王萬里看。

『只是以記者的直覺提醒你，你遲早會被列為殺人嫌疑犯，畢竟你是最有可能殺害雷納德的人。』

『萬里，好了。』我提醒王萬里。

『雷納德被殺的時候你人在校內，要不然全部學生都回家了，你還抱病來學校做什麼？』

『老天，這是我的學校，我回來拿個東西也不行嗎？』

『——而且動機也挺充分的，也難怪，四、五年的感情，要馬上放手，那會如此容易——』

『他媽的！』王萬里話還沒說完，沈子嘉的拳頭就揮了過來。

我的夥伴抓住沈子嘉的手臂，繞到沈子嘉身後，順勢將他壓在桌上。

『萬里，住手，你知道你在做什麼嗎？』我衝上前要將王萬里架開。

王萬里伸出一隻手擋住我。

『你想要幫他的話，就站著別動。』他的聲音相當安穩。

『放開我。』在王萬里的壓制下，沈子嘉的聲音顯得模糊不清。

『等我找到我想找的東西後，自然會放開你。』我的搭檔一面說，另一隻手像找尋什麼似的，往沈子嘉的背部和手臂一節節地摸索著，沈子嘉的聲音也由低沈的咒罵、呻吟到壓住氣息的尖叫。

四周稀稀落落的學生全都站了起來，目光直勾勾地看著王萬里。

不知道過了多久，王萬里俯身在沈子嘉的耳邊低聲說了幾句話，隨即雙手一鬆，將他放開。

沈子嘉的上衣被汗水浸濕，整個人像從海裡撈起來似的，他不住地喘氣，目光直直地瞪著我的夥伴，但是一句話也說不出來。

『士圖，我們該走了。』王萬里像沒發生什麼事似的，從椅背上抽出風衣，披在身上。

『你到底對他做了什麼？』我問。

『先離開這裡再說。』走出餐廳時，我從眼角餘光隱約看見兩個人也離開了座位，亦步亦趨地跟在我們身後。

※※※

道路如刀鋒般筆直劃開鮮綠的草地，指向地平線上清澄的藍天。

王萬里和我將車窗和天窗都搖下來，讓頭髮被狂風吹得啪啪作響。

『說真的，萬里，』我問：『你剛才到底在想什麼？』

『士圖，你認為沈子嘉是兇手嗎？』

我還沒開口，車裡的無線電擴音器就傳來警長的聲音：

『很有趣的推理，王萬里，』他說：『為了爭風吃醋而殺人…你不介意我回去後申請沈子嘉的拘捕令吧？』

『我無所謂，』王萬里的回答讓我吃了一驚：『事實上，警長，我還希望你手腳快一點，兇手可能隨時會逃跑。』

『是嗎？哈哈哈……』無線電咔嚓一聲收了線。

『天殺的，』我轉過頭看著王萬里，『你該不會真的認為沈子嘉是兇手吧？』

『你已經回答了這個問題，不是嗎？』王萬里說：『不過這樣做，或許對沈子嘉比較好。』

『是嗎？』

『而且我們的警長顯然還不急著回去，他想看看我們還有什麼節目，』他看看後面，『你或許可以滿足一下他的好奇心。』

『我明白了。』

車子行駛十多分鐘之後，路旁出現了一片寬廣的水泥停車場，十餘輛貨櫃車圍著中央的一棟木造平房，緊靠公路豎著廣告燈柱，頂端有一彎弦月和一隻高腳杯。

王萬里和我一早就到鎮上的小餐店，詢問是否有人看過碎紙上的圖案，結果從一個猶帶醉意的卡車司機口中得到了酒吧的地點。

『竟然會有人敢在這裡開酒吧。』我說。

『因為這裡正好在紐約和伊薩卡鎮的中間，』王萬里說：『許多通勤的上班族下班後會到這裡喝一杯，而且你也看到，停車場停滿了貨櫃車。』

我將車停在緊鄰平房的停車格中。走進屋裡，裡面果然坐滿了粗膀大腕的貨車司機，雪茄和香菸的嗆味瀰漫在空氣中，在司機的哄笑和叫罵聲中，可以聽見吧枱旁的留聲機唱著瓊拜雅的老歌：『Bank of the Ohio』：

「I asked my love ~ to take a walk ~ to take a walk ~ just a little walk———」

一個身影倏地從吧枱後立了起來：『喝點什麼？』

『威士忌——不，給我薑汁汽水好了。』除了在通往紐約市的公路旁外，我總算知道為什麼這些貨車司機會選擇在這裡喝一杯。

這裡的酒保是個廿多歲的華人女子，身形相當高大，深黑色的長髮垂至腰際，鵝蛋臉加上有點好強線條的五官，在貨車司機群中顯得相當搭調。

『你是第一次來吧！』她拿出一瓶薑汁汽水，碰地一聲放在桌上。

『你不會告訴我，第一次來的客人要整瓶乾掉吧！』在四周的轟笑聲中，我坐上吧枱旁的高腳椅。

她笑了出來，從吧枱下拿出開瓶器，『那你的朋友呢？』

『伏特加。』王萬里正在端詳吧枱旁的酒櫃。

『來這裡出差？』她打開瓶蓋，意味深長地瞄了王萬里一眼，『或者——你們是逃犯？』

『是啊，我和我的同黨剛搶了七八家銀行，搶劫了七八個小孩的奶瓶和棒棒糖——我的汽水好了嗎？』我接過杯子喝了一口，『你怎麼會這麼想？』

『我看到警長的車跟在你們後面，』酒保用下顎朝門口比了比，『不要叫我你呀你呀的，我叫姜月華，伊薩卡鎮唯一的華人酒保。』

『妳不怕我們真的是逃犯？』王萬里說。

『警長在外面，一堆卡車司機在裡面，我怕什麼？』她攤開手，『而且我也有好朋友。』

『妳指的是吧枱底下的霰彈槍吧！』

女酒保楞了一下，『你的朋友有透視眼嗎？』

『也許吧，』我的夥伴從酒櫃拿出一瓶威士忌，放在吧枱上，『妳的食指有扣扳機的繭，右肩肌肉比一般人厚實，表示妳曾經受過相關的訓練，再估計一下吧枱的大小，霰彈槍是比較理想的選擇。』

『也許是雙管獵槍也不一定。』姜月華笑了笑。

『對付可能有三個人以上的搶匪，兩顆子彈派不上什麼用場的，』我拿出名片放在吧枱上，順便從上面的名片夾上抽了一張，『我們是前鋒新聞的記者。——萬里，我看我們找到了。』

名片上有酒吧的名稱及姜月華的名字，一角用燙金印上高腳杯和上弦月，和碎紙上的圖案一模一樣。

『我想也是。』王萬里將威士忌瓶遞給我，半空的瓶頸上繫著一塊白色塑膠牌，上面用油性氈頭筆寫著雷納德的名字。

※※※

『唐瑞許是這裡的老客人了，』招呼過客人離去後，姜月華自己也開了一瓶礦泉水，『自從三個月前他到這裡後，每隔兩三天就到這裡喝杯威士忌，喝完就走。』

『你們有談些什麼嗎？』王萬里啜了口伏特加。

『蠻多的，像是天氣、學校、難纏的客人之類，』姜月華眼睛瞟向天花板上的老式風扇，『這裡是個相當小的地方，可以消遣的地方不多，許多人下班之後就順路到這裡，說是要喝一杯、歇歇腳，其實不過是想要找一個吐苦水的對象而已。連警長都是這裡的常客。』

『是嗎？』我望向窗外。

『兩個月前——呃——那個老師剛來的時候——』吧枱旁一個喝得醉醺醺的矮小老頭，提著一瓶威士忌搖搖晃晃地走上前，『警長當時正在對姜小姐毛手毛腳——』

『史密夫老爹，別說了。』姜月華搖搖手。

『後來呢？』我連忙說。

『那個老師——呃——把警長拉開，警長當時還說要——那個老師小心一點。』

『這是真的嗎？姜小姐。』王萬里問。

『史密夫老爹一天到晚喝得醉醺醺的，有時候他也不記得自己到底說過些什麼。』姜月華笑著說，似乎想要叉開話題。

『他有家人嗎？』

女酒保搖搖頭，『自從三年前酒吧開張之後，史密夫老爹就「住」在這裡，除了每個月去鎮上領退休金支票之外，很少離開過這裡，晚上他就睡在大廳的長椅上，我在後面還為他準備了毛毯。』

『不過那個老師——好像最近都沒有來了。』史密夫老爹斑白的頭伏在吧枱上，嘴裡還不住的咕噥著。

『他還不知道——』我問。

『我想你已經發現到了，我的酒吧裡沒有電視。』姜月華喝了口礦泉水，打開留聲機，「Bank of the Ohio」的歌聲又響了起來，『我希望客人在外面工作一天之後，能有個耳根清靜的地方。』

『根據塑膠牌上的記錄，雷納德先生最後一次來店裡，是在一個星期以前的晚上，』王萬里翻過塑膠牌背面，上面有每次開瓶的日期，『你還記得當時他有什麼和平常不同的地方嗎？』

『我想想看，』姜月華用玻璃杯緣輕輕敲著門牙，『對了，當時他是一個人來，帶了好幾本婚紗和禮堂布置的型錄，他跟我說他要結婚了，要我給他一點意見。』

『意見？』

『我還記得我挑了件蘋果綠的禮服，裙襬是慕拉諾的蕾絲，禮堂則是紅色的布幔，餐桌上要裝飾粉紅色的玫瑰。』

『新娘子——好漂亮——』史密夫老爹拉著姜月華纖長的手指，他的語音已經模糊不清。

『是啊，是啊。』姜月華也附和似的輕輕哼著。

就像心理學家所說，七十歲的老人在某些方面，和三個月大的嬰兒是差不多的。

『那警長或是這兩個人有來過嗎？』我將沈子嘉和柳雨淳的照片遞給姜月華。

『警長自從兩個月前被唐瑞許制止後，根本嚇得不敢上門。不過有時候，他會把車開到店門口，就像今天這樣。』姜月華像玩紙牌似的，將照片整齊地排在吧枱上，『至於這兩個人——我沒什麼印象，大概有一段時間沒來了吧！』

『謝謝妳，』我收起照片時，眼光朝窗外警長的車一瞥，『姜小姐，這附近有沒有什麼小路、便道之類的？』

『小路？你們要趕著去那裡嗎？』

『我們不趕，不過外面有人在趕我們。』我指指警長的車。

『這樣啊——』女酒保略微沈吟一下，拿出紙和鉛筆，『往北開半哩左右，你會看到路旁的護欄有一道缺口，缺口裡有一條泥土路。』

『這條泥土路通往那裡？』

『一片叫「迷霧森林」的沼澤地，』姜月華在紙上畫了個大圓，『是我個人取的名字，範圍相當大，樹木很多而且相當安靜，我有時會開車去那裡散散心。』

我朝窗外看去，店旁的確停了一部銀色的蘭羅弗吉普車，車身上還隱約可以看見零星的泥跡。

『聽起來挺浪漫的。』

『對駕駛生手可不會，森林裡的地形相當崎嶇，還有零星的沼澤及流沙，坦白說，我不建議拿你們的古董車去冒險。』

『只要能甩得掉警長就可以了。』

※※※

王萬里和我的古董車離開酒吧，警長的車還跟在後面。

無線電又惱人的響了起來，『剛才姜月華跟你們講了什麼？』

我抄起話筒，『沒什麼，只是關於某人的英雄事蹟而已——你的手挺不安分的嘛，警長。』

無線電喇叭傳來低聲的咒罵，『是那個死老頭子胡說八道，我兩個月前根本沒到過酒吧。』

『是哪個「死老頭子」胡說八道，警長？』王萬里接過話筒，『我們對別人的風流韻事不感興趣。不過，如果這幾天上弦月酒吧少了一片屋瓦，說不定我會將這件新聞通知東岸所有的新聞媒體。』

『說不定你要開個記者會解釋，』我跟著說，『不過別擔心，警長，我會把你的頭版照片拍好看一點。』

『你——他媽的，你們被捕了！』後面的車警示燈同時響了起來。

『被捕了？我沒看到手銬啊？——先追得到我們再說吧！』

我伸手到座位下，拉起一根像是手剎車的桿子，前方引擎室的引擎聲頓時高亢起來，像是深山中野獸的低吼。

兩年前我第一次見到這輛車時，這輛福特雙座車只剩下滿是塗鴉和泥污的車殼，躺在布朗克斯區一處廢置而長滿雜草的空地裡，車燈黯然注視著路上的行人，就像一旁躺在紅磚地上，衣衫襤褸的遊民。

我那時剛升任刑警不久，正在找一部比較順手的車，這輛車與眾不同的線條吸引了我，徵得地主的同意後，我將車殼吊到布朗克斯區的一家修車廠，和修車廠的老闆及技工花了一個月，換上新的儀表及內裝、特製的強化玻璃、卡車的大馬力引擎及四輪傳動系統，以及黑市賽車常用的丙烷噴射加速系統，加上原本以鋼材鍛造的車身。兩年來，從販毒客的高級跑車到私梟的四輪傳動車，幾乎都是這部古董車的手下敗將。剛才我扳下的，就是丙烷噴射系統的閥門。

警長的車霎時縮小到接近地平線的一個小方塊，無線電響起怒罵聲。

『警長，你要跟緊一點，』我壓下閥門，關掉丙烷噴射系統，車子又慢了下來，『如果你迷路了，我們這些納稅的小老百姓會很困擾的。』

『你——』警長似乎已經氣得連話都說不出來了。

『你不是要逮捕我們嗎？』我說，『那就放馬過來吧！』

路旁的木質欄杆出現一道剛好可以容納一部車的缺口，我扳過方向盤的同時，拉下排檔桿旁的另一根操縱桿，啟動四輪傳動系統。車子精確地轉了個彎，駛進缺口裡的泥土路。

警長的車先是開過了頭，然後才像在停車似的，小心翼翼地調頭開進缺口。

『你該不會想——』王萬里往後望向警長的車。

『在公路上甩掉他，未免太容易了，』我等到警長把車開進來後才加速，『讓警長在這個森林裡兜上十天半個月，那才好玩。——不過可能姜月華是對的，安全帶最好繫緊一點。』

缺口裡是一片相當茂盛的森林，崎嶇的碎石地形加上粗大的樹根，即使有四輪傳動系統，整部車子就像在風暴中心的小舟般不住搖晃。王萬里和我不時要騰出一隻手來拉緊安全帶，同時護住頭部不要撞到車頂。

過了十分鐘左右，車身的顛簸漸漸減輕，前方車輪輾成的黃土路指向一個可以容納一部車迴轉的空間。

我踩動油門，車子開始加速，警長的車也亦步亦趨地跟在後面。

『士圖，繞過前面的空地。』王萬里突然說。

『什麼——』

『繞過前面的空地，』他指向前面，『快！照我說的做！』

我轉過方向盤，車身滴溜溜地繞過空地。

相反地，警長的車開始加速，衝進空地時。車頭往下一沈，前輪陷進空地的細沙中。緊跟著整個車身也陷了進去。

『是流沙。』我開始倒車。

『警長，留在車裡，我們馬上過來。』王萬里打開天窗，往後喊道。

浮在沙上的車門打開，警長一下車，腰部以下霎時沈入鮮黃色的細沙中。整個人開始緩緩地沒入沙中，他愣愣地望向我們，就像被獵槍瞄準的鹿一樣。

我將車停在空地旁，從後車廂的絞盤抽出鋼索，套住車頭的保險桿；王萬里也拿出繩索，將其中一端丟給警長。

※※※

『非常感謝你們。』地區檢察官說。

『那裡，該說道歉的是我們。』王萬里握住他伸出的手。

我們走出警局的辦公室，走向停車場。

非常幸運的，我們救起了警長和他負責開車的部下，還將車拖回鎮上的警局。現在兩個人都躺在醫院急診室的床上，神色呆滯地望著天花板。

地區檢察官做完筆錄後，就打發我們回去，在等待的空檔中，我還請幾位交班的警員到鎮上的酒吧喝一杯，王萬里則到警局的實驗室打聽消息。

『幸好你提醒我，不然現在說不定要陪警長躺在急診室裡。』我說。

『我只是覺得在森林裡，那塊空地空得有點奇怪而已。』王萬里啜了口警局送的罐裝咖啡，『警長和他的部下只是受了驚嚇，大概休息幾個鐘頭就可以回去了。』

『恐怕史密夫老爹說的是真的，』我說：『剛才那幾位警員喝了幾杯，就開始埋怨他們的老闆，其中有幾個在兩個月前和警長一起出勤，途中經過上弦月酒吧時進去坐了一下。』

『然後呢？』

『警長喝了幾杯後，就開始用言語調戲姜月華，還抓住她的手不放，當時雷納德正好在酒吧喝酒，就走上前將警長拉開。警長還訥訥地要雷納德小心點。』

『他們回來沒報告這件事嗎？』

『跟誰報告？』我笑了笑，『那實驗室有什麼進展？』

『我和鑑識科借了比對顯微鏡，檢查森林裡那片流沙的沙粒。進一步的成分檢驗要下禮拜才會出來，不過單從外形和顏色，流沙裡的細沙，和雷納德胃裡的細沙是同一種。』

『也就是說，雷納德先掉進流沙裡淹死，再被人載進學校棄屍。——誰會做這麼麻煩的事？』

『你說呢？』王萬里打開車門，太陽已經逐漸沒入地平線，『這個案件明天一早就可以破案，不過，我們可能要先回學校一趟。』

『萬里，現在學校已經放學了。』

『我知道，不過就某些人而言，今晚正是生死關頭。』

※※※

學校的音樂廳是一棟灰色的砂岩建築，今晚一推開正門，可以聽到建築黑暗的深處隱約有鋼琴的樂聲，彷彿是建築物本身的心跳。

順著琴音一路推開厚重的隔音門，可以發現音樂來自演奏廳的平台式鋼琴，此刻一名男子正坐在鋼琴旁，十指如同機械般準確有力地敲在琴鍵上。

但是樂聲持續不了多久，因為每個音符開始像頑皮的小孩般，逐個脫離原本樂譜規定的位置及節奏，整首樂曲漸漸崩潰，在一聲巨響後戛然而止。

那聲巨響是男子將手掌摔到鍵盤上的聲音。

『為什麼！為什麼！』男子看著自己的手掌，哭喊地說。

『為什麼？你應該知道才對，』在我身後的王萬里高聲說：『這只不過是開始而已，如果你再繼續下去，不只是手，連呼吸都會成問題。』

『你——你來做什麼？』沈子嘉回頭看見我們，怒色立刻浮上了臉。

『你這個白痴！』王萬里的聲音，在寬廣的空間中迴響著，『為了壓制鐵人三項比賽所受的運動傷害，你竟然長期注射普魯卡因止痛，不是白痴是什麼？』

『你——你怎麼知道的？』沈子嘉踉蹌地倒退兩步。

『我是醫生，』王萬里跳上舞台，摘下沈子嘉的太陽眼鏡，在舞台的強光下，他的瞳孔反常地擴大，『普魯卡因會引起瞳孔放大及末稍血管收縮，所以你不時要戴太陽眼鏡，而且你的手腳會比一般人冰冷。

『今天早上你的運動量不大，但是卻汗流浹背，那並不是疲累，而是痛得忍受不住了。我檢查你的手腳和背部，發現有多處的舊傷，所以，我才做出這樣的假設。』

『那我的手指——』

『普魯卡因會造成中樞神經的麻痺，起初是手指，隨著劑量的累積，最後影響到呼吸中樞時，就來不及了。』

沈子嘉身子一軟，頹然坐在椅子上。

『那天黃昏你回到學校，是因為在校外舊傷復發，要回學校注射吧！』

『沒錯，』沈子嘉呆呆地看著自己的手指，『為了怕引起學校的注意，我用假名向藥廠訂購，平時我將藥放在車裡，但是那天卻不知道怎麼搞的，忘在辦公室裡。——或許我的心智已經被病痛影響了。』

『你之所以放棄鐵人三項，也是因為舊傷的關係？』

沈子嘉點點頭，『不過，我沒有殺他。』

『這我們知道，』我跳上舞台，『你的車可以為你作證。』

『我的車？』

『你的車連放個沙袋都會下沈好幾吋，如果載屍體進校園，警衛一定會懷疑的。』

『有什麼打算？』王萬里說。

『我不知道，』沈子嘉說：『學校不太可能要一個身有舊傷的人當體育老師，我可能教完今年後就辭職吧！』

『那柳雨淳呢？』我問。

『我不想拖累她，』沈子嘉雙手抱頭，『當初在比賽後和她分手，就是因為自己知道不可能給她幸福，何況是現在這個樣子——』

演奏廳的隔音門砰地一聲打開，我們三人回過頭去，柳雨淳正站在門外。

『雨淳——』沈子嘉完全楞住了。

『你好過份——』柳雨淳軟坐在地上，聲音裡帶著哭音，『什麼事你都是一個人決定，你有想過我嗎？』

『可是，妳看看我現在這個樣子，』沈子嘉攤開雙手，走下舞台，『我現在連帶學生上五分鐘的課都辦不到，以後的日子會很辛苦，妳可能還要照顧一個病人——』

『你說夠了沒有？』柳雨淳抬起頭，兩行清淚從她的眼角滑下，她站了起來，『你以前說過，幸福是由我們共同建立的，什麼時候由你一個人決定了？』

『我不是這個意思——』

『那你的意思呢？』柳雨淳走上前，『我想和你一起生活，不管到那裡都可以。』

沈子嘉的聲音在發顫，『妳說的——是真的？』

柳雨淳點點頭。低下頭去。

沈子嘉雙手放在她肩上，順勢將她擁入懷中，『那——天亮後我們離開這裡吧！』

『好啊。』在沈子嘉的懷中，柳雨淳的聲音幾乎聽不見。

『對了，士圖——』沈子嘉回過頭去。

舞台上早就空無一人，只有一只信封放在平台鋼琴上。

※※※

『希望上帝將這兩條命算在我們帳上。』我輕輕地關上隔音門。

王萬里站在大廳，右手在臉上若有似無地擦著，我忍不住笑了起來。

『有什麼好笑的嗎？』王萬里說。

『老實說，萬里，認識你那麼久，我還是第一次看見你流淚。』

『是嗎？』

我們走出建築，戶外的夜霧冷得出奇，我不禁豎起上衣的領口。

『那你早上故意激怒他，也是為了——』

『很多人要被逼到絕境才會說出真心話。』王萬里說：『我也是迫不得已的。』

『那個信封裡到底裝了什麼？』

『剛剛在警局時，我和波士頓的一個同學通過電話，他是治療麻藥中毒的專家，信封裡是給他的介紹信。對沈子嘉可能會有點用。』

『下次你能不能事先通知我一下？早上看到你激怒沈子嘉，我還以為你是不是吃錯藥了。』

『大家彼此彼此，是你叫柳雨淳到音樂廳的吧！』

『胡說，她是學校的老師，想去那裡就去那裡，關我什麼事？』

王萬里在我頭上敲了一記栗暴，『收起你的浪漫情懷吧！到天亮之前，我們還有很多事要做。』

※※※

『不好了，不好了。』隔天早上一到學校，就看到警衛從河邊跑了過來。

『出了什麼事嗎？』由於一晚沒睡，把車停在路旁後，我就在車邊做起柔軟體操，王萬里則是用望遠鏡觀察遠方。

『學校的河道——河道——河水變成綠色了。』他上氣不接下氣地說。

『真的？』我的夥伴放下望遠鏡，『帶我們過去看看。』

警衛領著我們跑到河邊，校長早就站在那裡，眉心上打了個結。

原本清澈的河水被染成不自然的淡綠，在陽光下閃著詭異的光芒，原本在河畔戲水和泛舟的學生紛紛上岸，三三兩兩地成群議論著。

『好久不見了，——你們看上去好像沒睡多少。』

『不要緊的，我們還撐得住。』我揉揉充血的眼睛。

『這到底是怎麼回事？』校長手朝河水一揮。

『校長請放心，』王萬里說：『能借一步說話嗎？』

十分鐘後，我們坐在校長有冷氣的辦公室裡，在冷氣的刺激下，精神好了不少。

『這幾天似乎不是學校的幸運日，』校長剛坐定，就嘆了口氣，『除了雷納德老師被殺和剛才的怪事外，沈老師和柳老師今天一早向我請辭。』

『真的？』我問。

校長搖搖頭，『他們的辭意相當堅定，我只有同意，現在他們可能在往波士頓的火車上。』

『波士頓？』

『沈老師拿出醫師的診斷書給我看，他受了這麼重的傷，竟然瞞著不告訴我，他們說要到波士頓休養一陣子，好在他們對課程都做了安排，不然我真的要開始擔心起來。——對了，兩位找我有什麼事？』

『我們找到了殺害雷納德老師的兇手。』王萬里說。

整間辦公室頓時安靜下來，過了片刻，校長才開口：『真的？』

王萬里頷首，將這幾天我們調查的結果大致講了一遍。

『這個案件有兩個疑點：第一，原本沒進校園的雷納德老師，為什麼他的屍體會出現在校內？第二，到底是誰將雷納德老師帶進校園，他又是如何離開的？

『這些日子警方和我們都在研究這兩個問題，其實這兩個問題的答案很簡單：雷納德老師是在校外被殺，兇手當初根本沒想要將他的屍體運進校園。

『我們在校外一個沼澤地的流沙中，找到和雷納德老師胃中相同的沙粒。所以可以確定雷納德老師是先淹死在流沙裡，屍體再被運到校園中。但是兇手為什麼要大費周章將屍體運回校園呢？

『為了嫁禍給學校中的老師？』校長說。

『不，是雷納德老師自己回來的。』

『你在開玩笑嗎？』

『校長，你知道流沙是如何形成的嗎？』王萬里將一本厚厚的自然圖鑑放在茶几上，翻開其中一頁，『當地底下的伏流流過淺層地表時，流水會將地表的沙粒托起，這就是流沙。被流沙吞噬的受害者，通常也會隨著伏流飄流，最後會在伏流的地表出口出現。而且在地下巖石的刮擦和流水的沖刷下，受害者被發現時通常都全身赤裸。

『在非洲早期的探險記錄中，經常會有被流沙吞噬的探險隊成員，屍體隔天卻浮在數百公里外，探險隊的營地裡；或是在某地找到去年在另一地死於流沙隊員身上的物品之類的傳奇故事。而這些伏流一般都和附近的溪流相連，才能保持流動。兇手當時只是要將雷納德老師推進流沙而已，他的屍體會出現在校園裡，完全是個意外。

『既然雷納德老師是在校外被殺，那我們就可以排除沈子嘉涉案的可能性。進一步的，我們可以勾勒出兇手的輪廓：他在案發時必須在校外、精於駕駛、熟悉沼澤地、而且和雷納德老師有過節的人，而符合這些條件的人，只有一個。』

『警長？』我問。

『他連開車進沼澤地都有問題，還差點掉進流沙裡，他當被害者可能還比較適合。』王萬里頓了一下，『兇手是——姜月華。』

『姜小姐？不可能，』校長搖搖頭，『我以前常到她的酒吧喝酒，她跟鎮上的每個人都很熟，根本不可能和雷納德老師有過節。』

『恐怕是的，士圖，你還記得雷納德老師垃圾桶裡的碎紙嗎？』

『我記得。』

『如果我的假設正確，裡面全是她寫給雷納德老師的信件，從兩個月前開始，她一直在和雷納德交往。

『我們上次拜訪姜月華時，她對於雷納德要她幫忙的細節記得特別清楚。人對於特別高興和痛苦的事，記憶會顯得格外深刻。史密夫老爹說的「新娘子」，其實指的是姜月華，他的晚年全在酒館裡度過，在他的意識中，姜月華原本就是雷納德的新娘。他們可能在瞞著眾人的情況下祕密通信，總是喝得醉醺醺的史密夫老爹，其實是姜月華唯一可以傾吐不安的對象。反正他總是半醉半醒，說的話也是聽的人多，信的人少。

『在案發當天，姜月華可能約雷納德出去談判，雷納德坐著姜月華的車到流沙旁，在談判過程中兩人發生了口角，姜月華失手將雷納德推入了流沙。』

『但是還有一個問題，』校長問：『你怎麼證明流沙和校內的河道相通？』

『你已經看到證據了，校長，』王萬里和我露出微笑，『昨天晚上，士圖和我在流沙裡倒了六十公斤的螢光素，所以今天河水才會變綠。』

『什麼！我——我的老天爺——』

『只是短效性的螢光素，我想再過一個鐘頭，河水就會和以前一樣清澈。』我說。

『以前法國的洞穴探險家也用這個方法確定加倫河的源頭，所以我才試試看的。』王萬里說。

校長釋懷地坐了下來，『警長知道你們的假設嗎？』

王萬里搖搖頭，『我今天來只是為了給校長一個交代。以警長的個性，告訴他只會害了姜月華，我想再過不久，她就會自首了。』

『你是個對人性很有把握的人，王先生。』

『不是我有把握，是姜月華告訴我的。』

『她什麼時候——』我剛要開口，校長案頭的電話就響了起來。

『我是校長，什麼？』校長講了幾句後，回過頭來，『史密夫老爹在警衛室，急著要找你們兩位。』

我接過話筒，『史密夫老爹，有什麼事嗎？』

『警——警長將酒吧圍——圍起來了。』史密夫老爹原本結巴的語調，因為心急而更加嚴重。

『那姜小姐呢？』我問。

『姜——姜小姐拿著槍，把——把我趕了出來。』

『你等一下，我們馬上過去。』我掛上話筒，『校長，恐怕我們得告辭了。』

『出了什麼事？』王萬里披上風衣，我想他已經猜到了。

『萬里，待會我們可能要問一下報社的法律顧問，看他願不願意為兩個毆打警務人員的記者辯護。』

※※※

我們和史密夫老爹趕到上弦月酒吧時，十幾輛警車已經圍住木屋，每輛車後都有舉槍瞄準的警員。警長則拿著擴音器站在門口。

『幸好史密夫老爹有找到你們。』法醫站在路旁等候我們，史密夫老爹被姜月華趕出酒吧時，他幫史密夫老爹攔了便車，並且指點他去學校的路。

『他就交給你了。』我們將史密夫老爹交給他後，就朝警長走去。

『這是最後一次警告——』警長正在用擴音器喊話。

『警長，麻煩讓我們和姜小姐談一下，』王萬里說，『不用十分鐘，她就會出來自首了。』

『啊——我正好在找你們，』警長一看到我們，就對一旁的手下說：『把他們銬起來。』

『慢著，憑什麼？』我攔住正準備掏手銬的刑警。

『你們上次企圖殺害我，』警長說：『幸好我有向鑑識科打聽到你們到底調查了些什麼，至於其他的罪名，我回去再慢慢想想。』

王萬里和我一把推開四周的警員，逕自朝正門走去。

『等等，你們不怕我開槍嗎？』背後響起警長的咆哮聲。

王萬里回過頭去。

『請瞄準一點。』他冷冷地丟給警長這句話，就推開酒吧的大門。

姜月華筆直地站在吧台後，手上擎著她的『好朋友』——一把鋸短槍管的雷明頓幫浦霰彈槍。

『站住，我要開槍了。』她瞄準我們。

『我渴死了，能給我一杯伏特加嗎？』王萬里說。

『我要薑汁汽水。』我跟著說。

姜月華的手沒有放下來，『你們沒看到四周都是警察嗎？』

『我看到了，』王萬里說：『為了一個不值得的人後悔，這樣值得嗎？』

『胡說！我在後悔什麼？』

『I wandered home ~ between twelve and one.（在十二點和一點之間，我彷徨地回家）』王萬里輕聲地哼著「Bank of the Ohio」的歌詞。

『你——』姜月華愣住了。

『I cried my lord, what have I done!（我哭喊著：上帝，我做了什麼？）』

『不要再唱了。』姜月華的手軟了下來。手臂在輕輕顫抖。

『I've killed the only man I loved.（我殺了我唯一愛過的男人）
He would not take me for his bride.（只因為我不是他的新娘）』

王萬里停了下來，姜月華已經趴在吧台上，雙肩不住地顫抖。

『把槍給我。』他握住霰彈槍的槍管，語調相當柔和。

『我已經什麼都沒有了。』姜月華抽泣著說。

『你知道史密夫老爹多擔心妳嗎？』我說：『他為了妳，搭便車到學校找我們，妳忍心讓他無家可歸嗎？』

姜月華抬起頭，臉上還帶著淚痕。

『校長打死不相信妳是兇手，妳要讓他再傷心一次嗎？』

『我——』姜月華的話被淚水哽住。

『士圖，好了，』王萬里朝我點點頭，再轉向姜月華，『把槍交給我，出去自首，——妳出獄之後，士圖和我可以再到這裡喝酒嗎？』

姜月華擦乾眼淚，點了點頭。

『那好，』王萬里接過霰彈槍，『不過我現在真的是渴死了，現在能倒杯酒給我們嗎？』

後記：關於「Banks Of the Ohio」

謹將本篇獻給屏東商專（現為屏東商業技術學院）的林淑安老師，謝謝。

“Banks of the Ohio”是美國女歌手Joan Baez的成名曲之一，後來也被Olivia Newton-John所翻唱。

因為著作權法的關係，在這裡公佈詳細的歌詞及翻譯可能不太方便，如果您看完這篇亂七八糟的作品後，想要知道完整的歌詞，可以到這個網站：

http://www.iselong.com/lyrics/j/joan-baez/banks-of-the-ohio.html

不過在取材過程中，發現這首歌的歌詞似乎有兩個版本：

一個是女的殺掉男的（也是這篇小說使用的版本），

另一個是男的殺掉女的（上述網站的版本），

但除了凶手和被害者互換外，大部分的歌詞及情節並沒有改變，因為這首歌是以凶手的第一人稱觀點著手，所以可能是因為歌手的性別，而視情況改變歌詞。

除了歌詞之外，相關的Youtube影片則有：

“Banks of the Ohio”，由Olivia Newton-John演唱：http://www.youtube.com/watch?v=xQAZMMDp6wA

“Banks of the Ohio”，由Joan Baez演唱：http://www.youtube.com/watch?v=2uL4SVdN9Pw

祕方

「天空愈黑暗的時候，星星愈亮。」——波斯諺語

講到葉家肉舖的歷史，首先要從葉吉祥開始說起。

原本葉家肉舖只是市場裡一爿叫賣豬肉的攤檔，除了當天批來的溫體豬肉外，自家也做些像香腸、臘肉之類的加工品，附近一帶愛挑精揀瘦的家庭主婦，是小攤檔的老主顧，葉吉祥年輕時，為了學習肉類的加工法，在北中南部知名的飯店和餐館，從打雜做到副廚，最後在一家國際飯店主廚的介紹下前往義大利，在托斯卡尼最知名的肉販門下做了五年，學習當地傳統的肉品製作。

回國之後，葉吉祥將義大利製作火腿的技術融合傳統技法，創造出獨具風味的葉家火腿，加上結合東西方特色的各式肉類製品，以及葉吉祥從托斯卡尼當地學來的表演及叫賣技巧片開豬身，順便試吃葉家火腿及各式臘腸的觀光客在店外築起了一道人牆。

葉吉祥的妻子在陪伴他在小攤檔拚搏時，就因為積勞成疾而早逝。所以他身後除了肉舖和葉家火腿的美名外，只留下了兩名兒子。大兒子葉福興從小在肉案和火爐邊長大，從小就看著父親剁骨頭、燻火腿、灌臘腸。使他在父親過世後繼承了肉舖的招牌。雖然可能是長期在作坊工作，難得接觸客人的緣故，使得父親的能言善道並未顯現在他身上，不管上門的客人如何和他談笑，他總是一臉正經的切著客人需要的分量，偶爾露出老實的微笑，不過和往常一樣的風味和店內不曾減少的熟客，卻以無聲的方式為葉福興代言，也撐住了肉舖的招牌。

另一個兒子葉福來，則繼承了葉吉祥甜嘴滑舌的天賦。小時候因為經常和前來買菜的婆婆媽媽撒嬌賣乖，使得使多婦女成了攤檔的常客。但也因為看見父親剁肉時被飛濺的骨頭碎片劃花的臂膀，被燻煙熏得永遠瞇成一條線的眼睛。使他在葉吉祥過世後，將繼承肉舖的責任丟給哥哥，自己則和小時候一起玩大的玩伴魯子堯離家出走。後來從報紙的報導和同鄉朋友的轉述，葉福興才知道自己的弟弟憑藉自己的口才和靈巧的手指，在東南亞各國合法或非法的賭場靠賭為生。從日本歌舞伎町的非法賭場，到菲律賓的度假飯店，都有葉福來和他的夥伴抱走一兩皮箱美鈔的傳聞。葉福興聽到這些傳言後，也只是像往常一樣，在肉案前默默地切著火腿和鹹肉。

一年半以前，原本傳聞中和葉福來一起鬼混的魯子堯突然回到葉家肉舖，並且懇求葉福興收留他在肉舖工作，葉福興沒有多說什麼，就留下魯子堯在作坊打雜，因為魯子堯和葉福來在外面的流言蜚語，很多以前就和葉吉祥相熟的街坊都提醒葉福興要小心，但是半年來魯子堯工作勤謹，得到許多客人的交口稱讚。葉福興在手上得閒時，也會傳授魯子堯一些製作肉品的祕訣，儼然視他為徒弟和肉舖的繼承人。但是在半年後的一個晚上，葉家肉舖的大火卻改變了一切。

根據附近鄰居的證詞，當天午夜剛過，就看到肉舖後屋的作坊突然冒出火燄，消防隊抵達時，整個後屋已經籠罩著濃煙，起火點是作坊內的土砌燻爐，跌跌撞撞逃出肉舖的葉福興上半身被火燒得都是焦痂，而消防隊撲滅火災後，在作坊內發現了一具男性焦屍，屍體的上半身在燻爐內，因為嚴重炭化而無法辨認，不過左手的無名指缺了一截，警方在調閱國際刑警的檔案記錄時，發現葉福來在兩年前在日本的歌舞伎町詐賭被賭場主人識破，為了賠罪而切下左手無名指。因此認定在燻爐的屍體是葉福來，至於另一名關係人魯子堯則下落不明。

根據在醫院養傷的葉福興供詞，當天晚上他收拾店面後，因為魯子堯表示想練習燻製臘腸，所以他吩咐魯子堯記得收拾作坊後，就到二樓的住房上床休息，等到半夜因為呼吸不暢而嗆醒時，二樓的住房已經滿是濃煙，他用浴室的水管澆濕全身後，奔下樓梯再從後門逃出，但也因此被燒傷。在綜合全部的證據後，警方做出葉福來在深夜回到肉舖時，和當時在作坊的魯子堯發生爭執，雙方在扭打中，魯子堯將葉福來推入燻爐之後畏罪逃亡的結論。並對下落不明的魯子堯發佈通緝。

在醫院休養三個月之後，葉福興回到肉舖重新掛牌營業。因為臉部和手被嚴重灼傷，他整個頭部必須戴上整形用的彈性頭罩，雙手也因為套上復健用的手套，而使切肉的速度慢了許多。由於發生過命案，觀光客不再像從前一般樂於在此地停留，葉福興在弟弟慘死，徒弟下落不明的雙重打擊下，整個人也變得沉默寡言。幸好附近新開設的大學學生和附近街坊的關照，生意至少還能維持在當初他父親擺攤時的水準。

※※※

這天中午，葉家肉舖的店內只坐了兩桌客人。

一群鬧哄哄的大學生佔據了一張十人的大圓桌，他們除了點十人份的白飯之外，還點了好幾盤叉燒、燻臘腸和小菜，學生當中有一個生面孔的男子，他看起來接近三十歲，比簇擁著他走進店裡的學生們要年長得多，瘦高個子，穿著相當正式的黑西裝。聽代表來點小菜的學生說，好像是今年剛到職的客座教授，會在學校待一個月左右。

角落的小桌則坐著一個二十幾歲的嬌小女子，褐色的長髮在腦後束成馬尾，從T恤和牛仔褲的裝束，和放在腳邊的帆布背包看，應該是路過的自助旅行者。她只點了一盤小菜和白飯，有一口沒一口的扒著，偶爾會抬起被咖啡色太陽眼鏡遮住大半的窄長臉蛋，朝店內逡巡一圈。

「喂，你看那個，」大圓桌其中一名學生，用手肘碰碰他鄰座的肋骨，「是我們學校的學生嗎？」

「沒看過。」後者回答後，回頭繼續扒他的白飯。

「不好意思，第一天上課，就要你們帶我到這裡來。」客座教授說。

「老師別客氣，以後還要麻煩您多多關照，」一名學生夾了塊叉燒，放進教授的飯碗裡。

「早上聽教授說是從紐約來的，紐約有賣這種燒臘的店嗎？」

「在華埠是有幾間，我也是聽一個開餐館的朋友介紹，才會問你們知不知道這家店在那裡，」

教授朝四周望了一圈，「不過他那時候說，這家店每天都有很多觀光客上門，現在看起來好像不太像。」

「我聽我的房東說，以前這家店生意超好的，不過一年前後面失火，好像是店裡打雜的伙計把老闆的弟弟推進爐子裡，連老闆也燒傷了，自此之後，店內就變成現在這個樣子了。」學生邊說邊壓低了嗓子，「不過聽人家講，那口燒死人的爐子還放在後面，而且——」

「而且什麼？」另一個同學嘴裡塞滿了臘腸和白飯，話聲有些口齒不清。

「聽說啊——」看見整張桌子的人都圍攏過來，那個同學壓低聲音，一個字一個字的說：「那個老闆每天晚上——從死人身上——剁骨頭和肉下來，好餵——屋後的那群狗。」

原本圍在一起的人嘩地一聲散開。

「要死了，吃飯時講這個。」其中一個朝地上呸了一聲：「你在唬人吧？」

「誰唬你啊？」被質疑的同學貼近又放低聲音，「有時候在這裡吃飯的客人，會聽到天花板有東西在搔爬的聲音，和咚咚的敲擊聲，晚上經過這裡，會聽到店裡有老闆剁肉的聲音，還有爐子在燒的呼呼聲。那時店裡一個人都沒有，老闆沒事剁肉和開爐子做什麼？」

「也許他只是在煮宵夜而已。」

「另外我聽住在後面巷子的同學說，這裡屋後兩個用汽油桶改成的廚餘桶，每天早上都是滿的，附近一帶的流浪狗為了在裡面揀肉和排骨，都聚在屋後的巷子裡，每次都有七八隻左右，上個月學校的教官騎腳踏車經過時，還被狗追了一百公尺左右。你想想看，就算老闆晚上只是煮宵夜，份量有可能會裝滿兩隻汽油桶嗎？」

「那我們現在吃的該不會是——」其中一名同學話剛講到一半，後腦就被另一個人敲了個栗暴。

「天啊，你少噁了行不行？」

「噓——」那名同學用食指在唇上做個手勢，同桌的人頓時安靜下來，「有沒有聽到天花板有聲音？」

所有人的眼珠吊向店裡簡陋的木質天花板，等了一分鐘左右，但是只有聽見從店外吹進的風帶動吊扇，發出規律的轆轆聲。

「什麼聲音都沒有，」一名同學收回已經有些發酸的眼珠，「別嚇人了好不好？下午上課要遲到了。」

「既然如此，那屍體從那裡來的？」教授的眼睛還停在天花板上。

「有很多種說法啊，像是單身的旅行者，街上的遊民，還有人說那個伙計實際上沒有逃走，是老闆剁了他，然後——」

「做了幾天饅頭餡？」同桌的一個女學生放下飯碗，「拜託，你以為是在演水滸傳嗎？」

「說到分屍案，一年半之前這裡還真的有一件，」一個比較年長的學生說：「那時候學校才開始招生，立委和家長的詢問電話，把警察局長和校長都快逼瘋了。事情是這樣的——」

坐在角落桌的女子站起身，朝老闆走去。

「老闆，不好意思，能不能借一下洗手間？」

葉福興沉默地點點頭，朝後面作坊的方向動動下巴。

女子做了個九十度的鞠躬，就朝後面跑去。

作坊和前面的店面只隔了一道深藍色的布簾，掀開布簾後，面前是一個五六坪大的空間，和一般公寓的廚房大小差不多，用白土砌成的爐爐佔據了右手邊的空間，或許是老闆受傷後疏於整理的緣故，爐爐緊接地面的基座上長出不少雜草，有些甚至已經開出小小的白色花朵。

左側則擠著一部商業用的不鏽鋼冰櫃，前面有一張洗得發白的木桌和肉販常見的厚木砧板，一把厚背菜刀插在砧板上。作坊的後門正對著布簾，剛才學生口中的廚餘桶就放在外面的防火巷裡，上面沾了層黑褐色的油膩，但卻是半空的。

洗手間的夾板門在冰櫃旁，不過女子並沒有打開，她從衣領裡拉出一部袖珍型的傻瓜相機，對準廚房的每一個角落不斷按下快門。

拉開冰櫃沉重的鐵門，裡面塞滿了用塑膠袋分裝好的肉類，女子除了拍攝裡面外，還拉出其中一包，準備拆開。這時，身後突然響起低沈的咆哮聲。

她回過頭，一隻毛皮漆黑，四足細長的土狗正豎起尾巴，深黑色的眼眸直盯著她，一絲唾沫從肌肉發達的鼻吻垂下。她還來不及關上冰櫃，土狗就蹲低身子，然後朝她飛撲過來。

她整個人伏在木桌上，雙手護住沒有遮蔽的頸項。一根棍子倏地掠過她腦後，準確擊中土狗的頭部，攻擊者的身子飛出作坊，撞在防火巷對面的洗石子外牆，再重重的落在地上。

女子抬起頭，剛才和學生同桌的客座教授握著鐵質手杖，瞪向已經支起身子，準備再度進攻的土狗。他往前跨步，揮下手杖，杖頭打在離狗鼻尖不到十公分的地上，對方立時垂下尾巴，朝防火巷的出口狂奔，最後消失在出口外的街道上。

「妳還好吧？」教授回過頭轉向女子。

「我沒事。」女子整整散亂的馬尾，語尾還帶著顫音，「謝謝。」

一個粗壯的身影掀開布簾探了進來，是葉福興。

「出了什麼事？」他問道。

「我進來找水洗手時，剛好遇到外面的野狗攻擊這位小姐。」教授解釋道。

葉福興面罩後的黑眼瞳望向女子。

「我沒事，」女子說：「剛才我要離開洗手間時，外面有一隻狗突然朝我撲過來。」

「先進來吧。」葉福興垂下的左手還拿著菜刀，他招了招右手，示意他們回到店裡，身子隨即縮回到布簾後。

教授掀開布簾一角，先請女子回到店裡後，自己也走了進去。一陣從巷口吹進的風刮進作坊，將布簾吹得不停翻飛，作坊的天花板也呼應似地響起一陣尖銳的搔爬聲和敲擊聲，震得板縫間的灰塵簌簌落下，作坊門外傳來十幾聲雜亂的狗吠，宛如荒野深夜的狼嗥。

※※※

晚上打烊後，葉福興拉上店面的鐵門，人卻仍然在店後面的作坊忙活，從外面只聽到作坊裡傳來菜刀的篤篤聲，以及爐灶下柴薪嗶剝的燃燒聲，對了，還有十幾隻狗的嚼食聲。

作坊時鐘的短針悄悄走過十二點，葉福興用厚背菜刀將肉案上的碎肉掃進一隻鋁臉盆裡，他走出作坊，將臉盆放在地上，手剛放開，一旁等候的狗兒霎時以臉盆為中心擠成一圈，空氣裡盡是粗重的呼吸聲，鼻吻敲擊盆底的脆響和咀嚼聲，偶爾傳來一聲較弱小狗隻被排擠的哀鳴。

「葉先生，能不能麻煩你一下，」

正在注視狗群的葉福興抬起頭來，一個膀大腰圓的中年婦女，跨坐在防火巷口的腳踏車上，是附近開西藥房的黃太太，一個碎嘴子的歐巴桑，

「不要每次都把剩菜倒在這裡餵狗，我那條街已經有好幾個小孩放學路過這裡時被狗追了。

下次再讓我看到，我就叫衛生所派人來。」

葉福興右手放在額角，不住地點頭賠罪。對方搖搖頭，跨上腳踏車緩緩離開，從巷底依稀還能聽見她嘟囔的抱怨聲。

腳踏車走遠後，葉福興回過頭，兩隻廚餘桶已經全部裝滿，表面一層淡黃色的油脂像桶蓋一樣微微鼓起，剛才剩下的碎肉還多裝了一個小臉盆。

想到剛才黃太太的警告，葉福興左手還拿著菜刀，右手輕輕捏著下巴，似乎在思索什麼。直到巷口的一陣窸窣聲，打斷了他的思維。

他轉過頭，眼角隱約可以看到一個瘦小的身影消失在巷口，葉福興連忙跟著跑了出去，但巷口外的路上並沒有任何行人，只有清冷的月光在四周的水泥建築，劃下銳利的陰影。

四周唯一仍在活動的景物，是防火巷對面的一個麵攤，有點駝背的老闆手裡拿著長竹筷和俗稱『切仔』的尖頭竹篩，正從面前冒著蒸氣的鍋裡撈起麵條。

葉福興走到麵攤前，「不好意思，剛才你有沒有看到什麼人從這裡經過？」

「幾分鐘前，好像街角開西藥房的黃太太有經過這裡，」鍋裡蒸騰的熱氣罩住了老闆的臉，水氣烘熱了葉福興的臉，他不由得倒退了一兩步，「以前我好像沒見過您在這裡擺攤。」

「哦，攤子是我姑媽的，她以前都把攤子擺在學校那裡，」老闆用長竹筷指向街道的另一端，「這兩天她參加進香團到屏東進香，叫我幫她照顧生意，今天晚上鎮公所在學校挖馬路，所以我把家當拉到這，看能不能多少賺一點。」

「後來就沒看到什麼人了。」

在學校對面的確有個小麵攤，老闆是個福泰的婦人，因為有忙得沒辦法幫孩子準備午飯的家長，以及上完體育課想吃點心的學生，所以生意還不錯。

「打擾了，幫我問候妳姑媽。」葉福興點點頭。就轉身朝巷口走去。

「謝謝。」

等到葉福興的身影進入巷子好一陣子，肉舖的燈也關上後，麵攤老闆用長竹筷敲敲攤子旁邊。

「他進去了，」他說：「小姐，妳再不出來，麵要煮爛了。」

一張清秀的瓜子臉從老闆身旁冒了出來，是今天中午在葉家肉舖吃飯的女子。

「謝謝。」她小心翼翼地站起身，朝老闆鞠了個九十度的躬。

「先坐下來吧。」

女子在老闆對面坐下，老闆端了一碗乾麵和一雙筷子放在她面前。

「妳沒事跑進人家的作坊做什麼？」等到女子吃完麵之後，老闆端了碗清湯給她。

「老闆，您是這鎮上的人嗎？」女子雙手端湯，貼近秀氣的鼻尖，像是在感受清湯和蔥花的溫暖氣息。

「不是，」老闆搖搖頭，「我小時候就離開這裡，到南部的台菜館做下手，要不是姑媽找我幫忙，我恐怕都忘記這裡長怎樣了。」

「我在找我哥，」女子從胸口的口袋拿出一張相片，放在攤子包鐵皮的桌面上，相片裡一個小女孩正坐在一個粗壯理平頭的男子肩頭，「他一年前在那家肉舖做伙計，但是後來失蹤了。」

老闆拿起照片端詳，「妳哥和妳年紀好像相差滿大的。」

「差了十歲左右，」想起往事，女子臉上泛出微笑，「小時候因為父親過世得早，每次我被人欺負時，都是我哥哥保護我。後來有一陣子被朋友帶壞，四處靠詐賭騙錢，一年多以前他寫信回家，說在這家肉舖做伙計，但是之後就沒有消息了。」

「沒有消息？」老闆將照片還給女子，突然像想到了什麼：「對了，我聽說一年前，肉舖的伙計將店主的弟弟推進爐子裡之後下落不明。難道——」

「我哥哥不是那種人！」女子脫口而出後，像是懊悔似的用手遮著嘴。

「對不起，我太魯莽了。」麵攤老闆連忙說。

「不，是我不對，」女子嘆了口氣，雙肩洩氣似的垮下，「我叫魯子青，我的哥哥就是魯子堯，一年前那則新聞裡的主角。

「一年前發生那件事情之後，管區派出所的員警每天上門，問我哥哥有沒有和家裡聯絡，專案小組的刑警將車停在我家巷口，二十四小時監視我家的門口，連我媽出門買菜和我出門上學，都冷不防會有一隻麥克風塞過來，問我們對家裡出了這個冷血凶手有什麼意見。」

「難怪妳剛才會那麼激動。」

「我相信我哥哥不會做那種事，像是詐賭、騙錢之類的壞事他也許會做，但是我不相信他會殺人，還是用那麼殘忍的手法。其實我比較擔心，當時燒死在燻爐裡的，是不是我哥哥。」

「妳哥哥？」麵攤老闆偏著頭想了一下，「我記得當時新聞說，死者的右手無名指缺了兩節，妳哥哥也是這樣嗎？」

「不是，」魯子青搖了搖頭，「我哥哥右手無名指還在，不過我記得上面有一道很長的疤，是小時候我們在釣魚時，被釣鉤鉤傷的。」

老闆點點頭，「妳說令尊很早就已經去世了，那這一年來，妳們是怎麼生活的？」

「我父親在過世時，留下一筆按月發放的退休金，每個月的金額不多，但還能勉強生活。」魯子青喝了口湯，「但是在兩個月前，我到郵局補登存摺時，發現這家肉舖的老闆從一年前開始，每個月都會匯錢到我家的郵局帳戶裡，所以我懷疑，他是不是知道我哥哥的下落。」

「那妳打算怎麼做？」

「我想再留在這裡一陣子，在肉舖四周打探看看。」她將碗放在桌上，「謝謝您的湯，多少錢？」

「不用了，小店請客。」

魯子青站起身又鞠了個躬，準備離去。

「小姐，我可以給妳一個建議嗎？」老闆開口說。

「您請說。」

「早點回家。這個遊戲的風險太大了，我認為妳玩不起。」

魯子青正在思索如何回答時，夜風又吹了起來。防火巷裡傳來單薄而尖銳的共鳴，就像人在走夜路時，壯膽所吹的口哨聲。

※※※

這天中午，魯子青坐在肉舖裡，和昨天一樣的位子上吃午飯，店裡除了她之外，只有兩個客人。

其中一個身形高挑纖細的長髮女子，坐在店中央的大圓桌旁，儘管穿著簡單的T恤、釣魚背心和牛仔褲，但女子細長的手足輕鬆而優雅地交疊，姿態就像是坐在深夜酒吧的高腳椅上。加上不時隨風飛揚的深褐髮絲，和隱約露出的清瘦臉頰，很難不引起周圍其他人的注意。

「葉大哥，你知道那個女孩子是誰嗎？」另一個客人站在櫃台旁。

「你說的是那一個？」葉福興專心地看著砧板上自己正在切的叉燒，連頭都沒有抬起來。

「坐在中央大圓桌，穿釣魚背心的。」

「她只說自己是從台北來的，明天一早就回去了。——今天除了叉燒飯，還想吃些什麼？」

說話的人名叫嚴志常，四十多歲，三年前被分發到鎮公所，在櫃台前幫老百姓處理像更改戶籍、補發身分證、申請戶籍謄本之類的瑣事。自從上任來就一直想辦法要調回市區，但是找到的大多是像離島、山地部落、或是名字在地圖上根本找都找不著的缺，到目前為止還未成家的他，在葉家肉舖的兩頓飯，是每天生活唯一的樂趣，而他微胖而不起眼的身形，似乎永遠沒燙過的白襯衫和黑長褲，蒙上薄薄一層灰的皮鞋，還有在國字臉上的黑色塑膠框眼鏡，彷彿也在說明這個事實。

葉福興熟練地片好叉燒，用厚背菜刀舖在滿盤熱騰騰的白飯上，未持刀的右手從肉案前的鋁盤依序舀起開陽白菜，炒干絲和八寶辣醬，裝飾在白飯四周，最後右手再拿起杓子，將今天早上燉煮好的肉燥澆在叉燒上。才將盤子連同木筷和調羹，放在正翻開報紙的嚴志常面前。

「你的叉燒飯。」

「謝謝。」一聞到白飯和肉燥的香氣，嚴志常連忙扔下已經看到影劇版的報紙，開始大快朵頤起來。

「在學校賣麵的歐巴桑，這幾天好像沒看到人。」葉福興從旁邊拉了條圓凳坐下。

「哦，她前幾天跟進香團到屏東進香去了，」嚴志常的話聲夾雜著嚼食的唼喋，他的吃相可能沒辦法成為國民生活須知的範本，不過做為小吃店的活廣告倒很適合，「前幾天鄰居看到她穿得漂漂亮亮地出門，就問她要上那裡去，她說從台北來的親戚給了她一大筆錢，除了夠她一個禮拜不用做生意，還可以繳進香團的費用。」

「這樣啊——」葉福興點點頭。

「不過，那個老闆娘休假還休得真是時候，這幾天水公司在學校門口重新埋設水管，整個二線道都被挖開，連人都只能走在水溝頂上，更別說是做生意了。」

看來那天在麵攤掌杓的，真的是老闆娘的姪子，葉福興放下心來。

「不過，老闆，」嚴志常說：「我好像有一年多，沒嘗過你做的火腿了。」

葉福興沒有答腔，目光落在遮住屋後的布簾上。

「以前每天來這裡吃飯，你都會切幾片火腿要我嘗嘗。你還記得嗎？有時候我還會從市場買個哈密瓜來，要你順便切個冷盤。紅色的火腿切片配合綠色的哈密瓜，我現在想起來都還會流口水。有時親戚朋友打電話過來，都還問我能不能幫他們買幾隻寄過去。」嚴志常順著葉福興的視線望去，乖覺地放低了聲音，「是因為你弟弟的事嗎？」

「那口燻爐留在作坊裡，只是當做紀念，」葉福興說：「我已經不做火腿了。」

「那件事只是個意外，其實你也不必一直耿耿於懷——」

「可是我現在一打開燻爐，就會看到我弟弟整個人塞在爐子裡，四周還可以見到火在燒，你認為我現在這樣，還可以燒得出火腿嗎？」

「對不起，我失言了，」嚴志常低下頭去，「我們做了那麼多年的朋友，我只是不想看到你這樣過日子，就算是你老爸，也不希望你再回到市場擺攤子吧。」

「我明白。」

「前幾天酒廠的人到鎮公所拜訪，臨走前送給鎮長幾瓶高粱，因為鎮長前一陣子痛風發作，沒辦法喝酒，所以全給了我和科長，」嚴志常拍拍葉福興的肩膀，「晚上我們好好喝一杯。」

「我已經戒酒一年多了，人來就好，不過如果你帶酒來，切點小菜倒沒有問題。——要不要來點清湯？」

坐在大圓桌的長髮女子站起身。

「老闆，多少錢？」

葉福興轉頭打量大圓桌上的空盤，女子只叫了小菜和免費供應的紅茶，吃得比一般人是少了些。

「這樣啊，——二十塊就好。」

女子從背心口袋拿出相當考究的皮質小零錢包，付清款項。

「小姐，看妳的打扮，不太像觀光客。」嚴志常插嘴問道。

「我是建築系碩士班的研究生，聽說鎮上的警察局是日治時期的官署建築，所以來這裡拍幾張論文用的相片。」女子說著從圓凳旁抄起裝攝影器材的側背包。熟練地背上右肩。

聽到警察局，魯子青的頭抬了起來。

如果說是碩士生，女子的年紀未免大了點，而且現在注重穿著的學生，很少有人會穿看上去土氣又笨重的釣魚背心。不過這種背心的口袋相當多，可以裝像是筆記本、底片、測光計之類的瑣碎雜物，所以很受專業攝影者的喜愛，比方說是——記者？

除了一年前那件案子外，還有什麼事會讓記者專誠從台北跑到這裡來？

「我是鎮公所的職員，如果需要的話，我可以送妳一程。」嚴志常說。

「不用了，謝謝。」女子點點頭，逕自朝店外走去。

等到女子的身影離開一段距離後，魯子青將飯錢放在桌上。

「老闆，錢放在桌上，不用找了。」沒等葉福興回答，魯子青就背起背包奔出店外，朝女子身影消失的街角跑去。

※※※

方永齡坐在灰色辦公桌後，蹙眉盯著桌上的名片。

打從一年半前調到這個山區小鎮擔任刑事組長，他就斷了繼續升官的念頭，自從一年前的兩宗大案子後，整個小鎮根本沒有什麼值得登上報紙版面的刑案，連平地派出所辦到手軟的偷竊案，在這個人口日漸稀少，每個人都互相熟識的地方，也只有一兩件而已。

至於辦公桌上出現記者的名片，今年還是頭一遭。

「警務新聞的龔小姐，是嗎？」他抬起頭，目光落向辦公桌對面的長髮女子，「就像妳所看到的，這是個人口稀少的鎮，我不知道有什麼事可以幫上妳的忙。」

長髮女子望著面前瘦小，穿著白西裝，有著油氣的西裝頭和尖削下巴的年輕男子。她抿起嘴，露出一個淺淺的笑。

「本報目前正在編撰一本歷年重大刑案的記事錄，」她說：「因為鎮上一年前曾經發生一起焚屍殺人案，所以想請組長提供一些資料。」

「是葉家肉舖的案子嗎？」方永齡說：「其實妳可以到鎮上的圖書館，翻一下當時的剪報，可能資料會比我這裡還多。」

「不過像驗屍報告之類的資料，只有您這裡才有，」她身子前傾，朝方永齡拋出一個微笑，「而且目前這件案子的嫌犯仍然在逃，如果因為書的出版，能炒熱這件已經被淡忘的案子，進而找到凶手，對組長而言，也是好事一件。——不是嗎？」

方永齡爆出一陣大笑，「好吧，妳想問什麼？」

「根據報紙的報導，葉家肉舖的火警是當天晚上午夜之後發生的，」長髮女子問：「當時有目擊者嗎？」

「我記得當時發現火警的，是在街角開西藥房的黃太太，妳等一下，」方永齡站起身子，走到辦公桌右側靠牆的檔案櫃，打開抽屜翻找一陣後，抽出一份卷宗。

「她事後作證說，當天晚上十二點左右，她正要打烊時，突然聽到葉家肉舖的方向傳來一聲尖叫。——喏，妳看這裡，」他將卷宗展開，推到長髮女子面前，「她跑出店外時，發現有一個人影跑出葉家肉舖，當時肉舖後的作坊已經燒起來了，所以她馬上通知消防隊。

「消防隊趕到時，只看到葉福興全身是火地跑出來，隊員馬上將他送上救護車，因為當時火勢正旺，消防隊只能控制火勢防止延燒，至於爊爐裡的屍體，則是在隔天清理火場時發現的。」

「火災發生時，葉福興人在那裡？」

「他說他當時人在樓上，聞到焦味後下樓，才發現作坊已經燒起來了，因為後門已經被火燄封住，他只好用二樓浴室的水管澆濕全身後跑出來，和報上的說法差不多。」

「有驗屍報告嗎？」

「有，」方永齡翻到其中一頁，「我們當時還拍了不少現場的照片，希望妳看了，還吃得下晚飯。」

「我以前在其他報紙跑社會版，應該沒問題。」照片裡已經被爊得焦黑的爊爐爐口，伸出兩隻被火燒得縮成九十度的人腿，像是從嘴裡伸出的舌頭，「這是發現屍體時的情況嗎？」

方永齡點了點頭，「屍體的上半身全在爊爐裡，全身都有因焚燒造成的炭化現象，在爐裡的頭部和上半身特別嚴重。」

「那當時怎麼判定他是葉福來的？」

「屍體右手的無名指少了兩節，因為葉福來的右手無名指也少了兩節，所以我們判定是他。」

「那當時法醫有進行解剖嗎？」
「有，當時我們還借用骨科診所的X光機，幫屍體拍了全身的X光照片，」方永齡說：「法醫認為死者是男性，身高一百七十二公分，體重六十五公斤，年齡在三十到三十五歲之間，手足的關節粗隆特別粗大，這些都和葉福來的特徵相似，死者的氣管內有灼傷。」
「顯示葉福來被推進燻爐時，他還活著。」長髮女子說：「如果他是死後才被推進去，因為呼吸已經停止，氣管內不會有灼傷。」
「妳滿內行的。」方永齡瞄了長髮女子一眼。
「剛進報社時，老鳥常叫我跑解剖室，看看能不能把我嚇跑。結果我反而和法醫學了不少，或許是因為我是少數幾個進解剖室不會昏倒的女人。」長髮女子拿起夾在卷宗裡的X光片，對準方永齡身後窗戶透進的陽光，「屍體的脊髓和手臂神經好像有些像結節的小圓點，那是什麼？」
「我不知道，」方永齡攤開雙手，「當時法醫建議我們將X光片給專業的病理醫師看一下，但我想妳也知道，鎮上連一間醫院都沒有，更別提是病理醫師了。」
「這倒是真的，」女子放下X光片，「我聽說後來警方除了通緝魯子堯外，還懸賞尋找一個叫阿佛林梅卡托（Affumicato）的外國人。」
「是我的主意，」方永齡咧開嘴，神色中有著藏不住的得意，「我認為這個外國人可能是案件的關係人之一。」
「哦？為什麼？」
「龔小姐，妳知道什麼叫『死前留言』嗎？」方永齡指著卷宗裡的一張照片：「我們發現屍體時，屍體的右手往前伸，指間挾著一張燒焦的紙片，上面就寫著這個名字。我推測應該是被塞進燻爐裡的葉福來，想告訴我們將他塞進燻爐裡的人是誰。」

照片裡有一張紙片，從旁邊的尺比較，紙片大概只有成年人的大拇指大小，紙片四周是一圈褐色的焦痕，字是用鉛筆寫成，從紙張上印製的紅色橫線，似乎是從中學生的作業簿上撕下來的。

「那屍體的口袋裡，有沒有發現什麼東西？」

「胸前的口袋有一支寫菜單用的鉛筆，他當時應該就是用它寫紙條的。」

「這樣啊——」長髮女子頷首，「另外，我聽說在一年半之前，這裡曾經有女大學生的分屍命案。」

「沒錯，那時候我才剛調來這裡不久，還記得很清楚，畢竟，那是我在鎮上破的第一個案子，」方永齡回到辦公桌後坐下，舒服地放下椅背，「凶手是死者的男朋友，他將死者勒死後分屍，棄置在鎮上的好幾個地方，我記得當時有好一陣子，鎮上的父母告訴小孩放學後不要在草叢或樹叢裡玩，因為可能會發現人的手指、腳趾，或者是更噁心的部位。」

「聽說那時候您的壓力好像滿大的。」

「那時候警局門口停了好幾台電視台的轉播車，我差不多每五分鐘就要接一通電話，不是縣警局局長、就是立法委員、有時候還有民眾報案，說在那裡又找到屍塊，結果到現場一看，不是死老鼠，就是屠宰場丟棄的零碎屠體，」想到當時的情況，方永齡臉上無意中微微泛出笑意，「幸好後來在逐一盤問死者生前交往的關係人時，凶手過度緊張招認了，要不然，這件案子還不知道要怎樣辦下去。」

「不過在結案時，好像有員警對結果有意見。」

「是誰告訴妳的？」方永齡聳聳肩膀，「算了，告訴妳也無妨。當時有一個老刑警對我們找到的屍塊有意見，要我們找法醫重新檢驗，不過當時凶手已經找到，所有人都鬆了口氣，所以並沒有人理會他。而且在野外搜集屍塊，本來就有可能會混入其他動物屍骸之類的。」

「那屍體呢？」

「後來發還給家屬，當天就火化了，電視台還派了轉播車全程轉播。」

「當時有異議的老刑警，現在是否還在局裡？」

「當時因為他的意見等於扯整個偵察小組的後腿，局長要他在辭職或調職間選一項，結果他選擇調職，」方永齡說：「現在他是局裡資料室的管理員，如果妳有興趣的話，我可以妳去找他。」

「我看改天吧。」長髮女子起身，和方永齡握了握手，「非常謝謝您。」

「如果妳還需要什麼資料的話，歡迎再過來。」方永齡說：「不過書出版之後，別忘了在裡面寫我的名字。」

「我會的。」長髮女子回頭走到房門，驀地像想到什麼似的回過頭，「方組長，我可以給您一個建議嗎？」

「哦，不用客氣，妳請說。」

「不用再找那個叫阿佛林梅卡托的外國人了。」

「啊？」方永齡愣了一下。

「Affumicato在義大利語是『燻烤』的意思，」長髮女子笑了笑，「葉福來的父親曾經在義大利的托斯卡尼學習燻製肉品，他手上拿的，應該是他父親留下來的筆記。」

「筆記？」

「一般人如果被塞進密閉的空間裡，應該會拚命地掙扎想退回去，怎麼還有心情寫死前留言？」

長髮女子沒等方永齡回答，就推開房門走了出去。

※※※

長髮女子離開後，方永齡半躺在辦公椅上，以前坐起來相當舒服的軟墊，現在像是某種怪物張開的大嘴，想要一口將他吞進去。

原來那個字是燻烤的意思啊——

不過那個女記者也未免太厲害了，以前他雖然只是一個小鎮的刑事組長，但是記者們對他講的話就像是先知的神諭，通常只是制式化的點頭、點頭、再點頭，頂多回到報社後再修改一下先後順序。一路上掌握談話主導權，甚至差點駁倒他的，那個女人還是第一個。

該不會——方永齡伸出右手搆起電話話筒，撥了縣警局記者聯誼會的電話號碼。

接電話的，是縣裡一家大報的社會版記者，開頭免不了調侃他兩句，「今天方組長怎麼人那麼好，打電話過來？」

「我想問一下，是否有一間叫警務新聞的報社？」

「警務新聞？」聽筒裡傳來好一會翻動書頁的聲音，「我查了一下報業工會和新聞同業工會的名錄，沒有這家報社，是新成立的嗎？」

「不，沒什麼。」方永齡應酬幾句後掛上電話，再撥通樓下服務台的分機。

「剛才進來找我的那個女記者，離開了沒有？」

「報告組長，還沒有。」服務台的值班員警回答。

「不准讓她離開，把她攔下來！」方永齡掛上電話，從怪獸的嘴裡一躍而起，辦公室門外同時傳來敲門聲。

「進來！」一個瘦高個子的制服員警走了進來，朝方永齡敬了個禮。

「有什麼事嗎？」

「報告組長，」員警囁嚅地說，「剛才我發現從組長辦公室走出來的女子東張西望，有些可疑，所以跟在她後面，現在她正在二樓的女廁裡。」

「還等什麼？快帶我過去！」方永齡跟著員警跑出辦公室。

二樓角落的女廁是去年剛整修好的，穿過門口假大理石的洗手台，裡面貼滿白瓷磚的空間用乳黃色的隔間板，隔出四個單調的空間。

「那個女子好像走進最後一間，」員警伸出手，指向最後一個隔間，「組長，要不要我多叫幾個弟兄過來？」

「好吧，」方永齡回頭望向員警，「你是菜鳥？以前沒看過你。」

「我上個禮拜才派到這裡實習。」

方永齡點點頭，慢慢走到最後一間女廁門口。

「小姐，妳在裡面嗎？」他輕輕敲著隔間單薄的塑膠門，「我知道妳不是記者，要不要出來談談？」

隔間裡傳出模糊的呻吟聲，方永齡又敲了一次門。幾個制服員警和刑警跑了進來。

「她在裡面？」其中一個刑警指著隔間問。

「廢話，」方永齡扭扭鎖頭，「他媽的，門鎖上了。」

一個制服員警掏出一枚銅板，塞進他的手掌裡，「用這個應該可以打得開。」

方永齡將銅板嵌進鎖頭的凹槽一扭，門鎖喀地一聲彈開，他扭動鎖頭，唬一聲拉開隔間門。

魯子青獨自一人衣衫整齊，坐在闔起蓋子的馬桶上，身子斜倚著牆壁，眼睛半睜半閉，彷彿剛剛睡醒一般。

「怎麼不是——」方永齡轉過頭，原本應該是女性專用的女廁，現在站了七八個大男人，顯得有些擁擠，「你們怎麼他媽的全上來了？」

「剛才有個同事遇到人就喊，組長將嫌犯困在二樓女廁，需要人力支援，所以我們就全上來了。」

「哦，那個大驚小怪的菜鳥。」他低咒了一句。

「哪個菜鳥？」

「那個上禮拜才來實習的菜鳥。」

「組長，您是不是忘記了？」一個刑警謹慎地放低聲音，「我們局裡已經一年多沒新人進來了，您上次還嘀咕說，現在大部分的警校畢業生都想留在市區，有誰要跑到雞不拉屎、鳥不生蛋的鄉下？」

「不會吧？」方永齡先是一愣，然後突然用力踹了隔間門兩腳，塑膠板撞上牆壁，發出的重擊聲，讓在場的其他人嚇了一跳，「幹！他媽的！」

「組長，怎麼了？」

「我們全被那個女記者耍了，」方永齡喘著大氣，「她離開我的辦公室之後，知道我懷疑她的身分，所以她從休假員警的內務櫃裡偷了件制服假扮警察，把我們耍得團團轉。」

「我們現在去追她回來。」

「追個屁啊，她叫你們來就是為了支開你們，現在恐怕已經不知道逃到那裡去了。」

隔間裡傳來一陣長長的哈欠聲，魯子青剛睜開眼睛，伸了個懶腰。

「我怎麼——會在這裡？」她回過神時，發現自己正坐在馬桶上，面前有七八個身形魁梧的男人正盯著她瞧，「你們又是誰？」

「我是刑事組長方永齡，」刑事組長嘆了口氣，拿出證件在她面前晃了晃，「小姐，待會麻煩你和我們走一趟，我們想知道，妳為什麼會睡在警局的女廁裡。」

※※※

魯子青整個下巴放在桌上，兩眼失焦地望著面前盤子裡切好的豆乾。儘管是不久前才點的午飯，但今天她顯然沒什麼胃口。

幾天前，她尾隨那名長髮女子來到警局，向服務台的員警謊稱要借廁所，結果剛走上二樓，右肩後就挨了一記，醒來時只發現自己坐在女廁馬桶上，刑事組長和七八個員警則站在面前。

那名看上去有些裝腔作勢的刑事組長盤問了一個鐘頭，才相信她不是長髮女子的同黨，不過聽說隔天警局的服務台收到洗衣店送來一件警察制服，尺寸和當時長髮女子穿走的相仿，因為已經清洗和整燙過，無法檢出指紋或毛髮。那名女子還告訴洗衣店，將洗燙費掛在刑事組長帳上，據說當時在警局對面的人行道，都能聽到組長的咆哮聲。

魯子青當天好不容易離開警局，準備上床休息時，在牛仔褲的後袋發現一張摺成方勝形狀的紙條，打開之後，上面是兩行留在警局便條紙上的字：

『已經有人在尋找妳哥哥，不用擔心，快點回家去吧。』

紙條應該是那名長髮女子塞進她口袋裡的，從字意看來，她應該也在尋找哥哥，難道是他的女朋友？以哥過去在賭場和遊樂場所討生活的經歷，的確有可能會認識像這樣的女孩子。

「你這家店開了這麼久，難道連道菜都做不出來嗎？」一個女子的尖銳語聲，拉回了魯子青的思緒。

原本總是半空著的午餐時刻，現在每張桌子都塞滿了穿著夏威夷衫和草帽，提著塑膠俗艷皮包的歐里桑和歐巴桑，空氣中飄散著廉價化妝品的嗆人香味和淡淡的菸臭。

話聲來自於站在葉福興對面的一個四十多歲的女子，她的裝束也是牛仔褲，白色T恤上用紅字印著某間廟宇的銜頭，染成咖啡色的頭髮被街頭常見的小美容院燙成花椰菜似的蓬鬆造型，不過此刻她交疊雙手，瞪著店老闆看的樣子，倒像一隻豎起紅冠和頸羽的公雞。

魯子青站起身，走到女子對面，「有什麼事嗎？」

「是這樣的，小姐，」女子臉上抹了厚厚的粉底和蜜粉，在陽光照射下反射出像車子烤漆般的油光，「我今天帶進香團路過這裡吃飯，沒想到這家店竟然沒有賣素食。」

在燒臘店吃素？魯子青壓下脫口而出的衝動，「沒關係，請問有幾個人吃素？」「喂，小姐——」葉福興還沒來得及開口，肩頭就被魯子青拍了拍，將他的話壓了下來。

「沒關係，我記得鎮上另一頭有間素菜館，老闆，您這裡有沒有腳踏車？」

十分鐘後，魯子青騎著葉福興採買用的重型腳踏車回到店裡，十二個素食便當綁在車後的置物架上。

進香團用過餐後，帶著滿足的心情和胃口回到遊覽車上，一頓飯前還豎著倒刺的導遊小姐確認沒有人留在店內後，握了握老闆的手。

「剛才說話衝了一點，不好意思。」她說。

葉福興點點頭，不知道該回答些什麼。

「那位小姐會是個好幫手，」她朝正在收拾盤子和碗筷的魯子青動動眼角，「或許說這種話不太適當，如果你是好老闆的話，應該知道該怎麼做吧。」

她又握了握葉福興的手，才走出店外，趕著幾個東張西望，想買土產的團客回到車上。

葉福興回過神來，轉向抱著盤子的魯子青，「小姐，這個我來做就好了。」

「沒關係，」魯子青將盤子放在肉案旁的白鐵水槽，打開水龍頭，「我以前念書時，房東是賣自助餐的，我晚上放學後經常幫店裡洗餐盤。」

「這一陣子，妳每天都到我這裡吃飯，」葉福興也走到水槽旁，將魯子青洗好的盤子疊起來，「妳是鎮上大學的學生嗎？」

「不是，我是自助旅行者，有時候在旅行的地方打打工，如此而已。」

「家裡還有什麼人？」

「還有一個媽媽。」

「她年紀多大了？」

「快六十了，不過身體還不錯。」盤子洗完之後，魯子青關上水龍頭，「老闆，我能不能在您這裡打工？」

儘管早有心理準備，葉福興還是頓了一下。

「我這裡每天都要剁這剁那，妳一個女孩子做不來的。」他試著將語氣放平淡點。

「我以前在外面打工，有些工作比這裡還要辛苦。」

「而且我這裡沒有房間，」葉福興接著說，「樓上自從去年失火後就封起來了，現在每天打烊後，我都一個人睡在店裡。」

「我在鎮上有地方可以住，您不用擔心。」魯子青說：「我只要有份工作就可以，薪水、住處都好商量。」

「小姐，不好意思，有沒有清湯？」魯子青轉向店裡，一個留著及肩舒緩白髮，身形瘦削如竹竿的老先生坐在角落的座位上，他穿著泛白的襯衫和西裝褲，腳上趿著夜市常見的仿皮涼鞋，細長的鼻樑上，架著一副帶點學究氣的黑色膠框眼鏡。

「好的，馬上來。」魯子青舀了碗清湯。端到老者面前。

葉福興望著魯子青的背影。右手拿著菜刀擱在案板上，似乎在想些什麼。

「好吧，妳錄取了，」葉福興說：「待會我教妳怎麼剁燒臘，不過我還是那句老話，這份工作不輕鬆，妳要有心理準備。」

一向沉默的天花板像同意葉福興的結語般，發出搔爬和敲擊聲，就像樓上養了群老鼠似的。

「老鼠，」面對魯子青詢問的眼光，葉福興聳聳肩，「牠們喜歡後面的廚餘和剁燒臘剩下的碎肉和肥油，我用捕鼠機和毒餌都趕不走，如果妳後悔的話，現在還可以。」

※※※

「老闆娘，不好意思，妳這裡有賣綜合維他命嗎？」

黃太太將目光從播放晚間新聞的電視轉回身後的店面，一個穿著白襯衫、西裝褲，滿頭舒緩白髮的老者正站在櫃台前，雙手安閒地歇在木質手杖的弓形杖頭上。

「有，你等一等。」看這個老頭的樣子，應該是大學文學院的教授，他們總是穿著輕便，像古廟的遊魂般在校園裡飄來飄去。黃太太懷著這樣的心思走到櫃台後，拉開身後藥櫃的玻璃門，拿出一瓶維他命放在櫃台上。

「那有沒有氣喘的噴劑？」老先生又問。

「有，」黃太太轉身拿出一瓶類固醇噴劑，放在櫃台上，「慢著，你有處方箋嗎？」

「在這裡，你等一等。」老先生從襯衫口袋拿出一張紙，在櫃台上攤開。

黃太太仔細打量了處方箋上的藥名和醫師章，訥訥地點了點頭。

「不好意思，因為最近衛生局抓處方用藥抓得很嚴。我們賣像類固醇之類的藥都會多問幾句。」

「沒關係，」老先生掏出鈔票，「您在這裡開業很久了嗎？」

「這間藥局是我公公開的，當年我老公為了繼承這裡，還到北部的醫學院念藥劑生，我們結婚後才一起回這裡來，現在算一算～喲，都快三十幾年了。」

「住在這種山區小鎮好，生活單純，日子也安靜。」

「可不是，每天都快悶死了，」黃太太朝電視一瞥，「所以我和我老公在鎮上都參加了不少活動，像我是鎮上小學家長會的會長，我老公則是巡守隊的隊長，今天他正好和隊員在外面巡夜，所以輪到我顧店。」

「這種小鎮會有巡守隊？我剛剛從學校過來，一個人影都沒看見。」

「您是剛搬到鎮上的嗎？」

「是啊，我是這裡大學文學院新來的教授，上個禮拜才搬到宿舍。」

「那就難怪了，」黃太太壓低嗓音，指向葉家肉舖的方向，「您知道那邊有間燒臘店嗎？」

「我今天中午才到那裡吃過飯。」

「一年前那爿店失火，老闆的臉和手被燒傷，在醫院住了一個月，消防隊清理火場時，發現老闆的弟弟燒死在爐子裡，好像是老闆收的徒弟把他塞進爐子裡的。」

「真的？」

「而且那個老闆出院後就陰陽怪氣的，在後面養了好幾隻流浪狗，我們這裡已經有好幾個小學生被狗追過了，您老要是沒事，別逛到那一帶去。」

「我知道了，謝謝。——那您認識老闆和他弟弟嗎？」

「從他兄弟的爸爸開店，我們就認識了，我公公過世前，特別喜歡吃他家做的火腿，」黃太太說著說著，不由得嘆了口氣，「其實在出事前，他們家的老大還真不錯，人是不會講話，但是做事勤快；老二則是成天在外面賭博騙錢，講話油裡油氣的，不過誰也沒想到，他會燒死在爐灶裡。至於那個徒弟——」

「徒弟？」

「鎮上所有的人都說他將老闆的弟弟塞進爐子裡，以前也聽說他和老闆的弟弟一起混。不過他回到這裡當學徒的時候，人倒真的滿老實的，我以前在那裡買燒臘，還有他來這裡買藥的時候，每次說話都客客氣氣的。人要變起來，還真的很難說得準。」

「他來這裡買過藥？」

「大概兩三次吧，都是買些像金絲膏、跌打酒之類的傷藥。那時候我問過他，他說因為右手的手腕有習慣性脫臼，每次他都買藥自己回去整治。」

「他沒去看醫生嗎？」

「他說請醫生看太花錢，而且這個症狀是老毛病，已經習慣自己整治了，」黃太太頓了一下，「哦，對了，好像就是那爿店失火前一天晚上，他也是跑到我這裡買跌打酒，那時候他右手痛得連從錢包裡拿銅板都有問題，我還勸他好歹找個跌打師傅看一下。」

「他有說什麼嗎？」

「他只是笑笑招了招手，就提著藥回肉舖去了。」黃太太又嘆了口氣，「那時候誰想得到他會做出那種事。人啊，——唉。」

「老闆娘，請問您這裡有沒有安眠藥？」魯子青從夜色中走了進來，靠在櫃台上。

「安眠藥？妳要拿來做什麼？」黃太太身子伸出櫃台，鼻尖離魯子青的臉只有三公分左右，眼鏡後的小圓眼睛在她的臉上滴溜溜地打轉。

魯子青笑了笑，笑容令人想到被父母抓到偷溜下床的高中生，「晚上太熱了，睡不著。」

「太熱了，嗯——」黃太太重複了魯子青的話，然後從藥櫃裡拿出一個瓶子，從裡面倒出兩顆藥丸，用包藥紙包好，「喏，妳的安眠藥。」

「不能買一整瓶嗎？」

「萬一妳買回去整瓶吃下去怎麼辦？妳自己不要命就算了，警察還會到店裡抓我們去問話。年輕人啊，做什麼事前要先想想，不要為了一點小事就想不開——」

魯子青一把抓起藥包，衝出店外，跑了快一百公尺左右，身後傳來微弱的呼喊聲。

「小姐——小姐——」

她回過頭，剛才在藥房的老先生正拄著手杖，一步步地追上來。

「啊，是中午來店裡吃飯的老伯伯，」她回頭跑到老者面前，「有什麼事嗎？」
「妳不想聽黃太太嘮叨，總不能連錢包都忘在那裡啊。」老先生拿出錢包遞給她。
「謝謝。」魯子青鞠了個躬，抬起頭時，老者已經不見了。
山區的夜風沿著街道吹了過來，兩旁店家的白鐵店招不停搖晃，發出空洞的敲擊聲。

※※※

隔天中午，因為有魯子青的招呼，肉鋪的生意好了很多。最後一批客人離開後，肉案上的鈎子只剩下一小塊臘肉，其他的燒臘，都進了不久前兩車進香團客人的肚子裡，取而代之的，是水槽裡堆得高高的盤子及碗筷。
葉福興坐在店門旁的圓凳上，持刀的右手擱在桌上，魯子青端了杯茶，放在他旁邊。
「您先休息一下，我去洗碗。」葉福興還沒來得及開口，魯子青就朝水槽走去，開始清洗的碗筷。
望著魯子青的背影，葉福興拿出一張小紙頭，放在桌子上。
隔天早上，他以要辦理保險為由，和魯子青要身分證的影本，魯子青立刻拿了一份影本給他。
「因為我經常在旅程中打工，身上經常準備兩三份影本。」她說。
桌上影本的照片是魯子青沒錯，不過名字和生日卻不是。
「老闆，今天怎麼這麼清閒？」他抬起頭，嚴志常站在店門口，手裡拎了個公事包。

「你今天來太晚，東西都賣光了。」

「不要緊，我早上陪鎮長到台中開會，回來的路上已經吃過了。」他在嚴福興旁邊抄張圓凳坐下，一把拿起影本，「是你請的新伙計？」

「她說要在我這裡打工，不論薪水，不管食宿，只要有份工作就好。」

「所以你擔心——」嚴志常的目光在魯子青和葉福興之間遊移片刻，最後他打開公事包，將影本放在裡頭，「好吧，這件事我幫你。」

「喂，你——」葉福興剛開口，嚴志常已經喀地一聲合上公事包。

「別和我客氣了，」嚴志常拍拍他的肩膀，就朝店門走去，「我幫你查清楚那個女孩子的身分，明天請我吃飯就好。」

嚴志常離開後，葉福興啜了口魯子青沏的茶。

「老闆在嗎？」不久前和學生一起來吃飯的客座教授走進店裡。

「咦？是你，」魯子青回頭望見，立刻擦乾雙手迎了上來，「上次真是謝謝你，今天想吃什麼？」

「不用了，我只是來看一下老闆而已，」教授將手上深黑色的茶餅放在葉福興面前，「這是雲南的普洱茶，謝謝老闆這一陣子的照顧。」

「你要離開嗎？」葉福興瞥見一只軟皮旅行袋，放在教授腳邊。

「我在這裡的工作，已經結束了，」教授點點頭，「今天再拜訪一些人後，就搭車下山到台中，然後坐明天晚上的飛機回美國。」

「下次再到這裡的時候，記得過來吃頓飯。」
「我會的。」葉福興伸出左手和教授相握，天花板像應和似的，發出沙沙的刮擦聲。
教授走出店外時，聽到魯子青的聲音：「老闆，碗筷和盤子都洗好了，要不要先睡一下？」
「不用了，我精神還好，妳拿把刀過來，我教妳怎麼切燒臘——」

※※※

「想不到在我退休之前，還有人會來看我。」
說話的是一個身形高大壯碩的初老男子，他坐在一張殘舊有扶手的木質辦公椅上，灰白交雜的頭髮舒緩地披散在耳後和後腦，國字臉上滿是一道道深淺不一的皺紋，深黑色的眼瞳藏在半開半合的眼皮後，從外表看來，是一張歷經滄桑，目前正在安享晚年的臉。
「別這麼說，」不久前才在葉家肉舖的客座教授拿起茶壺，注滿辦公桌上的兩隻茶杯，「這是雲南的普洱茶，您喝喝看。」
兩人說話的地方，是警局地下室的小資料室，室內唯一的自然照明是一面天窗，窗玻璃還貼上一張泛黃的紙，使得落入室內的陽光昏暗而稀薄。除了天窗下的小辦公桌外，室內其他的空間全被一排排塞滿紙張及卷宗的鐵櫃佔據，空氣中充塞著厚實的霉味，以及門外影印機運作時的臭氧味，顯然不是供資深職員規劃退休生活的地方。
「其實這裡已經很不錯了，」老先生端著茶杯說：「再進去是存放刑案標本的地方，那裡環境更糟。」
「標本？」
「你知道的，就是存放像創口特殊的屍塊，棄嬰案的無名嬰屍之類的。」
「我從其他縣市警局和記者那裡，聽過您以前曾經破過許多案子，不論是經驗和破案能力都相當豐富。」
「那是過去式了，現在只是一個看守資料室的糟老頭子而已，」老刑警呷了口茶，「茶很不錯，——至於我會到這裡的原因，我想你應該也很清楚。」
「那件女大學生的分屍案，有什麼不尋常的地方？」
「當時為了能將屍塊拼湊成完整的屍體，我們對找到的每件屍塊都會照相、編號，我發現其中有一件屍塊，不是那個女大學生的。」
「是另外一個人的嗎？」
老刑警點點頭，打開辦公桌抽屜，拿出一張相片，「在野外搜尋屍塊或骨骸時，難免會混進像鳥類或是小動物的骨骸，但是這一件不一樣，我將原始的照片翻拍了一張，你自己做判斷吧。」
教授拿起照片，就著天窗的光線仔細端詳，照片上是兩節泛黃的指骨，旁邊還放了一支對照尺寸的尺及編號牌。
過了一分鐘左右，教授將照片放回桌上。
「這兩節指骨是男人的。」

「你從那裡看出來的？」

「關節部分特別粗大，男性的指骨都有這項特徵，而且關節粗大代表連接的肌肉特別強健有力，應該是經常用手做重度勞動的男性。——如果是我，我會要求法醫對全部屍塊重新檢驗，並且對這部分分案調查。您當時應該也是這樣建議的吧？」

老刑警點點頭，「如果他們認同你的見解，或許現在我就不會在這裡了。」

「那為什麼——」教授說到一半，突然打住。

「我想你已經知道了，因為大家都累了，」老刑警笑了兩聲，「那時候凶手已經招認了，凶器也找到了，大伙在民代和高層的壓力下，疲勞也已經到臨界點了。整個情況就像你跑馬拉松還差十公尺，就可以衝線到終點抱獎盃時，主辦單位卻告訴你還要再跑三十公里才算到終點，你會有什麼反應？」

「這樣啊——」

「反正我再等五年就可以退休，現在也只能這樣過日子了。」

「如果我告訴您，或許不用呢？」

「你要我辭職？」

「不，」教授笑了笑，「我想說個故事，不曉得您有沒有時間聽？」

「時間？」老刑警爆出一聲大笑，「在這裡，時間多得很。」

※※※

「姐姐，我們可以把海報貼在店裡嗎？」

魯子青望向葉福興，後者點了點頭。

「好啊，可以。」

問話的學生展開海報，貼在店裡塗石灰的牆上，海報上寫著：

『號外！

本校戲劇科學生將前往美國，與哥倫比亞大學學生劇團合作演出舞台劇。

舞台劇屆時將在紐約大都會歌劇院公演，請各位同學為戲劇科鼓掌！』

「你們要去美國表演啊？」魯子青讀著海報上用麥克筆寫的字。

那名學生用力點點頭，「所以我們全科學生都來了，為要去美國的代表餞行。」

來餞行的學生塞滿了店裡的每一個位子，比較晚到的學生只能端著飯碗和筷子，在桌和桌間以打游擊的方式進餐。

「來，這是老闆請你們的，」魯子青將燒臘拼盤放在桌上，「希望你們到美國表演順利。」

「謝謝。」其中一名帶頭的學生說。

「不過到美國和美國人一起表演，會不會不太適應？」魯子青問。

「姐姐，妳還記得一個月前，我們帶一個教授到這裡吃飯？」他說：「那個教授是美國那邊聘請的顧問，來這裡教我們美國劇場表演的技巧和特色。」

「最初只有要到美國的十幾個同學上他的課，」另外一名學生搭腔，「不過到後來幾堂，幾乎整個戲劇系，甚至其他科系的人都來旁聽，學校還不得不將上課地點改到大禮堂。」

「那個老師教得有這麼精彩嗎？」

「啊，他超厲害的，」他夾了片臘肉，「我還記得第一天上課時，教室裡只有一個穿T恤牛仔褲的女孩子正在看書，旁邊放著一個放照相機的包包，我原本以為是其他科系來旁聽的學生，因為她實在太漂亮了，所以我就故意坐在她旁邊。」

「結果上課鐘響時，」另一名學生接著說：「只看到那個女孩子走到講台上，撕下假髮、假睫毛，擦掉臉上的妝，接著說：『各位同學，我們今天要教舞台上女性的表演技巧，準備好了嗎？』」

「那個──女孩子，是教授假扮的？」

「對啊，」學生點點頭，「那個教授在美國除了教學生劇團外，他也在市警局教警察如何變裝，來誘捕像皮條客、色狼或連續殺人犯之類的歹徒。

「他每堂課都會扮成不同的身分，像是老先生、老太太、警察、水電工人之類的，到最後幾堂，我們看到生面孔都會特別留心。但是那個教授更狠，他故意叫一個和他身形相似的同學去幫他買便當，然後扮成他的樣子來上課。

「如果只是變裝而已，那還沒什麼。但是對於每一種人的表演技巧和特色，他全部都能說得頭頭是道，喂，你還記得他說了什麼？

「我記得啊，他總是說：『就算把刀叉放在猴子的手上，猴子還是猴子。變裝必須配合與外形對應的動作和心態，例如日本的能劇，儘管演員戴著沒有表情的面具，但是觀眾還是可以從演員的動作，知道這個角色的內心世界。』」

魯子青根本沒聽見學生的聲音。
原來那個女記者是那個教授假扮的，在西藥房遇見的老先生恐怕也是，這麼說來，她到警局時，也是那個教授打昏她的。
他為什麼要這麼做？
同時，嚴志常像背後有人追趕般，快步走進店裡，他一把拉住葉福興的袖子，拖著他一直到店後的作坊。
「你拉我到這裡做什麼？」葉福興問：「外面還有生意要照顧。」
「我是來救你的，」嚴志常打開懷裡的公事包，抽出一張紙塞到葉福興手中，「你昨天招進來的伙計，她給你的身分證影本是假的。」
「假的？」
「她的名字叫魯子青，和母親住在一起，半年前剛從大學畢業，」嚴志常吞了口唾沫，「她的哥哥，就是把你弟弟塞進爐子裡的魯子堯。」
「啊？」葉福興目光接觸到作坊裡的燻爐，整個人不禁一震。
「老哥，你知不知道你現在的處境很危險，要不要我報警？」
「不用了，我自己會處理，改天我請你喝杯茶。」葉福興連拖帶拉，從後巷送走了嚴志常。回到作坊時，他搖搖頭，望向在店裡的魯子青。
一陣穿堂風從後巷灌進作坊，原本盤桓在巷口的野狗不約而同地抬起頭，發出參差的嚎叫或低吠。

※※※

這天晚上，魯子青洗好最後一批碗筷，整齊地堆放在一旁的矮桌上。

自從那個在鎮公所上班的客人將葉福興拉到作坊後，整個下午和晚上，他似乎顯示有些心不在焉，晚餐時有幾個客人的點餐都沒聽見。

難不成——一股寒意像從頸後滴下的冰水，銳利地劃過魯子青的背脊。

「店裡已經收拾得差不多了，」她小心地選擇措辭，「如果沒有什麼事，我就先回去了。」

「今天妳晚一點再回去，」葉福興右手拿著刀，左手拉下店門口的鐵捲門，隨著鐵捲門撞擊地面的聲音，店內的空氣頓時安靜下來，「跟我到作坊來一下。」

該來的終於來了。——魯子青跟在葉福興身後，掀開作坊的布簾。

剛走進作坊，魯子青就閃過葉福興身側，一把抄起插在砧板上的菜刀。

「妳做什麼？」

「我知道你想做什麼，」她雙手握住油膩膩的刀柄，將沈重的刀鋒對準葉福興，「你有種就上來啊，在你想殺掉我之前，我會把你的頭剁下來餵狗。」

「別這樣，把刀給我。」葉福興伸出左手。

「別過來！」魯子青的手不住顫抖，「那天死在燻爐裡的，是我哥對不對？」

「妳在說什麼？」

「你弟弟殺了我哥哥之後，為了偽裝身分，你們將他右手的手指剁掉，當作是你弟弟的屍體，實際上你弟弟早就逃掉了！」

「我弟弟為什麼要殺掉你哥哥？」

「如果我猜得沒錯，那時候我哥哥可能將他們多年來詐賭的收入一起帶走，逃到你這裡來當學徒，」魯子青一面說，淚水已經從眼角滑下，「原先他指望如果他弟弟追來時，你可以保護他，沒想到你竟然和你弟弟聯手殺了他。」

「我不是叫妳早點回家，不要管這件事嗎？」後方的巷子裡傳來一個聲音，客座教授拄著手杖，從後門走進作坊，後面跟著資料室裡的老刑警。

「你——你來做什麼？」魯子青的目光在教授和葉福興間游移。

「妳面前的這個人，其實並不是葉福興，」教授將手按在魯子青握刀的雙手上，「我說的對不對？魯子堯先生？」

葉福興嘆了口氣，放下右手的菜刀，脫下包覆在右掌上的彈性護套，伸到魯子青面前。那雙手上全是火燒出來的白色創痕，無名指上則有一道隆起的傷疤。

「子青，妳還記得嗎？」他說。

魯子青握刀的手軟了下來，「這道疤是——」

「妳還記得小時候有一次我們去釣魚，我幫妳把魚解下來時，妳那時候因為害怕，一直在拉釣竿，結果釣鉤就卡到我的指頭上，那時候連肉都鉤出來了，我那時候因為怕妳被爸爸罵，所以只有自己用繃帶包紮，結果就變成這樣子了。」

「那你是——」魯子青望向他的臉。

他雙手伸到腦後，將包覆整個頭的面具拉了下來，一張頭髮蓬亂，交織著褐色皮膚和白色傷疤的臉出現在魯子青面前，但還是可以認出是魯子青攜帶的照片中的那個人。

「這幾個月來傷口消腫的很快，如果妳早半年來，恐怕會認不出我是誰。」

「哥——」魯子青手上的菜刀鏗地一聲落在地上，「那燻爐裡的屍體是誰？」

「是葉福興，至於葉福來——」教授轉向魯子堯，「你一直把他藏在樓上，對不對？」

魯子堯點了點頭，「我有不得已的苦衷。」

「但是你一直把他藏下去，對他的情況並沒有好處。」

「你知道他——」

教授伸手抓住作坊天花板上的一根橫桿往下拉，折合在天花板的一系列支架逐一展開，最後組成一具木梯，通往天花板上一個五十公分見方的洞口，一股混合汗燥和排泄物的臭味，從洞口不停冒出。

「我先上去。」教授拿著手杖爬上木梯，老刑警從袖口抽出一支警棍，跟在後面，「原本我以為您會帶槍來的。」

「如果我去領槍的話，整個警局就會知道了，」老刑警笑了笑，「走吧，我用這玩意都可以混三十幾年了。」

教授沿著木梯往上爬，最後消失在洞口，過了三分鐘左右，他從洞口爬了下來，手裡還拉了一個人。

那個人的身形相當瘦小，穿著一件殘舊而滿是污漬的藍色睡衣褲，頭髮和鬍鬚都長過頸項，下巴尖削，一雙眼睛圓睜著，卻只是失焦地望著前方。

教授讓他在木梯的最後一階坐定，然後緊握著他的手。

「我在上面幫他打了一針鎮靜劑。」他回過頭去，「刑警先生，應該沒錯吧。」

老刑警手上拿著葉福來的照片，照片裡的人穿著深藍色的西裝，頭髮梳成有點頹廢風的長髮，但是輪廓和五官，都和面前這個人相同。

「是他沒錯，」老刑警說：「但是為什麼——」

「精神分裂症，」教授拿出小手電筒，仔細檢查男子的瞳孔，「魯先生，如果可以的話，我想把他送到縣裡的精神病院，做進一步的治療。」

「這——」

「我知道你們這裡不希望將家人送到精神病院，」教授說：「但是如果只是將他關在樓上，他永遠沒有痊癒的機會。」

魯子堯點了點頭。老刑警走到作坊門外打個手勢，兩個抬著擔架和拘束衣的護理人員立刻跑了進來。

「魯先生，我們能不能到前面的店面坐一下？」教授說：「或許您也可以解釋一下，整件事情的經過。」

※※※

「差不多一年半之前，老闆寫信給福來，告訴他在燻爐裡發現一筆當初吉祥叔留下的遺產，要他儘快回來，討論遺產分配的事。」

所有人現在坐在店中央那張十人座的圓桌，聽魯子堯講述整件事情的經過。

「因為之前老闆就寫過很多封信，要福來趕快回家。福來一方面懷疑發現遺產只是要騙他回家做事的藉口，另一方面，他也懷疑老闆會不會先私吞一部分，所以叫我先回來，表面上說是要當學徒，實際上是要探聽虛實。

「不過在這裡工作之後，我發現老闆真的把我當徒弟看，半年來他將除了火腿之外，燻製燒臘的竅門一樣一樣教給我，而且上門的客人對我都很不錯，所以我根本沒做福來交代的事，反而在信上勸他趕快回來，福來在得不到滿意的答案後，決定自己回家看看。

「那天晚上打烊之後，老闆和我剛準備好明天要賣的燒臘，正要上床休息時，只看到福來一個人從作坊門口進來，劈頭就問老闆：『哥，遺產在那裡？』

「老闆從肉案下抽出一本筆記簿拿給他，然後說：『這裡和這間店都是老爸的遺產，你拿去吧。』

「福來手一揚，將筆記簿丟進已經熄火的燻爐裡，他說：『我才不稀罕這種遺產。』

「老闆馬上鑽進燻爐的爐口，想把書撿回來，但是他整個人卡在爐口，我拉住他的腳，想把他拖出來，但是他好像一點反應都沒有。」

「因為燻爐剛熄火，裡面都是一氧化碳，」教授說：「葉福興剛鑽進爐子裡，就因為吸入過量的一氧化碳而昏迷。——然後呢？」

「就在我設法把老闆拉出來的時候，原本已經熄滅的燻爐突然冒出火燄，在爐裡的老闆整個人燒了起來，我也被爐口噴出的火舌推出了好幾步，火舌引燃了作坊裡的木質家具，那時候我只看到屋裡到處都是火，福來發出一聲尖叫，然後就打作坊後門跑了出來。

「當時我勉強支起身子，慢慢摸著地面，爬出後巷時，只看到兩個消防隊員拚命朝我身上噴滅火乾粉，我心情一鬆，人就昏了過去。」

「為什麼燻爐會突然自己燒起來？」魯子青問。

一陣風從門簾後灌進店裡，將頭頂的風扇吹得不停打轉。

「是穿堂風，」教授說：「當時吹進作坊的風，引燃了燻爐下未熄滅的餘燼。就像拿特大號的吹火筒對著火種猛吹一樣。」

「那當時你為什麼要假扮葉福興？」魯子青問：「你知道當時媽和我有多難做人嗎？」

「或許是——因為愧疚吧，」魯子堯說：「我在醫院裡知道老闆死了，福來下落不明，這片店收起來是早晚的事，當時我來店裡並不是真的想學手藝，但是老闆卻把真的把我當徒弟看，而且當時如果我手腳快一點，老闆也不會被燒死，老闆就算拚了命，也要將店交給福來，要是店真的收起來，那他未免也死得太不值得了。

「當時因為我的臉和手都被燒傷，加上警方認為被燒死的是福來，所以他們順理成章地把我當做老闆。我出院後四處找尋福來的下落，最後在一個游民收容所裡找到他。據說他離開作坊後就四處流浪，吃垃圾維生，兩個禮拜後被人送進游民收容所，但是沒有人將他和一向穿著體面的福來聯想在一起。

「我將福來從游民收容所接回來，安置在樓上，然後以老闆的身分重新開業，店裡全部燒臘的做法，在火災之前我已經學會了大半部分，要做出店裡平常每天的料理並沒有問題。

「但是葉家肉舖獨特的火腿，之前老闆只讓我練習挑選和處理材料，老闆原本想再過一個月，等我技術熟練後，再教我關鍵的燻製步驟，但是那天晚上的火災不但帶走了老闆，也帶走了葉家火腿的祕方，所以我每天晚上試著照老闆平日的燻製步驟製作火腿，但是只能做出外觀類似的仿製品，無論是風味和香味都差了一大截。」

「裝滿兩隻廚餘桶的，其實是火腿的試製品，」教授說：「而且廚餘引來了大量的流浪狗盤桓在巷子裡，會嚇阻其他好奇的人不敢接近作坊。」

「只是我一直想不通，為什麼警方會將老闆誤認為福來？」魯子堯說，「我從沒聽老闆和福來說過，老闆是什麼時候失去手指頭的。」

「魯先生，我想請教一個問題，」教授問：「葉先生當初是否和你一樣，右手一直拿著刀不放下來？」

「沒錯，」魯子堯說：「當時我發現老闆有這個習慣，問他時他回答說，經常拿著刀，比較能掌握刀的重量，切燒臘時才能得心應手，後來我在假扮老闆時，也照樣拿著刀，但是好像沒什麼差別。」

「他右手總是拿著刀，其實是為了遮掩無名指的斷指，」教授說：「如果我的假設沒錯，葉福興右手的無名指，大概是在一年半之前切斷的。

「魯先生，你在燒臘店工作了這麼久，應該知道店裡的工作環境充滿油膩和潮濕，而且還要接觸像菜刀之類的銳器。葉福興一年半之前右手的無名指可能在工作中受了傷，因為傷勢不斷惡化，所以他自己想辦法將右手的無名指切斷，反正作坊裡有的是可以剁碎骨頭的菜刀，只要能忍得住痛，應該不會太難。

「然後，他將切斷的無名指棄置在鎮上的某個角落，巧的是，當時因為女大學生的分屍案，警方在鎮上到處搜尋屍塊，結果葉福興的斷指也被當作是女大學生屍塊的一部分。

「對於廚師而言，手是重要的作業工具，如果他是到醫院找醫生包紮或截去指頭，因為經過正式的治療癒合，根本沒有遮掩的必要。但是如果他是自己切斷指頭的話，恐怕顧客對餐廳的衛生會有疑慮，所以他才一直用刀遮掩。我也是因為這樣，推斷他可能是自己截去指頭的。」

「既然如此，當時葉福興為什麼不找醫生治療？」老刑警說。

「如果找醫師治療，整間肉舖至少必須停業到他手指癒合為止，以當時的葉福興而言，他根本不肯讓肉舖停業，」教授說：「因為每做一天生意，對他都是上天的恩賜。」

「上天的恩賜？」

「在警局的驗屍報告中提到，屍體的脊髓和手臂神經有大量的結節增生，我和哥倫比亞大學醫學院的教授用電話討論過，他們認為那可能是一種罕見的神經病變，患者在一到兩年內，就會無法控制自己手足的動作，三年內會全身癱瘓，最後會因為控制呼吸和吞嚥的神經變質而死亡，目前已知的病例，還沒有能活過六年的。」教授說：「葉福興可能曉得自己的病情，才會想辦法要他弟弟回來。他之所以要把手藝傳給魯子堯，也是為了萬一以後他弟弟回來，但是他已經不在的情況下，還可以把手藝傳給他。」

「師父——」魯子堯才吐出這兩個字，就像個小孩似的放聲大哭。

教授轉向魯子青，「所以我跟妳說過，整件事情和妳想的，根本是兩回事。」

「那個女記者和老先生，都是你假扮的？」魯子青問。

「妳還少算了一個，」教授說：「那天晚上把妳藏在攤子後面的麵攤老闆也是我，我的手藝還不錯吧？」

「什麼？那個人也是你？」

「我那天中午在學校門口的麵攤吃飯時，老闆娘和我抱怨說她想參加進香團，可是家裡沒有多餘的錢。所以我幫她出了團費和攤子一個禮拜的營業額，條件是在她出門旅行時，攤子和所有的家當借我用兩天。」

「你為什麼要這麼做？」

「我在紐約有個開餐館的朋友，當年和葉吉祥在義大利一起拜師，我到這裡教書時，他要我抽空到這裡拜訪他朋友的兒子，當時他還告訴我，這裡燻製的火腿即使冒著被海關罰款的風險，也要想辦法帶一隻回去。

「但是我來這裡時，發現事實情況和他說的有相當大的出入，在聽到一年前的案件時，我就想利用在這裡教書的期間重新調查，回去也跟朋友有個交代。

「為了怕引起鎮上居民的不安和猜疑，我儘量扮成不同的身分來打聽消息，那天晚上扮成麵攤老闆，主要是為了看看妳哥哥晚上的行動，沒想到會遇到妳跑過來。

「幾天後，我假扮成女記者，到警局調查當時的案件資料，沒想到妳會跟在我後面，所以我上警局二樓後，就躲在樓梯轉角，等妳上樓後將妳打昏，藏在女廁後，然後再去拜訪組長。

「根據當時的驗屍報告，燻爐裡的屍體手足關節粗隆特別粗大。這意味著死者是手腳經常做重度勞動的人，以詐賭為生的葉福來，顯然不符合這個條件。所以可能的假設是：第一・燻爐裡的屍體是魯子堯。第二・燻爐裡的屍體是葉福興。

「如果燻爐裡的屍體是魯子堯，那為什麼屍體的右手無名指缺了兩節？驗屍報告指出死者是在燻爐裡被燒死，不是死後再被塞進爐裡，如果要切斷魯子堯的手指冒充葉福來，首先要將屍體從爐裡拉出來，切斷手指再塞進爐裡去，以當時到處是火舌的情況，根本不可能做得到。就算做得到，那切下來的斷指到那裡去了？

「其次，如果燻爐裡的屍體是魯子堯，葉福興事後大可若無其事的開店，而不會有那麼大的改變。但是，如果燻爐裡的屍體是葉福興，那目前店裡的老闆，可能是魯子堯冒充的，因為以葉福來而言，他無法瞭解製作燒臘的技巧，這樣一個問題一個問題解下來，整個事件的輪廓就很清楚了。」

「不過，當時也有可能是魯子堯將葉福興推進燻爐裡的。」老刑警說。

「這點我也想過，不過幾天後我喬裝成老先生去拜訪黃太太，黃太太說在案發前一天晚上，魯子堯因為手腕的習慣性脫臼到西藥房買跌打酒，以他當時復原的情況，應該沒辦法將一個身形和他差不多的人推進狹小的燻爐口裡。」他轉向魯子青：「不過我那天也發現，妳打算用安眠藥迷倒魯子堯後，爬上二樓調查。」

「是啊，不過——」那天魯子青將安眠藥摻進魯子堯的茶水裡，但是從黃太太那裡買來的藥似乎沒什麼效果。

「那天我發現妳和黃太太買安眠藥，所以故意摸走妳的錢包，然後包了兩顆綜合維他命，趁還妳錢包時，和妳口袋裡的安眠藥對調。」教授說：「因為我擔心妳冒然爬上二樓，萬一遇見因為受到驚嚇而精神失常的葉福來，可能會有無法預期的狀況發生。」

「你那時就知道葉福來在樓上？」

教授點點頭，「精神分裂症的成因之一，是極端的精神刺激。葉福來當時目睹唯一的親人活活被燒死，在受不了刺激下轉為精神分裂症，客人在樓下用餐時，經常會聽到樓上的刮擦聲和敲擊聲，其實是他恐懼樓下人聲所做出的反應。」

「我和縣警局以前的朋友聯絡好了，待會麻煩你哥哥和你陪我走一趟，如果他真的沒殺葉福興，應該很快就可以回來。」老刑警說。

「最後還有一件事，魯先生，」教授問：「聽你的描述，我想我大概知道葉家火腿的祕方。」

「真的？」魯子堯一古腦站了起來。

「要不要跟我到作坊？我可以證明給你看。」

教授帶著其他人走進作坊後，望向從白土燻爐地基冒出的草葉和花朵。

「如果我猜得沒錯，葉福興每次燻製火腿前，應該都會清理燻爐附近的雜草。」

「沒錯，不過火災後因為我手不方便，每次清理比較沒有那麼勤快，」魯子堯說：「師父如果知道，或許會很失望吧。」

教授彎腰拔起一把草葉，用雙手掌心仔細揉著。

「你在做什麼？」魯子堯問。

「燻爐旁的雜草，其實是葉吉祥當年從義大利帶回來的香草植物。我以前在歐洲鄉間旅行時，發現有很多農家，會在廚房栽種香草植物的盆栽，在做菜時可以順手摘幾片當調味料用。葉吉祥故意將香草植物種在燻爐旁，除了在燻製火腿時當做佐料，火腿的香氣和油份會透過白土燻爐的毛細孔被香草吸收，轉變成與眾不同的風味。」他攤開手掌，舉在魯子堯面前，「我想差不多了，你聞聞看。」

魯子堯貼近教授的手掌，深深吸了口氣，然後雙腿像被電殛般踉蹌退後，魯子青連忙拿過一張圓凳，扶他坐下。

「哥，哥，你怎麼了？」她拍著魯子堯的背。貼近他的臉問道。

魯子堯瞪著雙手攤開的教授，好一陣子才吐出話來。

「是師父的味道。」

「你再依照自己的記憶調整，應該可以燻製出真正的葉家火腿，或許，這就是葉福興在信上所說的：葉吉祥藏在燻爐裡的遺產。」教授微微一笑，朝老刑警頷首：「我在這裡的工作已經結束，剩下的，就交給您了。」

他拿起手杖，準備從後門離開。

「等一下，」魯子青說：「你到底是誰？」

「我嗎？」他回過頭來，「我叫王萬里，只是一個準備回家的旅客。」

後記

首先，眼尖的讀者應該會發現，這篇東西和一年前苡蔚小姐發表的作品〈燒鴨〉相當類似。撰寫〈祕方〉的緣起，主要是來自一年前〈燒鴨〉發表後，當時評審的一段評語：

……對於常看電影小說的人而言，這類題材早就已經被用到濫了，所以不用看到第二段，大概就可以猜出這部作品接下來會導向什麼結局……

那時候鄙人冒昧寫信給苡蔚小姐，請她將故事的前半段『商借』給我，而苡蔚小姐也慨然同意，不過之後因為私人的事務，所以改編之後的作品到今天才完成，在此首先要向苡蔚小姐的慷慨致謝，並為鄙人的魯莽致歉。

以前有一個剛開始拍喜劇的導演問卓別林：

「卓別林先生，請問喜劇要怎麼拍才會讓觀眾笑？

就拿踩香蕉皮來說好了，這個情節已經被用爛了，是要先拍胖太太，再拍香蕉皮，再拍她踩到香蕉皮滑倒？

或是先拍香蕉皮，再拍胖太太，然後拍她踩到香蕉皮滑倒？」

「兩個都不對，」卓別林回答：「正確的拍法，是要先拍香蕉皮，再拍胖太太，然後拍她跨過香蕉皮，卻掉進地洞不見了。」

對於推理小說家而言，開發新的題材和詭計固然重要，但是也不能忽視發掘舊題材的可能。例如前幾年被改編成電影的《黑色大理花》，就有不少推理作家爭相嘗試改編成小說，而不認為這個題材只是另一個被用到爛的刑案實錄而已。

姑且不論他們的成果是好是壞，光是能向既有的成見挑戰，就已經值得肯定。

最後，希望各位還喜歡鄙人挖的這個不是很漂亮的地洞，謝謝。

水舞

『穿過國境長長的隧道之後，就是雪鄉了。』

和當年的川端康成相比，王萬里和我目前行駛的山區道路，多了不少額外的形容詞：沿著山勢蜿蜒而上的雙線水泥道，兩旁密生的灌木和草叢，在初秋的夜色下化為層疊的幢幢暗影，間或從路旁伸出的枝椏擦過車窗，似乎是對兩個陌生訪客的問候。

兩者唯一的共通點，就是永遠沒有終點似的漫長。

「不對，那一條是產業道路，」車燈前叉出一條沙黃色的泥土路面，坐在身旁的王萬里搖了搖頭。

我轉動方向盤，從機場租來的小型車沿著道路打了個一百八十度的彎，腳下的前車軸發出不適應的吱呀哀鳴。

「我知道這樣問很殺風景，」扣掉在高速公路行駛的三個小時不算，自從一個鐘頭前開進這條山路，光是轉彎這個動作，至少就做了三十幾次，「不過，萬里，到底還有多遠？」

「根據明信片上的地圖，從山下已經廢校的小學到村落，只有二十公里。」王萬里修長的身形裹在黑色風衣中，伸出的右手拿著一張明信片。

「二十公里？」明信片上事先印好的觀光地圖上，用一條像蛇般不斷扭曲的綠色曲線代表山路，根本看不出有多長，「那傢伙是不是揹著降落傘，從村落直接跳到山下量出來的？」

王萬里笑了笑，「換我開車吧。」

「不用了，這段路還算小意思。」我握著方向盤又轉了個彎。

王萬里和我是『紐約前鋒新聞』的文字和攝影記者，一個禮拜前，這張明信片和一只牛皮紙箱放在報社我們兩人的辦公桌上。明信片上蓋著台灣的郵戳，背面寫滿了小楷毛筆的工整字跡：

『王先生，您好：

您是否還記得在半年前，曾經應邀來台灣中部某大學，客座教授過一個月的劇場表演實務？

我是當時合作的林警官，因為您沒留下聯絡方式，所以只好和當時您任教的大學查詢，希望沒有寫錯。

首先感謝協助偵破葉家肉舖一案，目前該肉舖仍由曾子堯兄妹經營，紙箱內是他們託我轉交的兩條葉家火腿，其中一條是給您的禮物，另一條請轉贈給半年前託您帶回火腿的朋友，以彌補當時的遺憾。

託您的福，在案件偵破後，我轉任南部一個山區村落的派出所所長，這幾年該村落以自創的『水舞節』成為台灣知名的觀光景點，明信片上是攝影家為村落拍攝的寫真，以及簡單的交通路線圖。

今年的水舞節預訂在兩週後開始，如果屆時您有空參加，將會是全村居民的榮幸。

林努敬上』

半年前，哥倫比亞大學聘請王萬里到台灣中部，教授即將來紐約公演的學生劇團一個月美式劇團的表演實務，唐人街『天涯海角』餐館江老闆的師弟在當地開了一家肉舖，於是在臨行前託王萬里順道探望一下，還開玩笑要他不擇手段，夾帶一條師弟燻製的火腿回來。

我的夥伴並沒有帶回火腿，而是江老闆師弟過世的消息和一個故事。這個故事，寫在另一篇小說〈祕方〉之中。

翻過明信片過於簡單的交通路線圖和內文，背後交織著樹木的濃綠、草原的淺綠、還有淺棕色沃土的群山，在澄澈的藍天打底下一路延展，群山環繞下的山谷處，紅色屋瓦密密舖出一片舌狀空間，就像落在山谷中的一片紅葉。

「單從照片來看，這個村落還滿漂亮的。」王萬里說。

「那位林警官有沒有說在那裡碰面？」我問。

「派出所，」他望向前方，「在村落入口，應該不難找。——喏，就在前面。」

道路在拐了個九十度的彎之後，右側路旁的山景中斷，浮現半個籃球場大小的水泥地，後面有幢兩層樓的水泥樓房，門楣上掛著金色的警徽和一盞紅燈。

我控制車子轉進空地，停在樓房前。車燈和引擎一關上。四周霎時轟然響起蟋蟀清脆的摩翅聲，還有零星的蛙鳴。

王萬里和我下了車，除了頭頂夜空的星星，派出所內透出的燈光是唯一的照明，四周只能看到像是房屋或山脈的朦朧輪廓，在漆黑的夜色中裁出一連串模糊的影子。

一個瘦小的人影坐在派出所門口的階梯上，他朝腳邊撥了撥，手撥的地方霎時射出一道筆直的光束，然後他提起那道光，朝我們走了過來。

「王先生和霍先生？」他走近時，我看清他提著一具手提式的探照燈。

「是的，」我的夥伴說，「請問林所長在嗎？」

「不好意思，林所長今天早上突然接到通知，下山到縣警局開會，」來者是個頭戴毛線帽，看不清楚容貌的男子，「我是村裡的小學老師沈雨彤，水舞節期間兩位就住在我家裡，請跟我來。」

※※※

「真的嗎？」王萬里朝面前開啟免持聽筒的電話機說。

『是啊，我又要升官了，不過升的不是薪水，而是海拔高度，』電話機傳來一個深沈緩慢的男聲，像半個世紀前的酒吧中，即席演奏的爵士樂手，『中部另一個山區小鎮的派出所，對方希望我儘快上任，所以要我到縣警局辦交接，陪新所長回村子後就立刻過去。』

「那先恭喜您了。」

『或許長官嫌我在檔案室待太久，要把職歷中該調的份一次補回來，』電話裡的聲音笑了兩聲，『說到這個，火腿收到了嗎？』

「收到了，」王萬里說：「事實上，上次託我帶火腿的那位朋友，現在正在來台灣的飛機上。」

『哦？』

「他才切一片試吃就說味道不對，要到台灣教魯子堯怎麼做，如果不是要準備一大堆材料和工具，早就和我們坐同一班飛機過來了。」

電話裡的聲音又笑了，『旁邊是霍先生嗎？』

「林警官，您好。」我說。

『我聽縣警局的人說過。他們兩年前率團到紐約市警局參訪，當時接待的聽說是個個子瘦小，沒有明顯特徵的華人，應該就是您吧？』

「應該是，」我在擔任攝影記者前，是紐約市警局的刑警。除了偵辦刑案，偶爾也代表市警局接待來訪的賓客，「我想起來了，當時貴單位為了參訪都市游擊戰的預防和因應措施，市警局才會派我接待。」

『當時參加的的員警現在還說您介紹得相當生動，讓他們留下深刻的印象。』

「您過獎了。」希望他們所謂的『深刻印象』，不是指鎮暴槍後座力震出的大片瘀青，或是像在近身格鬥課被摔得七葷八素之類的。

『我會試著在水舞節之前趕回村子，希望到時候能有時間聊聊，』林警官停了一下，『不用擔心，沈老師會照顧兩位，好好休息。』

「您也是，不用擔心我們。」王萬里掛上電話。

沈家一樓的客廳在放進兩張三人座的淺黃木質長椅、茶几、一部放在矮櫃上的電視後，還夠容納十幾個人，偌大的空間在山區杳無人聲的深夜中透出一股寂寥，四面牆壁石灰的寒磣色調，更加深了這種感覺。

沈雨彤帶我們到客廳撥電話後，就一個人到客廳後的廚房泡茶，我站起身環顧四周，試著找一個能轉移注意力的目標。

石灰牆上十幾幀鑲上深色木框的照片，從頭部相齊的高度一字排開，照片在長期西曬下已經褪色，積年的灰塵在玻璃鏡面上凝成化不開的霧，但還能辨識出有十幾個朦朧的人形，手牽手圍成一個個圓圈。

「這就是——水舞嗎？」我貼近玻璃鏡面。

「嗯，」轉過頭去，王萬里站在我身旁，「水舞是以色列的一種傳統土風舞，原本是為了慶祝在沙漠開墾時找到水源，她的名字『Mayim——Mayim』，在希伯來文就是『水，水』的意思。」

「台灣是在一九五七年，由美國加州一個名叫李凱・荷頓的土風舞老師來台表演時，介紹給這裡的土風舞社團，」隨著一個清朗的男中音，沈雨彤推著鋁質茶車走進客廳，「現在幾乎所有的土風舞社都會教授水舞。日本甚至一度列入中小學的課程標準。」

「這是——」我望向茶車。

「高山茶，台灣山區的特產。在這裡喝要比平地便宜，而且不必擔心會喝到非產地的次貨。」沈雨彤說：「因為家裡很少有客人，我通常晚上吃得很隨便，如果兩位餓了的話——」

「不用麻煩了，我們不餓。」我連忙說。

王萬里也走了過來，「好香，是綠茶嗎？」

片刻之後，客廳的空氣在氤氳的茶香中甦醒過來。

我接過粗陶小杯呷了一口，長途駕駛疲憊的身體，在淺黃色茶湯的洗滌下，如茶葉般緩緩舒展，「茶是村子裡種出來的嗎？」

沈雨彤頷首，「今年我們才開始試種，產量並不多。這裡主要的經濟來源是種植高山蔬菜和水果。附近的河中還架了魚輪——」

「村子裡有魚輪？」我抬起頭。

「照著國家地理雜誌上的照片做出來的，不過捕魚的效果並不好。」他聳聳肩，「這裡河流的流量差距太大，平時水流太弱，魚輪轉不動；颱風天滿水位時，撈起來的石頭和漂流木比魚還多。——你看過魚輪？」

「我小時候在阿拉斯加的育空地區長大，那邊魚輪很常見，以前和家人還建過兩三部。有空我可以檢查一下，看是不是有什麼地方可以修改的。」

卸下毛線帽和羽絨外套的沈雨彤，和印象中在山區討生活的人有很大的差別。他看上去約莫二十來歲，身形中等，五官和臉龐細瘦，梳成右分頭的細直髮絲沿著眉線，蓋住了一部分右額角和臉頰，也讓外表多了些許文人的憂鬱氣質。

我瞥向電視，上面擺了一部鋁片組裝的蒸汽機模型，金屬表面已經轉為暗沈的灰白色，但還能分辨出像汽缸、曲柄之類的細小部位，「那個也是沈先生的作品？」

「只是消磨時間的小玩意，」茶車卡式爐上的水壺冒出熱氣，他提起壺把，將水傾入粗陶茶壺中，「我大學唸的是機械，回到山上之後，除了幫村民修修電器，有時也做一些小東西打發時間。」

「應該不止吧，」模型旁有個漆成軍用品的草綠色，像注射筒的金屬圓柱，「這裡的機械系，有上爆破相關的課程嗎？」

「哦，那個，」沈雨彤順著我的視線望去，「以前在水泥礦場工作時因為工作需要，考過爆炸品管理及使用的證照。現在村子裡有時候會到山上採集蓋房子用的石材，所以我這裡還存著一點黑火藥。」

「原來如此。」

「不過能看出那是手拉引爆器的人，應該也不是普通的觀光客。」他拿起茶壺，斟滿我們兩人的杯子。

「我以前在大學唸的也是機械。」我拿起茶杯湊近鼻端，「說到這個，我們開上山時，好像沒看見其他的遊客，他們住在——」

「你們是第一批上山的，其他的遊客都住在山下的溫泉飯店，明天才會上山。」沈雨彤望著電視後一片黑的窗外：「你應該也發現到了，村子裡其實沒有多少人，不過山區的人都很好客，前幾天就安排好可以提供住宿的人家，加上學校空置的校舍，住宿上並沒有問題。」

「到時候的活動場地在——」王萬里問。

「村子裡小學的操場，這裡山區的村落一般都有籃球場和操場，到時候操場會升起篝火，除了可以圍著跳舞之外，不會跳舞的可以坐在一旁，除了村中婦女準備的餐點，還能欣賞山區的夜色。」

「在機場租車時，櫃台小姐聽說我們要來這一帶，就和我們推薦這裡的水舞節。」

「哦？他們怎麼說？」

「他們說水舞節是『發展地區觀光的成功典範』。」

「發展地區觀光的成功典範？」沈雨彤輕笑一聲，那聲音似乎在說：『拜託，饒了我吧。』發現萬里和我的目光後，他笑了笑，「別誤會，我只是覺得像我們這種剩下沒幾個人，也沒有什麼名勝的小村落，實在擔不起這麼大的招牌。」

「不過會以舞蹈作為節日的活動重點，——村裡的居民大部分是原住民嗎？」

「不是，目前村子裡大部分的住戶是二十幾年前，因為高山蔬菜和水果行情看漲而上山開墾的漢人。」他朝一片黑的窗外揮手，「和其他的山區村落相比，這裡除了安靜外，非但不是交通要道，沒有什麼名產，也找不出什麼值得觀光客駐足的景點，直到兩年前一個回到故鄉的居民，用水舞包裝村中在秋季的節慶活動後，才變成今天的水舞節。」

「這個『回到故鄉的居民』，不會就是你吧？沈先生。」

沈雨彤咯咯笑了兩聲，「你為什麼會這麼想？」

「或許就像王爾德所說的：你在裡面放進太多的自我了。」

「是嗎？」他笑了笑。

「這麼說來，整個水舞節的活動全是你——」我說。

「村子裡的人也幫了不少忙，或許因為我是小學老師，他們才願意幫我一起作夢。」

「作夢？」

他支著下頤，望向牆上的照片。

「是啊，作夢。」最後這句話語調很輕，似乎是說給自己聽的。

※※※

山上的清晨多少都帶點寒意，尤其是初秋。

我背著相機走出沈家，沿著門口的小道，朝村落深處緩步而行。大片石板舖面，可以容納一部車的小路貫穿了村落的核心，白色磁磚和紅色屋瓦修飾的兩層家屋自兩側錯落伸展，幾幢房子門口還擺著碑碣般的大塊巨石，彷彿在緬懷昔日以石疊屋的年代。部分屋內傳來電視聲和洗漱聲，顯示屋主正要開始一天的生活。

密生的蘆葦遮沒了村落另一頭的視野，只留下石板路盡頭的一小塊天空。剛走出蘆葦叢，迎面襲來的寒風刺得我閉上雙眼。重新睜開眼睛時，面前的景色卻讓我愣在原地，動彈不得。

石板路向左拐了個彎，路旁的蘆葦像瀑布般沿著陡峭的坡面，一路迤邐落入腳下十幾層樓深，籠罩一層霧氣的針葉林中，濃綠色的山巒左右接比排向遠方，宛如舞台兩側的布幕。

初升的太陽在舞台中央，下方山巒間的霧氣和雲朵如海面般翻騰、旋轉、躍動、平復，陽光反射在無法平靜的雲朵上，呈現出流動變幻的色彩，彷彿有一群舞者在山峰、深谷和森林間穿梭起舞，到最後已經無法分辨出舞者的的人數和身形，只看得到一片不停變化外形和色彩的景致。

我不知呆了多久才拿起相機，對準面前的景色。對好焦距，準備按下快門時，觀景窗外響起一個聲音：

「今天似乎有人比我先佔到前排座椅了。」

放下相機回頭，沈雨彤正站在身後。

「霍先生，早。」他罩在毛線頭套下的臉露出一抹微笑。

「早，」我回頭朝山谷一瞥，「你常來這裡？」

「這條路通往村子的果園和梯田，我們每天都會經過，」他往沿著山壁的石路望了一眼，「很多人只是看一眼而已，我自己倒是常坐在這裡，想些心事什麼的。」

「這個景色有名字嗎？」

「沒有，」沈雨彤說：「前幾年在辦水舞節時，縣政府的承辦人員也注意到這裡，要我們取個名字，用在文宣品和廣告上，當時我建議的名字是『山鄉雯華』，但是後來沒有採用。」

「雯華？」

「在康熙字典裡，『雯』的解釋是『雲成章也』。」王萬里從蘆葦叢走了過來，「關於這個字的詞只有一個：『雯華』，意思就是『美麗的雲彩』。」

「聽起來，倒像是某個女性的名字什麼的。」我說。

沈雨彤望向山谷，「太陽要升起來了，你要拍的話，最好乘現在。」

我順著他的視線望去，搖搖頭。

「不，我不拍了。」我放下相機。

「為什麼？」

「我怕拍下來之後，會捨不得走。」我回頭望了山谷一眼，「這個景色太漂亮了，放在記憶裡，會比放在底片裡要好。——話說回來，萬里，你怎麼會過來？」

「村長的兒子今天清晨到樹林裡砍木材時摔下山坡，衛生所的醫師是內科，所以問我要如何處理。」王萬里在任職記者之前是外科醫師，「雖然我在這裡沒有行醫資格，但應該還能提點意見。」

「他是全村唯一會開大客車的人，而我們今天剛好要載參加水舞節的旅客上山，」沈雨彤說：「我聽王先生說，你以前駕駛過大客車。」

「只要有引擎和操縱桿的玩意我都會開，」我說：「車子在那裡？」

我要駕駛的東西就停在派出所門口，灰白色鐵皮車殼已經長出零星的褐色鏽斑，上面還隱約可以看見某家公司淡淡的銜頭和商標油漆。

「車子是和中古車商買來的，不過經常做保養維修，山路行駛應該沒有問題。」方向盤和排檔桿的滑順感，也證實了沈雨彤的保證。

我扭動鑰匙，車後的柴油引擎發出低吼，車身隨著微微顫動。

王萬里一面揮手一面退後，我朝他揮揮手，踩動油門。鐵皮客車霎時將他和派出所甩在身後，鑽進綠蔭夾道的山路中。

沈雨彤坐在車門旁的欄杆上，懸著的雙腳隨著車身搖晃。

「你開車的技術不錯。」他望向不時和枝葉摩擦的大片前車窗。

「跟獸醫打針一樣。」我雙手靠在加大的方向盤上。

「怎麼說？」

「當你打交道的對象都是會咬人的東西時，技術自然就會變好，」我的回答引來一聲輕笑，「聽你介紹自己是小學老師，村裡的小學在——」

「你早上走過的石板路途中有一個叉路，往上走十分鐘就是，」冷風穿過車窗的縫隙，吹亂了沈雨彤的髮鬢，「雖然掛著學校的銜頭，裡面的職員只有校長和我，教室也只有一間，不過操場就大得多。」

「一間？學生有多少人？」

「六個年級，一共十四個學生。」

「上課都在同一間教室？」

他點點頭，「通常我們會把課程切成好幾段，一次上一個年級，其他年級的學生自習或寫作業。不過剛來這裡的時候還不習慣，有時候上課還會拿錯課本，像是拿著五年級的課本，給三年級上課；或是教美勞課的學生注音符號之類的。」

「除了水舞節外，這裡冬天有什麼消遣嗎？」

「釣魚，烤肉，到附近的森林採山菜和野香菇，」他轉過頭來，「阿拉斯加應該也差不多吧。」

「差不多，」我說：「唯一的差別是，在阿拉斯加，你不用山上山下來回跑。」

沈雨彤笑了笑。

「為什麼會想回到這裡？」

他側著頭瞥向窗外，臉上帶著禪宗會意式的微笑。

「可能在都市玩膩了，」過了一段時間，他才開口：「山區的生活比較單純，受傷的機會要小得多。」

「受傷的機會——」咀嚼這句話時，已經能夠遠眺山下大片低矮的平房。暗紅色的屋瓦和鉛灰色的鐵皮屋頂，在天際交織出毛線衣般的幾何花紋。

「參加水舞節的遊客在——」我左右微調方向盤，避開兩旁的電桿、招牌，還有早起運動的老者。

「鎮上已經廢校的小學。往這邊走。」沈雨彤伸出右手指路。

大客車在沈雨彤指引下，穿過小鎮僅容車身，兩旁林立用巴洛克風格石雕和洗石子裝飾門面的狹小巷弄。沿著小學半個人高的圍牆行駛時，我瞥見穿著羽絨外套，手上提著各式行李的人群，麕集在教室前樹蔭圍成的草地上。

「是他們嗎？」我朝人群的方向呶呶嘴。

「不會吧，鎮長還特地安排他們在教室休息的。」沈雨彤的眼光不斷掠過窗外每一張臉，「到底出了什麼事？」

大客車駛進學校停住，剛打開車門沈雨彤就跳了下去。步下車門台階時。他正走進由各色夾克和外套砌就的堡壘中，尋找可以問話的對象。

一個年輕女子佇立在人圈旁，相隔差不多一步遠。一隻鵝黃色的大號旅行箱立在腳旁。和纖細身量形成強烈的對比，身上單薄的白色洋裝衣襬和及腰的濃黑長髮，迎著初秋的寒風不住飄動。也在她和喧鬧的遊客間，畫下一條分隔人世和天界的分隔線，宛如不食人間煙火的天神。

但她纖瘦而蒼白的瓜子臉上，卻沒有天神的安穩寧靜。她深黑色的眼瞳在教室和人群間不住跳動，沒有血色的雙唇微微張開。教室和群眾彷彿拉住繩索的兩端，在她意識中進行無形的拔河賽。

「請問發生了什麼事？」擠進人圈時，聽見沈雨彤的聲音說。

「有個遊客喝醉了，在教室裡亂摔東西，」一個年輕的男聲說：「最後他甚至掏出槍來，我們只好跑到外面。」

教室裡響起一聲槍響。

我擠到沈雨彤身旁，「報警了嗎？」

「他們說正在請求支援，要等一下才會到。」一個初老男人說。

「好吧，我進去看看。」我轉身準備鑽出人群。

「喂，」男聲來自一個面目黧黑，穿著紅色羽絨夾克的高壯男子，「那傢伙拿的可是真槍，你沒聽見槍聲嗎？」

「聽得很清楚，」我聳聳肩，「那又怎樣？」

鑽出人群，經過女子身旁時，她微微頷首。

「麻煩你了。」輕柔的女子語音像水一般滑進耳中。

我點點頭，走進教室。

教室裡原本整齊排列的咖啡色木質桌椅不是被砸爛，就是傾倒在一旁，滿地都是拆散的桌板和椅腿，牆上已經褪色的蠟筆畫和壁報被整幅撕下，露出赤裸的水泥牆面，剩下的紙頭則在寒風中咱咱作響。酒臭味把空氣凝結成化不開的稠膠，在皮膚上緩緩流動。

臭味的來源坐在黑板前唯一完好的扶手椅上，身上的西裝皺得像洗碗槽裡的抹布，他一手拿著酒瓶，另一手舉起九毫米半自動手槍，照門後是張頂著小平頭的國字臉，還有一隻死盯住我的濁黑眼珠。

要不是面前有支指向腦袋的手槍，這名男子和教室外女子的巨大落差，讓我很想用力掐掐臉頰，確定自己不是在作夢。

「站住，」他用拿著酒瓶的袖口擦了擦嘴，「再過來——我就要開槍了。」

「開槍啊，」我一手握住身旁傾倒的椅背，「看你這副衰樣，我就不信你打得到。」

「你沒聽見嗎？」他搖搖晃晃站了起來，「我真的——會開槍喔。」

「好啊，瞄準這裡？還是打心口會好一點？」我一面說，一面指著自己的腦袋和胸口，「要開就趕快開，不要在那裡像娘們一樣鬼叫鬼叫的。」

「媽的。」他驀地站起身，伸直胳臂，準備扣下扳機。

我擲出椅子，打中他握槍的手，他彎下腰摀住手掌，我隨即踩著課桌躍到他面前，用右膝擊中他的側頭，順勢踩住他的心口落到地上。站起身時，腳下的男子仰躺在一地的雜物中，已經昏了過去。

他的手槍落在身旁的殘骸堆中，Smith & Wesson的制式手槍，退出彈匣，裡頭還有五發子彈。順手將槍插入後腰，用束線帶綁住男子手腳後，我扛起男子，朝教室門口走去。

原本離教室一段距離的人群，此刻全圍在教室門口。

「不會吧，」紅色羽絨夾克打量我和肩上的男子，「你怎麼辦到的？」

「不過是個醉鬼，有什麼好怕的？」我說。

「對不起——借過一下——」隨著一個細弱的女聲，那名女子擠開胳臂和肩頭鑽了進來。

「小姐，放心，」我拍拍肩頭上的人體，「我們待會把這傢伙交給警察就沒事了。」

「不，不是的，」女子說：「拜託你不要把他交給警察。」

「為什麼？」

「他叫邢雲凱，是我的丈夫。」

「是妳的——」我望望男子，再望向她，腦子裡轟地一聲，一片空白，「——丈夫？」

「就算是吧，他把教室搞成這樣，加上身上有槍，總要讓警察帶回去瞭解一下。」剛才報警的初老男子說。

「我們會把他送到村裡的派出所，」人群應聲讓開了道口子，沈雨彤走了進來。「畢竟他和那位小姐至少都是客人，我們不希望只是因為偶然一次喝醉酒，就把對方拒於門外。必要時，村子裡也有警察可以處理。」

群眾響起應和聲。沈雨彤朝客車的方向揮手走去，開始招呼遊客上車。

人圈逐漸解開成一條線，蜿蜒通往大客車的車門。我扛著男子走在最後面，那名女子跟在我身後。

走到車門旁，沈雨彤正扶著初老男子上車。

「對了，這玩意怎麼辦？」我從腰際抽出男子的槍，用拇指和食指捏住槍管，像拿蟑螂似的拎到他面前。

「暫時讓我保管，」他接過槍插進腰帶，「等所長回村裡後，我再交給他。」

我身後的女子瞥見沈雨彤，愣了一下，「你——」

「好久不見。」沈雨彤點點頭。

我扛著男子踏進客車車廂。原本坐在後座幾個身穿防寒夾克的年輕人立刻起身往前擠，讓出一整排空椅。

老兄，原來你這麼不受歡迎啊。我搖搖頭，把肩上的男子放在椅墊上躺平。那名女子也在男子的頭側坐了下來。

「謝謝。」她朝我微微頷首。

「不客氣，」我往車頭的方向一瞥，可以聽見模糊而喑啞的警笛聲，「妳認識沈先生？」

「嗯。」她點點頭，手指輕撫過男子覆著一層鬍渣的臉頰。

跳進駕駛座裡，客車前方停了兩輛閃著警示燈的巡邏車。沈雨彤朝其中一輛車裡的警員揮手，巡邏車發動引擎，開出校園。

「他們拖到現在才過來？」沈雨彤跳上車後，我發動引擎。

「警察都是這樣，不是嗎？」他聳聳肩，「我跟他們說反正沒人受傷，不如讓我把人交給村裡的派出所，他們也同意了。」

我放開煞車，轉動方向盤，大客車笨鈍的車身緩緩挪移。

「對了，你們以前認識？」我問。

「她叫夏雯華，我們三個人以前是同學。」沈雨彤望向窗外，「很久以前了。」

夏雯華——早上在村裡看見的雲彩霎時浮上眼前。

「即使你們認識，但你真的確定要這樣做？」身後的引擎隨著爬坡發出喘鳴，我扳動排擋，

「畢竟那個男人身上有槍，你們這裡的警方也不會置之不理吧？」

「沒用的。」他說。

「為什——」我正要開口發問，腦海中霎時閃過一道光。

男子手持的Smith & Wesson手槍在軍方和民間的槍械玩家並不受歡迎，不過因為價格便宜，所以有很多政府部門採購作為制式武器。例如——

我望向沈雨彤，「不會吧？」

「沒錯，他也是警察。」沈雨彤點點頭，「那間小學本來就是廢校，即使有人證，裡面的東西再破舊，他也可以辯稱不是他打爛的；而且那一槍沒傷到人，最多只是賠點錢、寫幾份報告而已，對他根本不痛不癢。但是對村子而言——」

如果傳出有遊客在活動舉行時開槍，這一年的水舞祭就毀了。——我心裡補足了他沒有說完的話。

我嘆了口氣。「所以——」

「只能把他帶回村子裡，」沈雨彤說：「畢竟他也是客人。」

「聽你的，」我朝車後一瞥：「不過我提醒你，這樣做是惹火燒身。」

「我知道。」沈雨彤點點頭。

車內的遊客並沒有注意到沈雨彤和我的討論。或許是緊張後精神突然放鬆，客車駛出鎮上後，乘客就陸續打起盹，身子就像海草般，隨著車身過彎的韻律左右搖晃。少數幾個眼睛還睜得開的紛紛拿出相機，對準車窗外的山谷和樹林按下快門。

沈雨彤右肘靠著車身托住下巴，彷彿陷入了沈思。
大客車駛進派出所前的廣場時，我首先看到站在派出所門口的王萬里，一個身形高壯的初老男子站在他身旁，村民則是沿著廣場旁的矮牆，三三兩兩聚成鬆散的群體。
車身在廣場中央停定。車門一打開，沈雨彤就跳了下來。
「辛苦了，」王萬里身旁的高壯男子迎上前，拍了拍他的肩膀，「你們回來的時間晚了點。」
「路上出了點意外，不礙事。」沈雨彤點點頭，「阿根還好嗎？」
「幸好有美國醫生幫忙，已經沒事了。」男子朝我夥伴的方向擺頭。
「那就好，——我人不太舒服，麻煩村長幫我安排一下。」
「喂，雨彤——」
沈雨彤沒有理會男子，徑直朝自己家踉蹌走去。
男子搖搖頭，踏進車廂，「各位好，我是村長，首先歡迎各位光臨今年的水舞節——」
我走下車，穿過水泥鋪面的廣場。
「你回來晚了。」他說。
「出了點事，」我回頭望向車子，村民正隨著村長的叫喚走向車門，和下車的遊客會合後，再朝村裡走去，「寄宿家庭？」
「應該全村的村民都在這裡了。」王萬里微微頷首，「遇到了什麼麻煩？」
「我們可能把一個不該弄上山的傢伙帶上山來了，」講完事情的經過時，廣場上的村民已經寥寥無幾，「他現在睡在後座，不過我剛才下手有點重，可能受了點傷。」

「下手有點重？」他望向客車，「好吧，帶我去看他。」

我領著王萬里穿過廣場，走進車廂，村長站在後座躺著的邢雲凱前。空氣中瀰散的酒臭，已經說明他躺在這裡的原因。

「剛才其他遊客跟我說過了，這位先生——」他望了邢雲凱一眼。

「如果村長同意的話，讓他先住在派出所裡如何？」我的夥伴說：「等他酒醒了，再幫他安排住處。」

「林所長到鎮上了，派出所裡還有員警嗎？」我問。

「還有一個今年年初調來，剛從警校畢業的警員。」村長望向車外派出所的灰色建築，噘起的厚唇隱約透出一絲不安。

「不好意思，給各位添麻煩了。」站在一旁的夏雯華又鞠了個躬。

「哦，沒關係，」村長搖搖頭，呵呵笑了兩聲。

「況且他胸部挫傷，左手也有一兩根手指脫臼，」俯身檢查邢雲凱的王萬里抬起頭，「住在派出所有人二十四小時留意，也比住在民宿裡適合。」

「如果不介意的話，派出所的警員會照料他，」村長朝夏雯華說：「我們會安排您住在村民家中——」

「謝謝，」夏雯華點頭，「不過我想和我丈夫住在一起。」

「您確定嗎？派出所只是有員警值班，但是環境上——」

「沒關係，畢竟他是我丈夫，住在這裡，可以就近照顧他。」
王萬里轉向我，「士圖，你確定他們真的是夫妻？」
「呃……試著相信吧。」

※※※

面對參加水舞節的遊客，整個村子展現了好客的誠意。很多住家門口原本就有紅磚或大塊鵝卵石砌成的烤肉爐灶。入夜之後，村民紛紛把飯廳的桌椅抬出門口，擺上女主人用各式山菜和溪魚烹調的菜餚，男主人則忙著點燃爐灶下的木炭，在火起之後，手忙腳亂地放上肉片，寄宿的客人除了幫忙，也透過手上的相機、舌頭和筷子認識對方。用不了多久，雙方就從椅子改坐在門口的石階上，一手拎著啤酒罐或瓶子，另一條胳臂勾著對方的肩頭。各戶門口不約而同豎起一道道通往夜空的烟柱，四周不斷響起歌聲、鼓掌聲、還有煙火般的轟然大笑。

和外頭相比，沈家的空氣顯得安靜許多。這一天剩下的時間，沈雨彤都把自己鎖在二樓的房間裡，在晚餐時下樓煮飯，招呼我們用餐後，他又鑽進一樓後方的廚房裡，從客廳可以聽見篤篤的菜刀聲，還有油鍋零星的爆響。

王萬里和我不想打擾我們的東道主，我的夥伴拿出節日當天會用到的錄音機，逐一按下每個按鈕檢查，我也從器材袋裡拿出相機拆下鏡頭，清理內部的機件。客廳裡只有單調的機器叩擊和鎖上、鬆開金屬卡筍的聲音，和左右鄰居的氣氛未免不太搭配。

剛把器材放回袋裡，沈雨彤從廚房走了出來。

「我要到派出所送飯，」他舉高右手提著的三層金屬飯盒，「麻煩兩位幫我看一下家。」

「我們剛好也要出門，」我站起身，朝萬里使個眼色，「萬里剛剛才說要檢查村長兒子的傷勢——萬里，是不是？」

「嗯，沒錯，」他點頭，「時間差不多了，去看一下也好。」

「那好吧。」

我們三人走出屋子，沈雨彤帶上大門，往派出所的方向走去。清冷的月光照在他的身上，在道旁喧鬧的遊客和村民反襯下更顯得單薄。

沈雨彤走遠後，山區深夜的寒氣像鬼魅般撲上身，我打了個抖。

「為什麼那麼急著出來？」王萬里微微一笑，「難道你要跟沈雨彤到派出所去？」

「外面那麼熱鬧，我只是不想待在屋子裡而已，」我張望四周，「況且，我可不想當電燈泡。」

「電燈泡？」一面說著，王萬里邁開腳步。

「我一直在想，沈雨彤會讓邢雲凱上山，會不會是因為夏雯華的緣故？」

「或許吧。」王萬里的長靴踏在石板地上，發出清脆的敲擊聲，他指向前方一幢兩層樓的建築，「喏，村長家就在那裡。」

村長坐在門口用石板鋪成的台階上，左右各坐著一名男子，從一旁院子裡爐灶的餘燼和三個人手裡拎著的啤酒罐看來，應該剛吃過飯，正在享受戶外的習習涼風。

「王先生，你們怎麼來了？」村長看見我們，連忙站起身來。

「我們只是來看看阿根，不用客氣了，」我的搭檔望向村長身旁一個絡著右臂，身材高大結實的青年，「手還好吧？」

「謝謝，已經不會疼了。」青年微微扭動用三角巾固定的右臂。

「那就好，不要喝太多酒。——手指張開再合攏看看。」王萬里扶起對方的右臂仔細檢查。

有人拍了拍我的肩頭，轉過頭去，早上那個身穿紅色羽絨夾克的男子站在旁邊。

「嗨，功夫大師。」他已經換上格子花紋的棉布襯衫和牛仔褲，輕晃著手上的啤酒罐。

「你住在村長家裡？」我問道。

「我原本打算水舞節後到附近登山，帶的裝備多了點，」他點點頭，「村長看我的行李比其他的觀光客多，就要我住在這裡。」

「早上的事我聽說了，」村長握住我的手，「謝謝。」

「沒什麼，是沈先生處理得好。」

「坐一下再走吧——要不要來罐啤酒？」我到現在才發現村長的腳邊有只紙箱，他正從裡面拿出兩罐啤酒。

王萬里和我接過易開罐，找空位坐了下來。

「對了，雨彤怎麼沒跟你們一起來？」村長問。

「他去派出所送晚飯給邢雲凱夫婦，」王萬里拉開拉環，啜了一口，「現在傷腦筋的是，邢雲凱酒醒了之後，要讓他們住在哪裡？因為早上的意外，如果安排他們住在村民家裡，多少有些尷尬。」
「雨彤下午有打電話來，要我問所長能不能借用空置的警察宿舍，」村長說：「那位邢先生也是警察，住在宿舍應該沒有問題，所長也同意了。」
「什麼？那傢伙是警察？」紅色羽絨夾克猛地立起身，手上的啤酒灑了幾滴出來。
「拜託，警察也是人哪。」我望著他笑了出來。
「我原本以為他是流氓什麼的。」
「如果他真的是流氓，沈先生就不會放他到山上來了，」我頓了一下，「不過和我們以前採訪的對象相比。沈先生未免有點——」
「陰暗？」
我轉向村長，「您怎麼知道我要說這個字？」
「雨彤以前不是這樣的。」
「哦？」王萬里說。
「該怎麼說呢——」村長像是尋找答案似的抬起頭，頭頂的夜空張開鑲滿亮點的黑色幕幔，似乎在為他準備一個可以開口的舞台。
「雨彤出生不到半年，母親就因為山崩遇難，基本上是全村人一起帶大的。他的父親也是老師，除了教村裡的孩子，因為以前讀過農校，也教村民如何照顧果園和栽種蔬菜，所以我們大家都很熟。」過了不知道多久，他才緩緩吐出一個個詞彙，「我還記得雨彤小時候非常調皮，帶著村裡的孩子滿山遍野到處亂跑，經常玩到天黑還不回來。」

「我還記得有一次他帶著我們到對山抓螢火蟲，結果因為追螢火蟲愈跑愈遠，根本忘記了要回家，直到隔天早上才回來，還被你打了一頓。」村長的兒子說到這裡，笑了出來。

村長拍拍兒子的頭，「後來他到台北讀師範學校，畢業前一個月寫信回來，說在台北交了個女朋友，畢業後會找時間帶回來讓父親看看，但我們一直等到畢業典禮過了，暑假也過了，都沒看到雨彤的人影。等到他回到村子時，已經是冬天了。

「他整個人瘦了一圈，T恤和牛仔褲根本是掛著，而不是穿在身上，而且都破破爛爛的，他的眼白全是血絲，頭髮又長又髒，腳上的運動鞋已經變成黑色，上面還有一點一點的血跡，就像是──從台北一步一步走回山裡來的一樣。

「我不敢確定面前的這個人是雨彤，過了好久才小聲的問：『雨彤，你的女朋友呢？』

「他那時似乎沒有聽見，只是一直走著，慢慢走進家裡。

「後來雨彤的父親才告訴我，他的女朋友在畢業後不久要求分手，和另一個同學結婚，他當時腦袋一片空白，四處流浪了好幾個月才回家。當時雨彤的父親已經退休，學校的老師職缺空了好久，當時的校長就邀請雨彤先幫忙教幾個月，因為他真的很稱職，學校正式聘請他當老師。但是從那時開始，雨彤就像現在這樣，一直不是很開心。村子裡的人幫他介紹了好幾門親事，但是都被他回絕了。

「直到兩年前，因為村子裡的人口一直在減少，當時雨彤提出水舞節的點子，而且也的確很有效，」村長喝了口啤酒，「不過現在回頭想想，當時我們會答應，與其說是為了村子，倒不如說是為了雨彤。」

「這樣啊——」我們兩個人不約而同抬起頭來，弦月已經悄悄升到天頂，「時間不早了，村長，謝謝您的酒。」

我們離開村長家，朝沈家走去。離沈家還有一段距離時，只見沈雨彤坐在家門口的長條凳上。我正要走上前去，卻被王萬里一把拉住。他伸出食指搖了搖，目光撇向沈家。

沈雨彤沒有發現我們，他的視線投在遠處朦朧中的一個紅色光點。

村口派出所門口的紅燈。

費茲傑羅筆下的蓋茲比用盡手段成為名流，只為了每晚在家中眺望海灣對面另一間別墅中的燈火。

沈雨彤，你又在眺望著什麼？

※※※

原本沈雨彤隔天一早就要到學校，查看操場的布置情形，我們兩個人應該也在村子裡四處拍攝照片，逗逗小孩，和村民攀談，為明天的水舞節蒐集背景資料。

不過已經過了村中開始活動的時間，我們三個人還待在客廳裡。

今天一大早，沈家的訪客就沒有斷過，從小孩到老人都有。這些人敲門的節奏都很急，如果我開門晚了一點，沈家單薄的木門恐怕會被門外的訪客推倒在地。

到最後沈雨彤索性大開家門，兩個鐘頭後，幾乎整個村子的人都擠在沈家的客廳裡，擠不進來的就圍在屋外，踮著腳尖朝室內張望。

前幾天安靜到有些寂寥的客廳，此刻此起彼落的話聲像魚塘中擠得滿滿的活魚，正在室內不停游動和翻騰。

而且每一尾活魚不停開合的嘴，訴說的主題都差不多。

「那個人把村子的魚輪推倒了，現在河岸上都是碎木材和死魚。」

「他把我家的小孩嚇哭了，現在還在家裡發抖，連早飯都吃不下。」

「他朝我家阿嬤踹了一腳，剛剛才送到衛生所去。」

「我家門口曬著的魚乾和鹹豬肉被他弄倒在地上，一年的心血都泡湯了。」

邢雲凱才花了不到一天，就證實前一天我個人對他的評價。

他真的，真的不是個能帶上山的傢伙。

「沈先生，」最後在山下報警的初老男子做了總結，「你是活動的主辦人，總該拿個主意吧？」

沈雨彤抬頭往天花板瞄了一眼。

「好吧，」他吁了口氣，「我們去找他。」

他推開人群走出屋外，屋裡外的人逐漸收攏，跟在他身後。

走不了多遠，就看到邢雲凱沿著石板路彳亍緩行，右手握著一支深褐色的玻璃啤酒瓶，襯衫前襟的扣子已經扯開，露出裡面的白色圓領汗衫，他的妻子拉著另一隻胳臂，試著將他拉往派出所的方向。

「唷——這就是——那傢伙小時候住的地方啊？」他提起酒瓶喝了一口。

「雲凱，你行行好，我們回去好不好？」夏雯華的聲音和他相比，顯得虛弱無力。看到早上抱怨的對象，眾人立刻鼓噪起來，走在前面的幾個已經邁開步子，準備撲向邢雲凱。沈雨彤朝群眾輕輕揮手，所有人倏地停了下來。

他走上前，「雲凱，夠了。」

「這不是——我們的老師大人嗎？」邢雲凱咧開嘴，露出醉酒者常見的恍笑，「有——什麼指教？」

「你把村民嚇壞了，」沈雨彤說，「跟我回去。」

「少囉嗦！」邢雲凱右手一甩，夏雯華單薄的身子像張紙飛了出去，重重落在路旁的大塊板岩上。

「你只敢躲在這個破村子裡教書，還敢拿我怎麼樣！」他另一隻手舉起玻璃瓶，預備朝沈雨彤頭頂砸落。

兩顆半個拳頭大的卵石飛過沈雨彤肩頭，一顆打碎半空中的酒瓶，玻璃碎片灑了邢雲凱滿頭滿臉。另外一顆不偏不倚擊中額角。邢雲凱眼睛圓瞪，嘴巴微開，表情凍結在像是領悟什麼真理似的狀態，接著慢慢往後倒下。

沈雨彤回過頭，剛好瞥見我來不及放下的右手。

「抱歉，」我放下手，「反射神經作祟，不關我的事。」

背後不知道是誰先噗哧一聲笑了出來，所有人緊繃的表情也跟著放鬆，就像剛參加某個嚴肅的祭典後，聽到宣布可以收拾東西回家似的。

「好了，麻煩各位幫忙，把他扛到派出所去，」召來幾個村民後，沈雨彤扶起夏雯華，「沒事吧？」

夏雯華勉強立起身，搖搖頭。

「我沒事。」話剛說完，一絲鮮血瞬即從髮際溜下，在臉頰畫下刺眼的線條。

沈雨彤拿出手帕交給她按住髮際。護著她往衛生所走去。

衛生所醫師包紮好夏雯華頭上的傷口，沒有腦震盪，不過要觀察七十二小時才能確定。

「村長說歡迎妳這幾天住在他那裡。」沈雨彤說：「待會醫師會陪妳過去。」

夏雯華搖搖手，「我想在村子四處走走，晚一點我自己過去。」

「王先生，霍先生，能不能麻煩你們陪她到處走走？」沈雨彤轉向我們，「我先去派出所看一下。」

在衛生所門口和沈雨彤道別後，夏雯華朝我們鞠了個躬。

「我丈夫給大家添麻煩了。」

「該道歉的是我們，」我說，「畢竟妳丈夫是我們打傷的。」

「說到四處走走，」我的夥伴說，「夏小姐，昨天村長帶我到村外繞了一圈，能不能陪我們去看看？」

「不過——」夏雯華回頭望向派出所的方向。

「有沈先生照料，他不會有事的。」我說。

夏雯華點點頭，我的夥伴領頭往村子另一頭走去。

「不好意思，您和王先生是——」夏雯華說：「因為兩位看起來不像是本地人。」

「我們是派出所所長的朋友，」我說：「所長出差還沒回來，所以暫時住在沈先生家裡。」

「不過先聲明，我們不是警察，」王萬里回過頭來，「只是兩個從美國來台灣度假的觀光客而已。」

我們三個人穿過分隔村子的蘆葦叢，早已爬到頭頂的太陽散去了山坡下籠罩的霧氣，露出針葉林槍尖般的深綠樹梢。

「現在時間有點晚了，」我說，「如果清晨到這裡，下面可以看得到雲海——」

「我看過。」夏雯華朝山下張望。

「妳看過？」

「以前在大學時，雨彤曾經把這裡的照片帶到台北，」夏雯華說：「當時我說希望能來這裡看看，他說下面的針葉林裡，有更美的地方。」

「更美的地方？」王萬里微微一笑，「跟我來吧。」

沿著路朝山下走去，腳下的石板路逐漸換成堅實的黃土路面，再轉為有點鬆軟的泥土。進入針葉林後，兩旁的杉樹在頭頂展開濃蔭，穿過枝葉的陽光在地上投下聚光燈般的光暈，空氣中瀰漫著針葉樹濃厚的油脂味。

前方傳來王萬里的聲音：「當初怎麼會想到來看水舞節？」

「是雲凱建議的，」夏雯華說：「他說這幾天剛好有假，問我這幾天能不能陪他一起過來度假。只是沒想到他——」

「喝醉酒差不多都是這個樣子，我們紐約就有新聞主播說：如果把警方臨檢酒醉駕車的蒐證記錄剪接成帶子，絕對可以排上黃金時段。」我停了一下，「不過他喝的未免也太凶了點。」

「其實他平時很溫柔的，只不過——」

「是嗎？」前方突然浮現王萬里修長的身影，「我們到了。」

他挪開身子，原本佔據樹林每寸土地的杉樹在前方退向兩旁，露出半個籃球場大的空地，茸生的青草和零星的野花圍著中央一汪深藍色的湖水，湖面在毫無修飾的天光反映下，透出藍寶石的深邃光影。

四周很安靜，問或傳來一兩聲鳥鳴。

「昨天你們上山時，村長帶我過來的，」我的夥伴說：「當初村民在開墾菜園時發現這裡，就保留做為休息和散心的地方。原先秋天收成之後，會在這裡舉辦簡單的慶祝宴會，除了慰勞大家一年的的辛勞，也感謝老天爺在這一年賞口飯吃。在宴會擴大成水舞節之後，因為怕遊客打擾到自然環境，就移到村子裡的小學操場。——據說在晚上，這裡的景色更美。」

「晚上？」夏雯華說。

「聽說在晚上時這裡一片黑，只有月光反映在湖面上的深藍色光，幸運的話，可以看到湖面上浮現月亮的影子。」

我們三個人站在湖畔，原本平滑像寶石切面的水面，浮現一圈圈漣漪。

我張望四周，突然一個東西掉在掌中。低頭察看，手心裡有一塊指節大小的卵石。

轉過頭去，王萬里籠進風衣袖管的雙手在胸前交疊，他面前的水面，正畫出一圈圈波紋。

「要打水漂嗎？」他說。

我把石頭舉到眼前，笑了出來。「我還在納悶，為什麼會有兩顆石頭打中邢雲凱。」

「拜託，你那種扔法，找個會走路的孩子，扔得都比你遠。」

「是嗎？我就不信。」我手一揮，石子在水面彈了三次才沈入水中。

王萬里轉向莊雯華，「要不要試試看？」

「我？」

「我小時候在加拿大照顧牛群時，經常在河邊練習打水漂，對抒解壓力很有幫助。」他伸出藏在袖管的右手，掌心有兩三顆碎石。

夏雯華伸出右手，我的夥伴彈出手上的石子，夏雯華手一顫沒有抓牢。直到第二顆才用左手接住。

「聽沈先生說，你們三個人原本是大學同學。」王萬里擲出手中的石子。

夏雯華頷首，手上的石子在湖面只點了一下，「其實在畢業時，我們曾經考慮要結婚。」

「那為什麼——」我問。

「家父是商船船長，」夏雯華坐了下來，「我畢業那一年，有人託他轉交一批珠寶到香港，結果船隻遇到颱風，人和船都沒有回來，貨主找到家裡，要我和家母賠償那批珠寶的損失。」

「問題是那是令尊和貨主的協議，只要拋棄繼承不就行了？」說到這裡，一個念頭突地浮上腦海，我望向萬里，「難不成——」

「因為那批珠寶，並不是『合法』申報交運的『貨物』，」我的搭檔點頭，「我聽說以前黃金價格看漲時，香港某些人以重金請民航機的駕駛員，將金條縫在救生衣的夾層裡，好規避像稅捐和攜帶貴金屬入出境的管制。法律在這些人的眼裡，跟街頭的傳單差不多。」

「當時邢雲凱告訴我，他會找人和那些人談談，讓他們收手，」夏雯華遲疑了一下，「唯一的條件，是要我嫁給她。」

「他有那麼大的能力說動這票人？」我問。

「邢家是知名的警察世家，從祖父時就在日本人的警局任職，現在家族裡還有很多人在警界服務，只要他家裡的人開口，那些人至少會聽得進去。」

難怪上山那天沈雨彤會那麼說。有這種背景的傢伙別說砸爛教室，就算用炸藥轟掉整棟校舍，恐怕這裡的政府機關還會頒張獎狀給他，感謝他美化市容。

「結果妳答應了？」

「我沒有選擇，」兩行淚水滑過夏雯華的臉頰，「當時我只是個剛畢業的老師，我能有選擇嗎？」

王萬里拿出手帕，塞進她手裡。

「謝謝，」夏雯華擦乾眼淚，深吸了一口氣，「其實和雲凱結婚之後，日子過得還不錯——」

「真的嗎？」我的夥伴一把抓住她的右手，捲起袖管。

我正要出聲阻止，但看到夏雯華右臂的剎那，忍不住倒吸一口氣。

白皙的肌膚上全是一塊塊由紫黑到殷紅的瘀青，讓整條手臂看上去像是格林威治村假日時展示的手工拼布床單，仔細端詳，還可以發現一兩條縫線的痕跡。

「這——」我張大嘴巴。

「這叫『日子過得還不錯』？」我的夥伴放下夏雯華的袖管，「他也真夠厲害的，還曉得挑衣服遮得到的地方動手。」

「他每次喝醉酒時就會動粗，酒醒了就會像個孩子般道歉。」夏雯華托著下巴，「我真的不知道是該恨他，還是該可憐他？」

「或許兩者都有吧。」背後傳來一個聲音，回過頭去，沈雨彤正站在我們後面。

「雨彤。」轉頭髮現聲音的來源時，夏雯華愣住了。

「喜歡這裡嗎？」他抬頭張望四周，「當初我告訴他們擔心遊客會破壞環境，把會場改到學校的操場。事實上，是想把這個地方留給妳，因為這是我們畢業時的約定。——不過，好像隔太久了。」

他低下頭正對著夏雯華的視線，似乎思索要如何開口。

「邢雲凱不能給妳的幸福，我會親手交給妳。」

說完這句話，沈雨彤就轉過身，朝村中走去。

※※※

「那個是──音響嗎？」我透過單眼相機的觀景窗，端詳沈雨彤蹲在地上，調整一部大約半個人高，有喇叭和錄音卡座的機器。

「哦，那個叫卡拉ＯＫ，在台灣很常見，」我的夥伴坐在一旁，膝上放著手提式的打字機，「因為可以接麥克風，播放錄音帶，有時候辦活動時，會把它當成音響設備用。」

小學位於村子角落一片有兩個籃球場大的高地上，只有一層樓的校舍隔成三間教室，前面灰撲撲的黃土地是操場，學校四周沒有圍牆，垂掛在校舍一角當上下課鈴的銅鐘，就是不成文的校門。

這天晚上，操場四周擺滿村民用從家中搬來的桌椅，中間留出一片圓形的空地，空地中央用圓木堆成井字形的柴堆，等待水舞節開始時點燃。

大部分的村民和遊客已經在會場坐定，或是四處走動，和人寒暄問候，但還有人不停穿梭在連接學校和村中的步道，將在家中做好的菜餚和點心送到會場。站在操場朝下望，可以看見每個人身上的手電筒，在村子和學校中串成一條光鏈。

邢雲凱坐在會場偏僻的一角，面前的桌上放著酒瓶，他整個人陷在摺疊椅帆布的靠背裡，視會場來回走動的人群如無物，因為這幾天的事件，其他人似乎也刻意躲避這個瘟神，緊鄰他四周的桌椅，全都是空的。

「希望他今天不要惹出什麼亂子來。」王萬里說。

「沒關係，我這裡還有石頭，夠對付這小子的，」我轉動對焦環，將焦點對準邢雲凱，「萬里。」

「嗯？」

「你怎麼知道夏雯華手上有傷？」

「我丟石頭給她時，她第一次沒接住，」他說，「她第一次直覺用慣用的右手去接，但是因為手傷疼痛縮了回去。第二次才改用左手接。這一點引起了我的懷疑。」

「這樣啊——」

「而且從那些傷口，你可以讀到很多東西，」他停了一下，「像是她手上有些撕裂傷雖然很嚴重，但是事後的縫合和清理做得很不錯，表示那個混蛋在打傷她之後，還記得要好好照顧她。」

「天啊，你不要告訴我，這叫做什麼『打是情，罵是愛』的。」

「不，」他說，「就像警察偵訊犯人喜歡玩『黑臉，白臉』一樣。心理學家在分析許多家暴案件時發現，許多家暴加害者經常透過在加害後的細心照料，透過被害者的情感矛盾，建立和加害者更為緊密的鏈結，也就是所謂的『鞭子和糖果』。」

一個身影走進觀景窗的視野。

「天啊，不會吧。」我說。

「怎麼了？」王萬里說。

「是沈雨彤。」

身穿羽絨夾克的沈雨彤拉開邢雲凱身旁的椅子坐下，從側面看不見他的表情，但能隱約瞥見嘴唇開合。

「他似乎在和邢雲凱說些什麼。」

不過邢雲凱對桌上的酒瓶比身旁的同學更有興趣，面對正在說話的沈雨彤，他只是不時拿起瓶子淺酌，偶爾吐出一兩個字。

我正專注在觀景窗內，準備調整焦距時，耳朵突然傳來『轟』地一聲，一道白光刺進觀景窗內，臉頰同時感到一陣熱辣辣的灼痛。

我連忙閉上眼睛，拉開相機，重新睜開眼睛時，操場中央的篝火已經點燃，鮮紅色的火燄整整竄上一層樓高。

「你還好吧？」王萬里轉頭打量我。

「剛才是第三次世界大戰爆發嗎？」我摸摸臉頰，上面已經烘出一層薄汗。

「你太誇張了，只是村長點燃篝火而已，」他拍拍我的肩膀，「不過柴堆被油浸透，一點火就燒了起來。」

拿起相機，沈雨彤已經站了起來，他右手停在桌上，取代了酒瓶的位置。邢雲凱則是死死盯住他的右手。

看起來似乎沈雨彤把酒瓶掃到了桌下。

他轉過身朝會場走去。沒再看邢雲凱一眼。

沈雨彤走到剛才調整的機器旁撥了下開關，輕快的舞曲霎時流瀉而出。原本坐在四周的村民站起身來，拉著身旁的遊客走進空地，圍著篝火結成一個圓。

他走進空地，執起兩個村民的手，望向校舍角落。

順著他視線的方向，只見夏雯華站在校舍一角的銅鐘下，凝視著空地內的人圈。

村民隨著沈雨彤的加入，開始牽起鄰人的手，圍著火圈跳起簡單的四拍舞步。

在旋轉一兩圈之後，在舞曲的節奏帶動下，人圈的轉動愈來愈圓滑輕快，將觀景窗對準廣場中央，可以捕捉到好幾張大笑、吹口哨、歡呼的臉。

篝火似乎也吸進了舞者和四周的能量，竄得愈來愈高。

耳畔隱約還聽到萬里敲擊打字鍵的聲音，在為空地中央的舞曲伴奏。

正當人圈已經轉到快分不清誰是誰時，一聲沈悶的爆響打斷了舞曲。人圈應聲斷開一道缺口。

沈雨彤倒在人圈的缺口處。旁邊的村民愣在原地站了幾秒，接著發出淒厲的尖叫聲。

「所有人留在原地！站著不要動！」我扔下相機時，我的夥伴也丟下打字機一面高喊，一面朝沈雨彤的方向跑去。

我們兩個人跑到沈雨彤倒下的地方時，只見他面部向上仰躺，雙手張開，眼睛闔上，彷彿正躺在草地上睡午覺般，神情十分安詳。

然而他正在滴著血的頭側，卻戳破了這個假象，血液將他的右側的長髮膏成一片，滴在黃土地上，積成一個淺淺的水窪。

「麻煩一下，把旁邊這幾位的名字記下來，待會所長會用得到，」吩咐過隨後趕來的村長後，王萬里拿出手電筒，檢查沈雨彤的傷勢。

他抬起頭時，目光和跪著他對面的夏雯華對個正著。

「雨彤他——」

我的夥伴搖搖頭，「他死了。」

夏雯華一愣，然後抱著沈雨彤放聲大哭，她死命地搖著他，似乎要把他從另一個世界裡拉回來。

村長把她拉開時，下面的村子裡正隱隱傳來警笛聲。

※※※

「這和我上山時想的不一樣。」林所長——或者說是林前所長——左右看了看。

「是啊，原本我們還以為，可以一起手拿啤酒罐看表演的。」而不是手拿無線電看命案現場，我心想。

身穿藍色外套的警方人員用黃色的封鎖膠帶圍住整個操場，村民和遊客沿著指示路線排成長列，在警員引導下分批帶到派出所。封鎖線內只剩下篝火旁的一灘血跡，證明不久前發生了什麼事。

血跡的主人此刻躺在急駛下山的警車後座，準備送到鎮上的醫院解剖。

林所長和半年前萬里的描述相仿，是個身形高大壯碩的初老男子，他並沒有穿著警官制服，而是山區居民常見的藍色棉布夾克和牛仔褲，配上披在腦後迎風吹拂的灰白細髮，布滿深紋的國字臉。只要再加上闊邊帽、一把獵槍和一匹馬，就可以在西部電影裡客串飽經風霜的牛仔老大了。

王萬里望向校鐘，警方和學校借用了一張課桌放在下面，幾名警員正用毛刷將藥劑刷在等待的村民雙手，再敷上紗布。

「石臘測驗？」他問。

「新來的所長懷疑凶器是槍械，以山區派出所的設備，先保全證據再說。」

「不過你們這個新所長也滿厲害的，」我說：「他一進村子，就知道剛發生刑案。」

「哦？為什麼？」林所長轉向我。

「我們聽到山下有警笛聲，」我說：「我以前執勤的時候，警車只有在執行公務時才能開警笛，你們這裡應該也一樣吧？」

「霍先生，您誤會了，」林所長說：「開警笛是新所長的主意沒錯，但和刑案沒有關係——只是告訴村民『他來了』而已。」

「什麼？」

林所長微微一笑，「見到他之後您就曉得了。——喏，他在那裡。」

「林所長，警官學校不是教過，不要和無關的民眾討論案情嗎？」

一個瘦高個子沿著連接學校和村子的台階走了上來，他身上的寶藍色制服整燙的不像布料，倒像燈籠外面的那層紙，包著他和時裝雜誌男模差不多的骨架，蒼白的尖臉蛋和散發濃厚髮油味的右分頭。都讓人想大喊：喂，你走錯地方了，這裡不是秋季新裝發表會。

「這是新任的派出所所長，葉春榮葉所長，」林所長轉向我們，「他們不是民眾，是我邀請來參加水舞節的朋友。」

「我是紐約前鋒新聞的記者王萬里，這位是霍士圖，我的搭檔。」王萬里遞過名片。

我們兩人的職銜似乎觸動了這位所長腦中的另一顆警笛，他翻看名片，目光不住在我們兩人臉上打量。

「媒體嗎？」他把名片扣在指間彈了兩下，「你們不會報導這件命案吧？」

「我們只是兩個來參加水舞節的客人，您不用擔心。」王萬里說。

「那就好，必要的時候，我會提供新聞稿給你們，照著登就可以了。」他點點頭，「畢竟刑案偵察是很專門的學問，不是像你們這種跑新聞的記者能瞭解的。」

「聽所長這麼說，您對於偵辦刑案應該有很豐富的經驗了。」我說。

「還好，警大畢業後派到ＦＢＩ的訓練中心受訓一年，上個月前才回國。」他望向我，「你應該當記者沒多久吧？」

「說來慚愧，到報社還不到一年。讓您見笑了。」

「在那間大學的新聞系畢業？」

「抱歉，我畢業的學校沒有新聞系，」我吸一口氣，想辦法讓自己不要笑出來，「紐約警察學校八〇年班畢業，在市警局服務五年，去年剛從刑事組離職，請多指教。」

他兩道像畫上去的眉毛霎時揚起，大半個眼珠露了出來，就像啟示錄裡有七顆頭和十隻角的魔龍出現在他眼前。我突然感到一絲懊惱：為什麼沒有把相機帶在身上？

「呃……喂，石臘測驗的結果好了沒有？」他轉身朝在校鐘的警員走去。

「林所長，不好意思，」我轉頭問林所長，「這位新所長為什麼會被派到這裡？」

「是他自己請調的，」林所長聳聳肩，「有很多有企圖心的年輕警員會選擇請調到山上，除了有額外加給，在山區服務的記錄會讓資歷比較完整，日後升官的機會比較大。——不過，那也要以後有機會才行。」

我們的新所長走了回來，右手高高拎起一只塑膠袋。

「有發現了，」他搖搖手上的袋子，「經過石臘測驗之後，只有一個人手上有開過槍的痕跡。」

「是誰？」林所長問。

「據這幾天在派出所值班的員警說，他叫邢——雲——凱，」葉春榮望向手中的紙條，這時我才看清楚塑膠袋裡的東西，「現職警員，他腰上有佩槍，同時他的座位下有一發四五口徑的彈殼，裡面還有火藥味，應該剛擊發不久。」

※※※

「我沒有殺人！」邢雲凱口齒不清的聲線中多了一絲顫音。這也難怪，如果把一個人從酩酊大醉中搖醒，告訴他剛成為殺人犯，很多人的聲音到頭來都會跟他差不多。

「你除了這句話，還有沒有別的話好講？」葉春榮早就解開了領帶，他朝後靠在鐵質摺疊椅硬梆梆的椅背上，雙手在胸前交叉。

「從他進派出所開始，他的叔叔和父親就一直打電話過來。」林所長說。

「叔叔和父親？」我轉向他。

「一個是某警局的警政監，另一個是大隊長。」他點點頭，「或許有人走漏了風聲。——又來了。」

面前桌上的電話響了起來，林所長拿起聽筒。

林所長、萬里和我正站在沒有燈光的監控室裡，透過佔滿一面牆的單面鏡，察看隔壁偵訊室的動靜，面前的空間沒有窗戶，大小剛好能夠塞進一張木桌、一盞枱燈，還有供兩個人坐的椅子，邢雲凱的椅子特地用角鐵和螺帽栓在水泥地上，以防止他抄起粗糙但重量不輕的木質座椅，打破對面葉春榮的頭。

「您好，我是林努，不好意思，他正在詢問證人，不方便接電話。是，我知道了，我們會秉公處理。是，謝謝長官——」林組長掛上話筒。

「他們應該沒有直接叫你們放人吧？」我說。

「是啊，他們只是要我們『公事公辦』、『秉公處理』、『要掌握充分證據，不要造成冤獄』。」林組長笑了笑，「這些詞彙出現在不同的場合，就會有不同的意思。所以有些美國人常常抱怨中文很難學。」

「你們的新所長知道這件事嗎？」

「就是因為他不知道，才能繼續偵訊下去。」他停了一下，「這也是我唯一能幫他的忙。」

「你難道不怕——」

「聽說我新調任的小鎮海拔高度至少有兩千公尺，唯一的電話在山下的雜貨店，從派出所最快也要走十分鐘。——應該不會有更糟的地方了吧？」

在玻璃的另一頭，葉春榮問道：「聽說你、你太太和死者三人以前是大學同學？」

「沒錯。」邢雲凱點了點頭。
「怎麼會想到來這裡看水舞節？」
「只是聽到有一個同事說這裡有水舞節，好奇而已。」
「如果只是好奇的話，應該還有地方比這裡更好玩吧？」葉春榮加重了語氣，「別騙我喔。我問過值班的警員和幾個村民，你在村裡這幾天與其說來玩，倒不如說是來搗亂的。」
「這——」桌子對面的嫌犯怔了一下，「好吧，是我老婆的緣故。」
「你老婆？」
「我太太以前是雨彤的女朋友，」邢雲凱說，「知道他在家鄉教書，還辦水舞節之後，就故意帶我太太來這裡。」
「為什麼？」
「我只是要讓雯華知道，自己當初選擇的男人有多麼沒用，」邢雲凱哼了一聲，「這算什麼？只敢躲在小時候生活的村子裡教書，玩些像家家酒的遊戲。我也要讓他知道，雯華永遠是我一個人的。」
「所以你就開槍殺了沈雨彤？」
「我沒有！」
「我們查過你任職警局的攜槍記錄，這是你的佩槍，沒錯吧？」葉春榮拿出那只塑膠袋。
「是的。我記得進會場時，我還確認槍插在腰帶上。」
「但是之前呢？」葉春榮說：「不能在非執勤時間佩槍，你應該知道吧？結果你不但在非執勤時間佩槍，聽說你還在校舍裡開槍，槍還被人搶走。」

「是啊，不過——」邢雲凱說：「隔天我酒醒之後，派出所的值班員警就把槍還我了。」

「是死者那天晚上送飯給你時，把槍交給值班員警，要他隔天還給你。不然天殺的，你的報告真的會寫不完。」葉春榮說：「另外，我們在你的座位底下發現一發彈殼，和你的佩槍口徑相同，而且剛擊發不久。」

監控室的房門傳來敲門聲，一個制服員警拿著紅色卷宗遞給林所長。後者扭亮桌上的？燈，把卷宗攤開，裡面有幾張薄薄的傳真紙。

「鎮上的醫院剛做完解剖，先把報告傳真過來。」林組長從夾克口袋掏出眼鏡戴上，彎下腰判讀原本紙上原本就龍飛鳳舞，再被傳真機扭曲的手寫字體。

「沈雨彤右側頭部有不規則的射入孔，沒有射出孔，在顱腔中只找到分量和四五口徑手槍彈質量相仿的數片不規則彈片，醫師判斷子彈應該射入顱腔後在裡麵粉碎。」我的搭檔跟著彎腰，「而且子彈的威力很大，連他的耳機都打碎了。」

「耳機？」林所長問。

「死者在右側腰部佩了一部播放卡帶的隨身聽，法醫在解剖前，發現耳機線盡頭只剩下一截燒焦的線，上面還有火藥味。」

「我想起來了，」林所長說，「我記得在準備水舞節時，有看過他戴過那台隨身聽。因為在山上隨身聽很少見，那時候我問他時，他說是在習慣到時候帶舞的節奏。」

「——而且從你坐的位置，剛好可以開槍打中死者，」葉春榮身子前傾，盯著邢雲凱，「聽說在水舞節開始前，死者有到你的座位去。」

「他那時拿著酒和杯子，問我要不要喝一杯。順便和我談點事情，」邢雲凱說：「剛好我手上的酒也喝完了，就讓他坐在旁邊。」

「你們談了些什麼？」

「他問我要什麼東西，我才會放過雯華。」

「你同意了？」

「笑話，怎麼可能？」邢雲凱笑了出來，「我告訴他，雯華永遠是我一個人的，況且我來這裡，就是為了看他這副失魂落魄的熊樣。怎麼可能放手？」

「後來呢？」

「他談到後來好像生氣了，把酒瓶和杯子掃到地上轉身就走，接下來的事，我就不記得了。」

「不記得了？」偵訊室的門傳來叩門聲，葉春榮打開門，聽完門外的警員報告後，馬上衝了出去，留下邢雲凱和警員在偵訊室裡。

不到一秒，監控室的門『碰』地一聲彈開。

「林所長，你怎麼搞的？」門外的葉春榮一臉鐵青，「怎麼不告訴我警政監和大隊長打電話來？」

「ＦＢＩ應該教過你，偵訊時不能做像接電話之類的瑣事，好給嫌犯抒發壓力的空檔。」林所長的語氣相當從容。

「少跟我背書，警政監打電話到樓下，他非常生氣，指名要找我們兩個。還有，」他指著萬里和我，「你放這兩個死老百姓進來做什麼？」

「對不起，我們馬上走，給您添麻煩了。」王萬里說。

「那好，林所長，你馬上跟我下來，」他拖著林所長衝出房間，臨走前還丟下一句：「等一下我上來時，不要讓我看見你們兩個。」

聽著走廊的腳步聲逐漸消失，我望向萬里，「好了，現在怎麼辦？」

「還能怎麼辦？我們回去。」

「回去？」

「我已經聽夠了，」他微微一笑，「事實上我們的工作，才正要開始。」

※※※

回到沈家時已經將近午夜，大部分村民已經回到家中，有幾家的燈還開著，家裡的大人則坐在門口呆望著夜空，想從剛才的意外中清醒過來。

沈家大門緊閉，門口交叉貼了兩張白色的封條，上面有警察局的徽章。

「看樣子他們想要保存證據，」我低頭讀著封條上粗大的簽字筆字跡，「不過他們可能忘了，我們的行李還在裡面。」

王萬里拍拍我的肩，「走吧，我們到後面去。」

沈家後面有一間增建的的鐵皮屋，牆上鉛灰色的波浪狀鐵皮在山區飽含霧靄的空氣中，已經長出零星的鏽斑。我們走到屋子一側山牆處，同樣用鐵皮搭成的門前，王萬里握住門栓一拉，鐵門發出呻吟打開。

屋內中央堆滿了裝得滿滿的牛皮紙水泥袋，兩側牆上掛滿了工具和角鐵搭成的貨架，最裡面隱約能看到一張木質的工作枱。

我打開手電筒，轉身找到電燈開關，打開屋裡唯一的日光燈，「我們要找什麼？」

「找找看有沒有包裝或瓶子剛打開的東西。」王萬里從口袋拿出兩副乳膠手套，將一副遞給我，自己戴上另外一副。

我們兩人分開左右兩邊，逐一檢查牆上的工具和貨架。

「萬里，光是靠這些證據，應該可以證實邢雲凱是凶手了吧？」貨架上整齊擺著未開封的玻璃瓶和鐵罐，上面的標籤寫著鹽酸、去漬油、清潔劑和農藥，都是常見的化學藥品。

「是嗎？我覺得他會被放出來。」

「該不會是……那個『警政監』什麼的吧？」

「或許吧，——咦？這是什麼？」

我順著聲音跑了過去，王萬里站在一摞水泥袋前，正在翻看最上面一包。紙袋出廠時用粗線縫合的袋口上，有一道整齊的刀口，刀口上下非常乾淨，可以隱約瞥見裡面填塞得密密實實的粉塊。

探過頭去，袋身上用藍色印著：農用化學肥料。

王萬里仔細翻看刀口，「看一下其他的袋子，有沒有被開封過。」

除了肥料，房間中央的紙袋還有可以聞到雞糞味的有機肥料（謝天謝地，幸好開的不是這個）、水泥、瀝青和石灰。但都沒有開封過。

我們兩人走向工作枱，木板桌面大到可以招待耶穌和他的十二個門徒用餐，上面布滿了黑色的烙痕和縱橫交叉的刀疤，頂端靠牆可以看到焊錫、烙鐵、螺絲起子和鉗子，還有幾個塑膠零件盒，我拉開幾個盒子，裡面裝著螺絲、電線之類的電子零件。

走出鐵皮屋，王萬里左右張望，他拿起放在鐵皮屋根幾株種在黑色塑膠盆的植物，用指尖翻開土壤仔細端詳，還捏了一點土湊到鼻尖，如同老農夫一般嗅聞。

放下盆栽，他脫下乳膠手套，手指不斷點著前額。

過了好久，他才抬起頭來，「有答案了？」我問。

「不，我想不出來。」

「想不出來？」

「讓那個新所長去傷腦筋吧。」他笑了笑，「天亮我們跟林所長講一聲，拿了行李就回去。」

「喂，萬里，等等——」我們走到沈家門口，我剛準備說話，就見到一個人影狂奔過來，是上山時那個身穿紅色羽絨夾克的男子。他跑到我們面前，雙膝一軟跪下。

「太好了，你們在這裡。」他一面喘著氣一面說。

我們兩人架住肩頭，把他拉起來，我不斷拍著他的後背。

王萬里問：「出了什麼事？」

喘了一分鐘左右，他才勉強吐出幾個字：「他們把那個王八蛋放出來了。」

「哪個王八蛋？」我問。

「那個在學校開槍的王八蛋。」

「哦，意料中事。沒必要跑成這樣吧？」我在他背後多拍了兩下。

「問題是，」他咳了兩聲，「他們把他太太抓起來了。」

「夏雯華？」我的調門驀地拉高。

他點點頭，「村長急著要找你們，我才從派出所跑過來。」

「你休息一下，我們馬上過去。」萬里和我讓他靠在沈家牆上，確定他能自己站起來後，就朝派出所跑去。

踏進派出所，就看到幾個鐘頭前在偵訊室裡的邢雲凱正坐在服務台後的辦公桌，一名員警正幫他解開手銬。林所長和村長交疊雙手站在服務台旁，看著這一幕。

「是，我們剛放了他，謝謝長官，再見。」葉春榮掛上話筒，走了過來，「有什麼事嗎？」

「不好意思，所長。」王萬里說：「可以告訴我們，為什麼放了邢雲凱嗎？」

「哦，因為從他的供詞發現，命案發生時他因為酒醉意識不清，根本不可能開槍。」或許剛得到長官的口頭嘉勉，葉春榮的口氣相當輕鬆，似乎忘了不久之前，他才聲色俱厲地說不想再見到我們。

「所以我就說嘛，法律是保護像我們這種無辜的人。」確認自己的手可以活動之後，邢雲凱發出一聲大笑。

「那好，」王萬里一隻手按在我肩頭，確定我不會在派出所成為重傷害或殺人的現行犯，「但是，您為什麼要逮捕夏雯華？」

「我們認為她可能乘邢先生意識不清時，拿走他腰上的配槍，朝死者開槍後，再塞回他腰上。」

「就算是這樣吧，她的動機是什麼？」

「簡單啊，她認為死者的介入，破壞了她和邢先生的幸福，所以殺了死者，來證明自己的清白。」

「女人啊，」邢雲凱說：「為了愛，什麼事都做得出來。」

「你認為這種說詞可以說服法官嗎？」

「你好了沒有！」葉春榮拍了一下辦公桌，「這裡是警察單位，有你說話的餘地嗎？」

「別擔心，明天你就不是了，」王萬里笑了笑，「明天晚上，你也會變成殺人犯。」

葉春榮呵呵笑了幾聲，「開玩笑，我會殺誰？」

「我。」

派出所內的空氣倏地安靜下來。

「明天晚上，我會代替沈雨彤主持水舞節，而你，會在會場上殺了我。」王萬里說：「我一向很體諒懦夫，如果明天沒看到你，我也可以理解。不過呢，假如你想證明我說的只是一派胡言，明天記得準時過來——對了，記得帶槍。」

他丟下葉春榮，逕自走出派出所。

我隨後追上他，「萬里，你在開玩笑吧？」

「你說呢？」我的搭檔說：「士圖，我要你幫忙做幾件事。」

「說吧，要我做什麼？」

「首先明天一早，開車到山下那間學校。」

※※※

莎士比亞在《亨利四世下篇》的序幕，安排了一個滿身是嘴的丑角『謠言』，他的開場白中有一段：『謠言是一支笛子，由揣測、疑慮、猜想來吹，而且是簡單易吹，那萬頭鑽頭的蠢笨怪物，那雜亂動搖的群眾，都會吹。』

今天晚上在操場的村民和遊客，大半也在吹著手中的謠言之笛，從教室這裡可以看到不少人張望我們兩人和葉所長的方向，側著頭竊竊私語。

村中的孩子並沒受到命案和謠言的影響，他們興奮地在會場亂跑，拿著入夜時某個無名氏發的各式爆竹和煙火到處亂放，讓操場除了那部卡拉ＯＫ的罐頭音樂外，還多了一絲過年般的喜氣。

「哇，這些煙火那裡來的？」林所長走到我們在教室前的位子時，一支沖天砲剛拉著長音直衝上天，在頭頂上爆出一簇火花。

「我在山下買的，」我從面前塞得鼓鼓的塑膠袋中抽出一支沖天砲，「今天的氣氛可能有點沈重，所以我買些煙火發給孩子添添喜氣。——所長，要不要來一根？」

林所長搖搖手，「你今天下山去了？」

「葉所長沒告訴你嗎？」今天剛下山就發現有警車尾隨，我索性把車子丟在鎮上，一面躲避警車，一面徒步在鎮上採購，「除了煙火，只有幾瓶準備帶回去送禮的酒。」

林所長在萬里身旁坐了下來，「聽說你今天和村長借了學校的教室，整天都關在裡面寫東西。」

「對一個今晚就要死的人，總得找個安靜地方寫遺囑吧？」萬里笑了笑。

「有危險的話，我可以要村長取消今天的活動——」

「心領了，但是真的不用，」他停了一下，「即使是沈雨彤本人，也會這樣回答您。——邢雲凱人呢？」

「他留在警局，」林所長哼了一聲，「我剛才問他要不要一起過來，他說不想當替死鬼。」

葉春榮坐在昨天邢雲凱的同一個位子，群眾也很有默契，和他隔的遠遠的，他桌上有瓶半空的威士忌，拿起瓶子灌酒時，手還在不停地顫抖。

「他看起來好像很緊張，」林所長說：「昨天晚上聽了你那些話，今天他派人追蹤你的同伴又找不到人。」

「他有什麼好緊張的？」王萬里冷笑，「死的是我，又不是他。」

村長點燃了篝火，我的夥伴起身，準備走進會場。

「萬事小心。」我忍不住說。

「我知道，」他走了幾步，像想起什麼似的回過頭來，「士圖。」

「嗯？」

「很榮幸和你共事。」不等我回答，他就轉身走進會場。

林所長一怔，「霍先生，他…不會有事吧？」

「希望不會，」我望著他的背影，手上的沖天砲啪地一聲，折成兩截。

萬里走到篝火旁，拍手邀人共舞，原本遲疑的群眾紛紛走進會場，握住他伸出的雙手，圍著篝火串成一圈。

村長按下卡拉ＯＫ的播音鍵，喇叭中傳來水舞的四步舞曲。村民和遊客跟著萬里的腳步，開始緩慢地轉動。

在生澀轉了一兩圈之後，大家的舞步開始熟悉，圍著篝火的人圈也跟著快轉，加上不停飛上天空綻放的煙火，所有人幾乎都忘了昨天的事。

直到一聲悶響。

萬里的頭側噴出血霧，他整個人身子一仰，鬆開兩旁村民的手，倒在黃土地上。

看清楚倒下的人是誰，我當下推開村民，奔進會場。脫下夾克包住他的頭。

「快，幫我把他搬進教室裡。」跟在我後面的林所長、村長和幾個村民幫我抬著萬里撞進小學漆黑一片的教室，放在中央的課桌上，鮮血混著腦漿滲出夾克，在地上畫了道刺眼的紅線。

把萬里放定後，我拉起他右手袖口，摸索脈搏。

「他…沒事吧？」村長說。

「他死了，」我放下萬里的手，「麻煩各位出去一下，讓我靜一靜。」
「可是——」
「出去！」我指著教室的門，「讓我一個人靜一下，不行嗎？」
林所長拍拍村長的肩，招呼村民退出教室，他離開時帶上房門的餘響，在漆黑的教室中不停迴盪。

※※※

葉春榮睜開眼睛，首先看到空無一人的廣場，篝火已經熄滅，剩下焦黑的柴堆，村民和遊客正隨著警員引導，走向回村子的台階。
林所長站在他眼前。
「水舞節結束了？」他問道。
「這是你的佩槍嗎？」林所長拿出一只塑膠袋，裡面有把熟悉的點四五制式手槍。
他連忙摸了摸後腰，沒有熟悉的結實金屬感，只摸到乾癟的槍套。
「我的槍怎麼會在你那裡？」再望一眼手槍，葉春榮叫道。
「王萬里被殺了，」林所長把塑膠袋放在桌子角落，坐在他對面，「我們檢查了你的佩槍，上面只有你的指紋，彈匣裡少了一發子彈，槍管裡有火藥味，你的椅子底下還有一顆擊發過的彈殼。——你怎麼解釋？」

「槍不是我開的，」葉春榮的聲音已經開始發抖，「找鑑識人員來，我要做石臘測試。」

林所長朝一旁的員警使個眼色，後者把工具放在桌上，開始在葉春榮伸出的手掌上刷上石臘。

「你還記得睡著前做了什麼？」林所長說。

「水舞節還沒開始前，我坐在這裡喝酒，」葉春榮看著員警用紗布包住他的手，刷上一層石臘，再用剪刀剪開拆下，「那個姓霍的小個子拿著兩個杯子走了過來，問能不能陪我喝一杯。」

「然後呢？」

「我們一起對飲了幾杯，他說昨天的事是他朋友開的一個小玩笑，要我不要介意。他走了之後，我又坐在這裡看了幾分鐘，然後就什麼都不知道了。」

桌上只剩下一只威士忌空瓶。林所長低頭檢視桌下，沒有杯子的蹤跡。

負責鑑識的員警打斷了他的搜索：「所長，測驗結果出來了。」

他抬起頭，看見員警的目光不停在他和葉春榮臉上逡巡，「不要緊，你老實說。」

「石臘測試的結果發現，葉所長——葉所長的手上有火藥反應。」

「代表不久之前可能開過槍。」他轉向葉春榮，「葉所長，你還有什麼話說？」

「我——」葉春榮半截話卡在喉嚨裡，整個人懵了。

「所長，所長，」一個員警從教室的方向奔來。

認清對方是派去搬運屍體的下屬，林所長連忙起身，「出了什麼事？」

「剛剛您要我們到教室，搬運王萬里的屍體到派出所，」員警在他面前站定，還在不停喘著氣，「我們敲教室的門，沒有人回聲，打開門進去一看，裡面一個人都沒有，只有這個放在課桌上。」

他拿出一個鼓鼓的牛皮紙信封，雙手交給林所長。

信封上用瘦長的鋼筆字寫著林所長的名字，他拆開信封，從裡面抽出一疊摺起來的文件。

文件用一張中式信箋包住，上面用同樣的鋼筆字寫道：

『林所長：

知道真相了嗎？

謝謝全村村民的熱烈招待，請原諒我們的不辭而別。

王萬里，霍士圖

又及：

放了葉所長吧，他是無辜的。

隨信附上一些文件，希望能幫助您救另一個人。』

「救另一個人？」林所長翻開其他文件，糾結的眉心逐漸舒展。

「林所長——」看見林所長的表情，葉春榮問道。

「邢雲凱呢？」林所長摺好文件，抬起頭來。

「還在警察局裡休息。」一名警員回答。

「把他抓起來，關進拘留室裡。」

「為什麼？」葉春榮連忙說：「我們不是才放了他嗎？」

「不是『我們』，是『你』才對吧？」林所長瞄了他一眼，「有人控告他其他的罪名。」

「可是警政監那裡——」

「那好，麻煩問問你的警政監大人，看他能不能處理這個，」林所長抽出一張紙，遞給葉春榮。

葉春榮讀完紙上的東西，忍不住說：「他們在唬人。」

「萬一他們來真的呢？」林所長一把抽走他手上的紙，「別說警政監了，連署長都會完蛋。」

「可是——」

「你知道我做了三十幾年的警察，學到些什麼東西嗎？如果半年前我沒有聽那個人講一個故事，現在我就不會在這裡了，」林所長直視他的眼睛，葉春榮不由得畏縮了一下，「把這裡交給我，回去休息一下，明天我會把整個村子還給你。」

他招呼一個警員扶著葉春榮回派出所，轉頭問另一個警員：「夏雯華呢？」

「在拘留室裡。」

「把她帶過來這裡，我要和她談談。」林所長拉開椅子坐下，在村民都離開後，空無一人的廣場四周隱隱傳來蛙鳴和蟲叫，應該會很適合聊天，「告訴她，這裡有一封指名給她的信。」

※※※

萬里和我坐在湖邊，月光落在四周樹木的針葉，透出絲綢般的朦朧暗影。弦月和星芒停泊在黝黑的湖面上，偶爾因風激起的漣漪而微微晃動。

在這種地方用露營用的瓦斯爐煮咖啡似乎有點褻瀆神明，拿起鐵壺倒咖啡時，我無意中在胸前畫了個十字。

「咖啡。」我拿起裝熱咖啡的紙杯，遞給王萬里。

「謝謝。」他接過咖啡啜了一口，另一隻手拿著浸濕的毛巾，按住不久前應該被子彈貫穿的額角。

「你在那個信封裡放了什麼？」我將鐵壺放回爐子上。

「夏雯華的驗傷報告，一份新聞稿，還有給夏雯華的信。」王萬里說：「新聞稿裡是萬一邢雲凱想把他對夏雯華施暴的案件壓下來時，我們會送給台灣和美國西岸僑界同行的禮物。」

「那給夏雯華的信上寫的——」

「是我們對案件的推測，」王萬里說：「我認為她必須知道。」

派出所的值班員警記得沈雨彤當天晚上送飯給邢雲凱時，把他的佩槍交給員警保管。

但是，沈雨彤並沒有交出所有的子彈。

他回到村子後，在村外無人的地方開了一槍，留下彈殼。畢竟邢雲凱在小學開槍時喝醉了酒，根本不記得用掉幾顆子彈。

「他目睹邢雲凱一喝醉就亂開槍的樣子，應該已經猜到夏雯華平時受到的對待。所以才會擬出這個計畫。」王萬里說。

水舞節當天，他把微量的黑火藥塞進彈殼裡點燃，好讓彈殼被發現時，可以聞到剛擊發的火藥味。然後把化學肥料溶在水中，抹在杯子上。和準備好的酒一起帶去找邢雲凱。

「石臘測驗的原理是透過化驗氮元素，檢驗嫌犯手上是否有開槍時附著的火藥微粒，但如果嫌犯接觸過像大蒜、肥料之類含有氮元素的東西，即使他沒開過槍，石臘測驗一樣會有反應。」

為了怕有人拆穿杯子的祕密，沈雨彤佯裝發怒，把杯子和酒瓶掃到地上摔碎，同時杯子的碎片也可以掩飾一起丟到地上的彈殼。

「而且他故意挑在村長點燃篝火時動手，因為現場大部分人的注意力全落在篝火上，不會有人留意到他的異常舉止。」

在準備杯子和彈殼時，沈雨彤將黑火藥裝上雷管，用銅片墊著，貼在他右額角的頭髮下。接上腰際有定時開機功能的隨身聽做為計時器。隨身聽在設定好的時間開機時觸發雷管，引爆黑火藥，將破碎變形的銅片射入顱內，也就是驗屍時發現的『手槍彈彈頭碎片』。

「那為什麼他剛好會倒在邢雲凱可以打得到的位置？」我問。

「水舞每一拍的節奏都是固定的，只要知道每一拍的時間，就可以推算大概多久可以走到那裡，他只要設定好時間，站在事先計算好的地方開舞，只要他倒的地方不遠，科學家的想像力也可以彌補一切差距。」

「你怎麼推測出來的？」

「一開始只是覺得奇怪，因為邢雲凱不過為了要羞辱沈雨彤，根本犯不著開槍殺掉他，」王萬里啜了口咖啡，「直到看過沈雨彤的驗屍報告後，才找到關鍵。」

「驗屍報告？」

「報告上提到，子彈打碎了沈雨彤的耳機，只留下一截燒焦的電線頭。」

「這有什麼奇怪的？」

「水舞節現場原本就有音樂可以數拍子，沈雨彤為什麼還要戴隨身聽？」他說：「而且就子彈的射入點來說，根本打不到掛在耳朵上的耳機，為什麼耳機會燒到剩下一截電線而已？」

「如果那一截電線不是耳機，考慮到他頭上的傷，會不會是某種爆炸裝置的定時器？」

「所以你才想要檢查沈雨彤家後面的鐵皮屋？」

他點點頭，「沈雨彤似乎已經把所有的爆炸品處理掉，所以在屋裡沒有找到黑火藥、雷管之類的零件，那包已經拆開的肥料，刀口上下相當乾淨，顯示裡面的肥料沒有用掉多少，應該不可能用在田裡，而是用在像盆栽之類的零星施肥，然而屋外的盆栽卻沒有施過肥的痕跡。代表沈雨彤可能將肥料用在其他部分，像是瞞過石臘測驗之類的。再加上之前邢雲凱在小學開槍的事件，這樣一路推敲下來，大概就能勾勒出整個計畫了。」

我們兩個人沉默了片刻。

「知道真相的感覺不好受吧？」我給自己倒了杯咖啡。

「是不好受，」王萬里嘆了口氣，「知道沈雨彤用自己的生命嫁禍邢雲凱，來換取夏雯華的自由時，我曾經想過，是要為公理葬送夏雯華的幸福，還是要為正義犧牲邢雲凱的清白？或許要強迫一個沒犯罪的人接受莫須有的刑罰，是違背司法公正的事；但如果為了拘泥於公正，而讓一個女孩承受痛苦，那我們在道德上也有罪。」

「所以那時候你才會說不知道？」

「後來，葉春榮把罪名賴到夏雯華頭上，」他說：「要解釋真相並不難，但前提是葉春榮要聽得進去，即使他接受了我的推論，邢雲凱還是會被放出來，夏雯華還是會繼續被虐待，繼續被施暴，那沈雨彤未免也死得太不值得了。

「所以我才想到，是不是能像哈姆雷特裡的『貢札古之死』一般，把沈雨彤被殺的情形重演一遍，除了嚇一嚇葉所長，對某些人而言，場景重現可以給他們足夠的提示，但是因為沒有完整答案，所以邢雲凱還是因既有的證據而有嫌疑。他們可能要花點時間才能還邢雲凱清白，但對夏雯華而言，已經夠時間讓她自由了。」

「是啊，如果我計算火藥的分量差了一點，搞不好你就變成第二個沈雨彤了。」

「別這樣說，」王萬里笑了笑，「你沒看到當時的場景有多逼真嗎？」

隔天我開車下山，除了購買需要的器材外，主要的目的，是回到山下的小學。

教室和當初制服邢雲凱時一般破爛，我在雜物堆中搜尋，找到了當初邢雲凱發射的兩枚彈殼。回到山上後，用當初沈雨彤的方法在杯子上動手腳，將彈殼加工成剛擊發沒多久的狀態，在萬里額角裝上一樣的爆炸裝置，不過少了可以打穿腦袋的銅片，火藥的分量也減少很多，只夠引爆貼在上面的血包，好做出滿頭是血的效果。

我原本擔心不是原槍擊發的彈殼，會讓林所長識破。但在和葉春榮喝酒時，除了他因為恐懼已經醉得意識模糊外，運氣也幫我們解決了問題。

在水舞節開始前，我把多出來的煙火和爆竹發給孩子，結果這些孩子在操場到處點燃，空氣中都是硝煙味和爆炸聲，即使有人在現場開槍，也不會有人注意。

於是我離開葉春榮時，用手帕包住右掌，順手從他後腰拔出佩槍，用塑膠袋套住，跑到操場角落的懸崖邊開了一槍，再把槍插回槍套，順便將塑膠袋裡的彈殼抖進他的座位下。

「我在想，葉春榮發現他變成凶嫌時，會不會嚇得屁滾尿流。」我說。

「如果他嚇得屁滾尿流，說不定也是件好事，」王萬里笑了笑，「至少林所長有機會接手，加上我交給他的文件，對夏雯華而言也是機會。」

「是啊，謝謝你們。」身後突然傳來一個聲音。

萬里和我回頭，樹林中浮現出林所長的身影。

「拜託，林所長，」我說：「您就不能讓我們偷偷溜回家嗎？」

「晚上摸黑開車下山很危險的，——而且，我帶了個朋友過來。」

他揮揮手，一個纖瘦的身影走到他身旁，是夏雯華。

「妳還好嗎？」王萬里問。

「他為什麼要這樣做？」面對月光，可以看見夏雯華臉上的淚水，「難道他以為這樣做，我就會快樂嗎？」

「他只是做了他認為最適當的選擇。」王萬里說：「正如同他之前所承諾的，他會親手交給妳幸福，而他也真的做到了。」

「先坐下來吧，要不要喝杯咖啡？」我招呼兩人坐了下來。

林所長描述了王萬里抬進教室後的情形，關於他說的內容，我寫在之前的章節中。

「幸虧你提供的那些文件，夏小姐已經決定作證控告邢雲凱傷害，」林所長說：「我想邢雲凱為了脫身，應該會同意離婚吧。」

「我們租來的車子後座還空著，」我說：「如果夏小姐不介意的話，可以和我們一同下山——」

「謝謝，不用了，」夏雯華說：「村長剛剛和我談過，說村裡需要一個代課老師。我想先留在村裡一陣子。」

「萬一有一天，邢雲凱又回來呢？」王萬里問：「妳曾經告訴我，很多人都敬畏他們家三分，妳不害怕？」

「我已經不怕了，」夏雯華抬起頭，仰望天頂的弦月，「即使他再回來，雨彤也會陪在我身邊，不是嗎？」

王萬里仰頭大笑。

※※※

我握緊方向盤，將車子控制在狹窄的山路上，遠處的稜線已經浮現一道金邊，對在山區討生活的人而言，代表著另一天的開始。

王萬里躺在助手座，修長的頭頸藏在風衣豎起來的翻領間，他雙眼闔上，彷彿正在沉睡，但口中又在喃喃自語些什麼。

轉過幾段彎道後我才聽出來，他正在哼著『荒漠甘泉』裡的一首詩：

『即使你死了，我不願悲傷，
死神不能永遠把我們隔開，
不過像牆頭的花，
爬到牆的那一頭開出花來，
看不見，可是依舊存在，
它豈能將我們隔開？』

後來我也跟著他唸誦，就像是獻給沈雨彤的祭文。
我們正在回紐約的路上。

（全書完）

後記

這篇作品原本以傅元石為筆名，刊載在一九九六年七月出刊的《推理雜誌》一四一期。當時故事的背景設在美國某個華人聚居的山區小鎮，而且就故事的先後順序而言，也比〈祕方〉要晚。

這一陣子無意中翻到這篇小說的手寫原稿，重讀一遍後決定全部改寫，為了更貼近現實，以〈祕方〉中的老警官為引子，將背景調回台灣，另外對於前作中一些有問題的地方也做了修正，希望和前作相比，會是個比較不錯的版本。

另外，想知道水舞跳法的讀者，可以參考以下的Youtube影片，或是以『Mayim』在Google中搜尋：http://www.youtube.com/watch?v=7BsFiuFRZQk

要推理98　PG2745

要有光 FIAT LUX

前鋒新聞報導：
王萬里與霍士圖探案

作　　者	高雲章
責任編輯	喬齊安
圖文排版	黃莉珊
封面設計	劉肇昇

出版策劃	要有光
發 行 人	宋政坤
法律顧問	毛國樑　律師
印製發行	秀威資訊科技股份有限公司 114台北市內湖區瑞光路76巷65號1樓 電話：+886-2-2796-3638　傳真：+886-2-2796-1377 http://www.showwe.com.tw
劃撥帳號	19563868　戶名：秀威資訊科技股份有限公司 讀者服務信箱：service@showwe.com.tw
展售門市	國家書店（松江門市） 104台北市中山區松江路209號1樓 電話：+886-2-2518-0207　傳真：+886-2-2518-0778
網路訂購	秀威網路書店：https://store.showwe.tw 國家網路書店：https://www.govbooks.com.tw
總 經 銷	聯合發行股份有限公司 231新北市新店區寶橋路235巷6弄6號4F 電話：+886-2-2917-8022　傳真：+886-2-2915-6275

出版日期	2022年4月　BOD一版
定　　價	370元

讀者回函卡

Printed in Taiwan

國家圖書館出版品預行編目

前鋒新聞報導：王萬里與霍士圖探案 / 高雲章著.
-- 一版. -- 臺北市：要有光, 2022.04
面；　公分. -- (要推理；98)
BOD版
ISBN 978-626-7058-24-4 (平裝)

863.57　　　　111003702